フェルメールの街

櫻部由美子

角川春樹事務所

目次

主な登場人物

- ●ヨハネス・フェルメール……デルフトの職業画家。宿屋〈メーヘレン亭〉の息子。
- ●アントニー・レーウェンフック（レーウ）……ヨハネスの幼馴染。頭脳明晰ながら初等学校を中退し、呉服商として修業する。
- ●ヤーコプ……ヨハネスの幼馴染。パン屋〈銀のラッパ〉の跡取り。
- ●マルク……ヨハネスの幼馴染。デルフト陶器専門店の跡取り。
- ●カタリーナ・ボルネス……娼館に出入りする良家の娘。
- ●ティンス夫人……カタリーナの母親。
- ●ウィレム・ボルネス……カタリーナの兄。
- ●マグダラ（マギ婆さん）……娼館の取持ち女。
- ●カレル・ファブリティウス……レンブラント工房で学んだ画家。ヨハネスを助手として雇う。
- ●オハナ・クロール……ファブリティウス邸で働く少女。陶器の絵付け職人だった祖父・ハンスが行方不明となる。
- ●ホッブス……デルフト自警団の部隊長。
- ●ベイクマン……外科医師。
- ●ベルチ……レーウの親戚にあたるビール醸造家。
- ●バーブラ……ベルチを手伝う遠縁の娘。
- ●ゲラント……ロッテルダムを拠点とした商人貴族。
- ●ローベン……元オランダ東インド会社の商人。資産家で知られるが身体が不自由なため人前に出ることはない。
- ●ローベン夫人……夫に代わって複数の事業を手掛ける。敬虔なカトリック信徒で慈善活動家。

フェルメールの街

装画　牧野千穂
装幀　藤田知子

序章

街路樹を洗った通り雨のしずくが、緑の葉の上で透明の水玉となって光っていた。時折したたり落ちる水滴を頭上に浴びながら、学校から港へと駆けつけたヨハネスは、護岸にぽつんと座り込む少年の姿を見つけて歩み寄った。

「よう、レーウ」

声をかけても返事はない。黙って前を見詰める少年の隣に座り、ヨハネスも一緒に港の景色を眺めた。

午後の日差しは濁った水面に跳ね返され、きらきらと輝いて拡散している。そのきらめきの中に同心円を描く水紋が、いくつも重なり合っては広がり、広がっては消え、またひしめき合って生まれていた。

水の輪の下には、指先ほどの稚魚が群れている。デルフトの街を縦横にめぐる運河の中で生まれ、育ち、大海を知ることなく一生を終える淡水魚たちだ。

「なあ、どうして学校に来ないんだ？」

その問いかけには答えず、膝《ひざ》を抱える少年は、ヨハネスの破れたシャツの袖《そで》と、手首の擦り傷を横目に見て呟《つぶや》いた。

「またケンカしたんだね……」

「先に上級生が手を出したんだ」

いつも大勢の子分に取り囲まれているガキ大将のヨハネスと、学校の中では誰とも喋《しゃべ》らず、先生から借りた難しい本ばかり読んでいるレーウは、どういう訳か仲の良い友人だった。

対照的な個性を持った二人の少年は、街の玄関口であるスヒーダム港で偶然に顔を合わせ、その偶然が回を重ねる毎《ごと》に打ちとけるようになった。互いの夢や、将来について語り合うほどに……

「俺のことより、どうしてお前は学校に来ないんだよ。五日も姿を見せないものだから、みんな心配してるぞ」

再び口を閉ざした友人の顔を覗《のぞ》き込むと、小柄で痩《や》せたレーウの頰《ほお》には、まだ新しい痣《あざ》と、涙の乾いた跡があった。

青痣から目を逸《そ》らしたヨハネスは、友人のもじゃもじゃした金色の髪に手を伸ばして、思い切りかき回した。

「やめろよ――」

あだ名の通り、獅子《レーウ》のような巻毛を触られることを嫌う少年は、甲高い声を上げて手を振り払った。

「学校に来いよ。お前は優等生なんだからさ」

「…………」

再び沈黙するかと思えた少年は、間をおいてポツリと言った。

「僕、家を出ることが決まった」

「――いつだ？」

「来月早々」

今度はヨハネスが黙り込んだ。

レーウは頭の良い少年である。近所の子供たちが通う初等学校では、常に群を抜いて優秀な成績だった。担任ばかりでなく校長先生も、将来は学者になりたいと目を輝かせる少年を可愛《かわい》がり、同級の生徒たちも、この小さな優等生には一目置いていた。

そんなレーウが、母親の再婚相手の意向で、遠方の親類宅に預けられるという噂《うわさ》は、ヨハネスたちの耳にも届いていた。

「母さんは、僕が邪魔になったんだ」

「そうじゃない。きっと小母《おば》さんも辛《つら》いのさ」

ガキ大将の口調は大人びていた。

「むこうでは学校に行かせて貰《もら》えないかもしれない。もう、学者になんてなれないよ」

「大丈夫だ。今は農家の子供でも初等学校に通う時代なんだぞ」

客商売の家で育ったヨハネスは、世情にも詳しい。

「本当に、勉強だけでも続けられたらいいのにな。でも……」

膝を固く抱えなおした少年の、大きな瞳《ひとみ》が潤んだ。

「やっぱり、よそに行くのは寂しいよ」

これにはヨハネスも、慰めの言葉が見つからなかった。

ひとしきり涙を流すと気が済んだのか、袖口で顔を拭《ぬぐ》ったレーウはさっぱりした様子で言った。

「君は、大きくなったら画家になるんだよね」

「まあな」

ガキ大将の看板に似合わず、ヨハネスは絵が上手な子供だった。宿屋を営む父親が画商を兼業していたこともあり、息子が職業画家を目指すことには両親とも賛成している。

「まず初等学校を卒業して、絵の師匠に弟子入りする。修業が終わったらアムステルダムへ出るつもりだ。大勢の画家が集まる都会で腕を磨いて、いつか俺にしか描けない絵を描く。自分の眼《め》を通して感じたままの色と光を表現する画家になりたいんだ」

絵の話となると、俄然《がぜん》ヨハネスの口調は熱を帯びた。

「君ならなれるさ。必ず画家になるんだ。約束だぞ」

「分かった」

自分の恵まれた境遇をうしろめたく感じながら、ヨハネスは控え目に頷《うなず》いた。

納得して立ち上がりかけたレーウのシャツの裾《すそ》を、ヨハネスの手が掴《つか》んで引き止めた。

「ちょっと待て。今日はこれを見せてやろうと思っていたんだ」

そう言って腰に下げた小袋から取り出したものを、レーウの目の前に突き出す。

「それは――」

「いいだろう。倉庫街で拾ったんだ」

ヨハネスが得意げに見せたのは、赤ん坊の手に収まる程度の、小さな凸レンズだった。

「これ、面白いんだぜ」

二本の指に挟んだレンズを、顔の前で近づけたり遠ざけたりする。その動きに合わせて、レーウの側から見えるヨハネスの褐色の瞳も、大きくなったり、小さくなったりした。

「僕にも貸して！」

興奮した様子でレンズを手にしたレーウが、少し先の地面を這《は》うアリの上に翳《かざ》して距離を調節すると、麦粒よりも小さなアリは、たちまちレンズからはみ出しそうな程大きく見えた。

「うわ、凄《すご》い！」

腹這いになったレーウは、手当たり次第に虫や雑草や、土くれまでも次々とレンズを通して眺めては歓声を上げた。

「いいな、これ。僕も欲しいなぁ」

「やるよ」

実にあっさりとヨハネスが言った。

レンズに陶酔しているレーウは、何を言われたのか理解できず、ぼんやりと顔を上げる。

「レンズは、お前にやるよ」

「えっ、本当？　本当にいいの？」

ヨハネスが頷く。

「その代わり、どこへ行こうと、何があろうと、その好奇心だけは捨てるんじゃないぞ。約束するなら——」

「約束するっ」

間髪容《い》れず答えたレーウは、友人の気が変わっては一大事とばかり、レンズを握りしめたまま脱兎《だっと》のごとく駆け出した。

（なんだ、あのチビ。急に元気になったじゃないか）

みるみる遠くなる後ろ姿を見送り、ヨハネスは改めて護岸に腰を落ち着けた。

日の傾いた港の景色を前に、風にさざめく水の動きと、そこに生じる光の色合いが、時間とともに変化するさまを眺める。

ヨハネスのいる岸から、港の黒っぽい水面を隔ててデルフトの街並みが見える。街壁の手前には水門と船着場があり、赤屋根の家が立ち並ぶそのもっと奥に、新教会の白い塔がそびえている。

「おーい、そこの坊主。ヒマなら綱を引かんかぁー」

声のする方を見やれば、積荷を満載した小舟の上で、赤鼻の船頭が手を振っている。運河に入る荷船は、櫂《かい》や竿であやつるばかりでなく、岸から馬に曳《ひ》かせて進む曳船《ひきふね》が多い。小さな舟なら人の手で綱を引く。

「いいぞぉ。荷揚げも手伝うから、後で小銭をくれよぉー」

小船の上から船頭が投げた引き綱を、ヨハネスは跳び上がって受け止めた。

第一章　デルフトの若者

風が木々に残る枯葉を吹き払った翌朝、デルフトの街には澄んだ冬の空気が張りつめていた。まだ運河に氷が張るほどの冷え込みではないが、街路樹の根方の黒い土を、真っ白な霜柱の頭が持ち上げている。

夜明けを待って家を出たヨハネスは、かじかむ指先を擦《こす》り合わせながら運河沿いの道を歩いていた。街の北東部にあたる倉庫街の一角に、画家ファブリティウスの新居があったのだ。

赤煉瓦《れんが》の家の前では、少女が箒《ほうき》で路上を掃き清めていた。

「フェルメールさん、おはようございます」

少女の挨拶《あいさつ》が、白い煙のような靄《もや》となって立ちのぼる。

「おはよう、オハナ。今朝は寒いな」

オハナ・クロールは、ファブリティウス家で住込みの下働きとして働いている。西洋人には珍しい彫りの浅い顔と、ぱっちり見開いた目が特徴的な少女だ。

「フェルメールさんは、ここに来るのは三日ぶりでしたよね」

オハナは黒い瞳《ひとみ》を普段にも増して大きく開き、ヨハネスを見上げた。

「ああ、そうなるかな」

実家のメーヘレン亭に胡散臭《うさんくさ》い客が投宿したため、客がきちんと金を払って帰るのを見届けるまで、店に張り付いていたのである。

「だったら、きっと吃驚《びっくり》しますよ」

「へぇ、何だろう」

うふふと楽しそうに含み笑った少女は、持っていた箒を壁に立てかけ、後ろからヨハネスの背中を押した。

「先生のお部屋に行ってからのお楽しみです。さぁ、早く」

押されるままに玄関横の狭い庭を通り、裏階段を使って三階へ上がる。もとは倉庫だった広いアトリエには、数台の画架と、大きさの異なるカンバスが並び、その手前では見習い小僧が二人、机の上に置かれた静物を写生していた。

見習いたちには目もくれず、部屋の中央へと進んだオハナは、唇の前に指を立ててヨハネスに囁《ささや》いた。

「しいっ、静かにしてくださいね。逃げてしまいますから」

「何が、逃げるんだい？」

調子を合わせ、声を潜めるヨハネスに、オハナは身体《からだ》を屈《かが》めて窓の横を指差した。

「そこに、小鳥が……」

少女が示す白い壁には、一羽の小鳥が止まっていた。何色もの羽色が鮮やかなゴシキヒワである。

「おお、本当だ。部屋の中に小鳥がいるぞ」

大袈裟《おおげさ》に驚いて見せるヨハネスには、それが精巧に描かれた騙《だま》し絵だということが分かっていた。しかし、オハナは嬉《うれ》しそうに歓声を上げた。

「ほら、先生。やっぱりフェルメールさんも騙されたじゃありませんか」

「やれやれ。オハナの言った通りだったな」

壁際に立てかけられた大きなカンバスの裏で声がして、隙間《すきま》から若い男が這《は》い出て来た。

「そんな所に隠れていたんですか、ファブリティウス先生」

「やあ、おはようヨハネス」

寝癖だらけの黒髪をぼりぼり掻《か》きながら、ファブリティウスは大きな欠伸《あくび》をした。

「オハナ、賭《か》けは君の勝ちだ。あとで〈銀のラッパ〉へ行って、焼き立てのブレッツェルを買っておいで。皆の分を買うんだよ」

「はい、先生」

小銭を貰《もら》い、オハナは嬉しそうに自分の仕事へと戻って行った。

その足音が遠ざかるのを確かめて、ヨハネスは言った。

「俺をダシに使いましたね」

「いいじゃないか」

黒い上着に大量のフケを積もらせながら、ファブリティウスは微笑《ほほえ》んだ。

「あれは、まだ子供のくせに遠慮するんだ。普通に菓子など買ってやっても、なかなか手を付けようとしない」

「お祖父《じい》さんが失踪《しっそう》して、かなり苦労したようです」

少女の境遇を思いやって眉《まゆ》を顰《ひそ》めたヨハネスは、自分と一緒にダシにされた小鳥の絵に視線を戻した。

白い壁を背景とし、金属製の止まり木に横向きに止まって首を捻《ひね》るゴシキヒワは、今にも綺《き》麗《れい》な声でさえずり出すかと思われるほど現実味があった。傍《そば》へ寄って見れば、筆遣いそのものは決して精密な訳ではない。だが計算された色彩の明暗により、あたかも本物の小鳥がそこに存在しているかのような錯覚を、見る者に与えるのであった。

手慰みの小作品ではあるが、絵画技巧の真髄を見た気がして、ヨハネスは心の中で唸《うな》った。

当のファブリティウスはといえば、描きかけの集団肖像画の前で、眠そうに目を擦っている。この男はいつも眠たげだった。結構な深酒をする癖があって、朝から酒臭いこともある。一応は助手として通うヨハネスにも、こちらから気を遣って伺いを立てない限り、用を言いつけることはない。日がな一日ぼんやりと椅子《いす》にもたれていることもある。

ただ興に乗り始めると、仕事は一気呵成《いっきかせい》であった。休憩も、食事も、睡眠も忘れ、目の前の画面を完成させることだけに集中した。ゴシキヒワの絵も、そうやって丸一日もかからず仕上げたものに違いなかった。

またしても、ファブリティウスが大きな欠伸をした。目の前に置かれたカンバスは、三日前に見たままの状態である。

「先生、そろそろ絵の具を作りましょうか」

「んー、そうだなぁ」

今ひとつ乗りきらない様子で、ファブリティウスは頷《うなず》いた。

「前と同じ色を作って貰おうかな」

「はい」

ヨハネスは鍵《かぎ》付きの戸棚から、ガラス瓶に入った顔料を次々と選《え》り出した。木炭。硫黄。鉛白。鉛錫《えんしゃく》。赤根。ラピスラズリ――

絵を彩色するには、それぞれの顔料を油で溶いて混ぜ合わせ、絵の具を作ることから始めなくてはならない。顔料は植物性のものから鉱物まで様々であり、驚くほど値の張るものもある。

「先生、ラピスラズリの粉末が底をついています」

「あ痛たた……そうだった」

高価な顔料の中でも、鮮やかな群青を発色するラピスラズリは、金と同等とまで言われる貴重品だった。

「安い材料ばかりで間に合わせる訳にもいかんな。取り敢《あ》えず他の色から練り始めておいてくれ」

あとはお母ちゃんに相談だぁ、と、大きな独り言を喚《わめ》きながら、ファブリティウスは表階段を使って降りて行った。

画家の言う〈お母ちゃん〉とは、彼の妻のことである。夫よりかなり年上のファブリティウス夫人は、デルフトの名家の生まれで、自分名義の資産を所有していたのだ。

ヨハネスは、改めて壁のゴシキヒワの絵に向き合った。

絵だと分かっていても、羽ばたきしそうな美しい小鳥。

学ぶべきは技術だけではない。巷《ちまた》に溢《あふ》れる卑俗な風俗画と一線を画した無垢《むく》な作風は、卵から孵《かえ》ったばかりの画家の雛鳥《ひなどり》を引きつけて止《や》まなかった。


ヨハネス・フェルメールが、隣都市ハーグで六年間の内弟子修業を終えたのは、ほんの二か月前のことである。

本当なら、故郷のデルフトに戻るのは、当分先の話になるところだった。まずは高名な画家が集まるアムステルダムへ出て、腕を磨きたいと考えていたのだ。

ところがその矢先、父親が急病で倒れたとの知らせが届いた。

父親のレイニールは、宿屋と居酒屋を兼ねたメーヘレン亭を経営する傍ら、画商まで手掛け、昼夜問わず働く生活を送っていた。四十を過ぎて授かった息子を溺愛《できあい》し、この子が画家として認められる日を夢見て、高額の授業料を納め続けたのだ。

結局レイニールは、最愛の息子が描き上げた絵を見ることなく、この世を去った。

葬儀を済ませたヨハネスは、すぐにでもデルフトを発《た》ちたかった。ただ、借財を含めた父の遺産整理が終わらないうちは身動きがとれず、メーヘレン亭を母親一人に切り盛りさせるのにも不安があった。

不本意ながら、アムステルダム行きを先延ばしにすると決めたヨハネスは、近在の職業画家のもとに出入りさせて貰えるよう、伝手《つて》を頼むことにした。家業の手伝いと、絵の勉強を両立させようと考えたのである。

ヨハネスが助手として仕えることを熱望したのが、カレル・ファブリティウスだった。

有名なアムステルダムのレンブラント工房で学んだファブリティウスは、並み居るレンブラント画伯の高弟たちの中でも、選りすぐりの逸材であると、誰もが認める若手の実力派だった。結婚を機にデルフトに転居してアトリエを構えていたファブリティウスは、気持ち良くヨハネスを受け入れた。

『構わんよ。無給で良いなら、明日からでも来てくれ。まだデルフトの画家ギルドに加入したばかりで、正式な内弟子がいないんだ。今うちで預かっているのは、役に立たない小僧だけだから、君が助手をしてくれるなら大いに助かる』

こうしてヨハネスは、実家で母親を助ける傍ら、ファブリティウスのアトリエに通うことになったのである。

絵の具を調達して戻ったファブリティウスは、相変わらず気分が乗らない様子だった。

午後になると筆を投げ出し、ついには画架の裏側に隠してあった酒瓶に口をつけ始めた。商船ギルドから依頼を受けたという集団肖像画は、まだ下塗りの色がむき出しの状態である。

「むさい男の髭面《ひげづら》にはもう飽きたよ。あーあ、誰か胸の大きなお姉ちゃんが群れている絵でも注文してくれんかなぁ」

このところ肖像画の依頼を続けて受けているファブリティウスは、贅沢《ぜいたく》な不満をこぼした。

スペイン統治下時代に比べると、画家を取り巻く環境は大きく変わっていた。

前時代までの職業画家が最高の名誉とし、高額の画料を約束されたのは、王侯貴族の城の装飾画と、壮麗なカトリック教会を飾る宗教画の仕事であった。しかしスペインから独立を果たし、共和国となったオランダに王族は存在しない。

加えて宗教改革により、カルヴァン派のプロテスタント教会が国教となったことで、神と人間との間に介在するカトリック教会が否定された。厳格なカルヴァン派は、神の絵姿を描く行為すら禁止し、それまで教会を飾っていた宗教画や聖像を破壊した。

芸術家にとって最大の守護者となる王族が存在せず、カトリック教会もない国。それが十七世紀のオランダなのだ。

「今どき画家に絵を描かせようなんて思うのは、インド会社で一旗揚げた貿易商や、地場産業の経営者ばかりだ。しかも連中には大仰な物語画なんぞ必要ないのさ」

物語画とは、ギリシア神話や旧約聖書の一場面を描いた絵画のことである。寓意《ぐうい》に富んだ物語画こそ画家の真骨頂と言えたが、本格的な大型絵画を注文する客は減る一方だった。

「いいか、ヨハネス。今の時代に画家を志す者は大変だぞ。大衆の嗜好《しこう》に合わせる器用さと、自分の絵画芸術を追い求める気概。そのどちらが欠けてもいかん」

いつしかファブリティウスの口ぶりが変化していた。この男は酔いが回るほどに、真摯《しんし》な本性が顔を覗かせるのだった。

⚘

聖誕祭を翌週に控えた夜のことである。

メーヘレン亭の客が落ち着くのを見届け、店の裏口を出たヨハネスは、一人で街を歩いていた。冷たい北風に首をすくませながら辿《たど》り着いたのは、スヒーダム港に近い酒場通りだ。最近では港に入る船の数も減っていたが、ヨハネスが目当てにする店は地元の若い衆を中心に賑《にぎ》わっていた。入り口の両側には大きな松明《たいまつ》が焚《た》かれ、酒場通りを明々と照らしている。

待ち合わせた友人たちの姿を求め、店に入ろうとしたヨハネスは、松明の向こう側にいる若い女に気付いて、ふと足を止めた。

ほっそりと姿の良い娘だった。

客の袖《そで》を引こうとしている娼婦《しょうふ》かと思われたが、風に舞う松明の火の粉を払って振り上げられた顔には、童女のあどけなさが残っていた。

途端にヨハネスは、娘から目が離せなくなった。

スモモのような丸みを帯びた頬《ほお》と、つんと尖《とが》った顎《あご》。大きく潤んだ瞳。自分好みの顔立ちには違いないが、引きつけられた理由は、それだけではない。娘が夜の街角に立ち尽くす光景が、一枚の絵画を鑑賞しているかのような錯覚をもたらしたのだ。

輝かしい光輪を戴《いただ》いた乙女と、その足元で何事かを告げようとする天使——ヨハネスの頭の中には、聖書の一場面がありありと浮かんだ。

実際に娘を照らすのは松明の灯《あか》りだけで、盛り場に天使など降臨する筈《はず》もない。しかし、その幻視は現実より鮮やかな色彩で記憶に焼き付いた。

(そうだ、俺はこの女を描かなくては……)

思わず前に進み出ようとしたヨハネスの肩を、背後から叩《たた》く者があった。

「よう」

「待たせちまったな」

振り返ると、二人の若者が顔を並べていた。

「なんだ、マルクとヤーコプか……」

どちらもガキ大将だった頃のヨハネスに、子分としてくっ付いていた幼馴染《おさななじみ》である。

「なんだとは酷《ひど》いな。ここで飲もうと言ったのはヨハネスだぞ」

「そんな意味じゃない。今そこに——」

戻した視線の先に、娘の姿はなかった。

慌てて周囲を見回すヨハネスに、二人が怪訝《けげん》な顔をする。

「俺たち以外に、誰か来るのかい」

「いや……」

夜の酒場通りには、厳《いか》つい男たちが行き交うばかりである。

ヨハネスは気を取り直すと、幼馴染たちに言った。

「何でもない。いつもの酒場は混み合ってるようだぞ」

「だったらさ、今からこっちの店に行かないか」

ヤーコプはにやけた表情で、太短い小指を突きだした。

「女か」

「ヤーコプの奴、来月結婚する予定だろう。今の内に遊んでおきたいそうだ」

角ばった顎に立派な鬚《ひげ》を蓄えたマルクが小声で囁く。

「悪い奴だ。婚約者に告げ口してやろう」

「わーっ、それだけは勘弁してくれ！」

慌てるヤーコプを尻目に、ヨハネスは笑いながら、マルクと並んで歩き出していた。

幼馴染たちがヨハネスを連れて行ったのは、街の南はずれにある裏通りだった。港から程近いこともあり、暗い路地を抜ける間に、船乗りらしき風貌《ふうぼう》の男と何人も擦れ違った。

「この路地は、結構いい店が多いんだ。もっとも、ハーグの飾り窓とは比べものにならないだろうけどな」

「まったくヨハネスが羨《うらや》ましいぜ」

ヨハネスが内弟子時代を過ごしたハーグは、オラニエ総督家の御膝元《おひざもと》であり、政治の中枢となる都市だが、えてしてお堅い人間が集まる所には、華やかな色町文化が栄えるものである。ハーグにも上品な雰囲気の飾り窓を並べた花街があり、隠れた観光名所となっていた。

デルフトから出たことのない二人に羨望《せんぼう》の目を向けられても、ヨハネスは肩をすくめただけだった。修業中の若造が上がる程度の店なら、どの町でも似たり寄ったりのものだったのだ。

三人が入った店は、一見すると普通の居酒屋のようであった。幾つかテーブルが並び、奥では行商人風の男が、婀娜《あだ》っぽい女に勧められて酒を飲んでいる。

ヨハネスたちが扉に近いテーブルに着くと、女たちがワイン壺《つぼ》と杯《さかずき》を三つ乗せた盆を持ってやって来た。痩《や》せて背が高い女と、豊満で色気のある年増だった。

奥のテーブルでは、男と女の間に、黒い頭巾を被《かぶ》った老女が加わっていた。娼館で働く女を仕切り、値段の交渉までを行う取持ち女である。一般には、やり手婆《ばば》と呼ばれることが多い。

そのうち交渉が成立したのか、婀娜な女に導かれた男は、階段の上へと消えて行った。

ヨハネスたちの席では、豊満な年増が世間話などして場を仕切っていた。

もう一人の女はなかなか来ない。痩せた女が陶器の壺からワインを注いで勧め、ヨハネスとマルクは黙って杯を傾けた。ヤーコプは痩せた女が気に入ったのか、袖口から覗く白い腕を撫《な》でるのに夢中である。

「やれやれ、お兄さん方」

そのヤーコプの背後から、黒い頭巾がぬっと姿を現した。娼館付きのやり手婆である。

「お待たせした上に申し訳ないんですがね、どうにも、あと一人が間に合いそうにないんですよ。今日は久しぶりに東インド会社の船が港へ入った上、看板娘が風邪で休んでおりましてね」

外船が入港した日は、上陸した船乗りたちで、港周辺の飾り窓も大いに賑わった。

「お前らが上がれ」

ヨハネスが店の奥の階段を顎で指して言った。

「いいのか？」

早々に痩せた女の手に銭を握らせ、椅子から立とうとしているヤーコプはどうしようもないとして、マルクは自分たちが連れてきた手前があることを忘れていなかった。

「構わんさ。今日は飲むつもりで出て来たんだし」

「なんか、悪いな」

「このワイン代くらいは、お前らが持てよ」

片手を上げて了解の合図を送ると、マルクは豊満な女と腕を絡めて歩み去った。ヤーコプの姿はとうに階上へと消えている。

テーブルにヨハネス一人が残されると、やり手婆が勝手に椅子を引き寄せ、よっこらしょと腰掛けた。黒い上着から突き出た皺《しわ》だらけの手で、ワイン壺を持ち上げる。

「婆さんが酌してくれるのかい」

「お兄さん、まだ若いのに渋い男だね」

赤い液体を注ぐと、やり手婆は上目づかいにヨハネスを見た。

「あたしが、あと五歳だけでも若けりゃ、お兄さんをあぶれさせたりしないんだけど」

残念そうに囁くやり手婆は、少なく見積もっても七十は越えている。

悪酔いする前にヨハネスは話題を変えた。

「近頃景気はどうだい」

「あまり良くないね。戦争なんかおっ始《ぱじ》めたもんだからさ」

やり手婆は吐き捨てるように言った。

オランダはこの年の五月に、海上の覇権を巡ってイギリスと交戦状態に入っていた。第一次英蘭戦争である。

近年は大きな戦がなく、食い詰めていた傭兵《ようへい》たちは、これで仕事に有りつけると喜んだが、英蘭戦争の主たる戦場は海の上だった。槍《やり》・鉄砲を扱う傭兵ではなく、商船で帆を操っていた船乗りたちが、徴用されて軍艦に乗りこんだのだ。

「陸の兵隊さんは素寒貧《すかんぴん》。常連の船乗りさんは軍艦に乗って砲弾運び。これじゃうちの商売も上がったりですよ」

やり手婆がぼやき終えたところで、店の中にザッと冷たい北風が吹き込んだ。

首を捻って斜め後ろを見ると、扉の前に一人の娘が立っていた。年の頃なら十六くらいか。頬のあたりに少女の面影が残っている。

(さっきの娘だ……)

ヨハネスが椅子から腰を浮かせるより早く、やり手婆が立ち上がった。

「カタリーナさん！　あんた、また来たのかね」

声に困惑の色が含まれている。

「あら。また来るからって、言っておいたでしょう」

「ここは、あんたみたいなお嬢さんが、遊びで出入りする所じゃないんですよ」

店に飛び込んで来たのは、酒場の前で見た娘に違いなかった。娼婦かと思っていたが、やり手婆の言葉から察すると、生業《なりわい》として春を売っている訳ではなさそうだ。

「遊びじゃないわ。ちゃんと仕事をして、店にも上納金を払うのだから、文句はないでしょう」

「そういう問題じゃないんです」

やり手婆は枯れ枝のような手で、マントの上から娘の肩を摑《つか》んだ。

「ほら、お家《うち》の人が気付かないうちにお帰りなさい。こっそり目を盗んで出て来たつもりだろうけど……」

「触らないで！」

娘は乱暴に老婆の手を振り払った。

「追い出すなら港へ行くわよ。今夜は船乗りも大勢たむろしているみたいだし、私を歓迎してくれるお店だってあるんだから」

「あんた、まだ懲りてないのかい……」

脅しとも取れる娘の言葉に、やり手婆は困り果てた様子でヨハネスを見やった。

やり手婆の視線を後追いして、ようやく見物する男がいることに気付いた娘は、恥じらいの表情を浮かべた。だが、それは寸の間のことだった。

「そこに、男が余っているじゃないのさ」

蓮《はす》っ葉《ぱ》な口調で言い捨てると、娘は羽織っていたフェルトのマントを脱ぎ、さっきまでやり手婆がいた席に座った。酒場通りでヨハネスが見ていたことには気付かなかったようだ。

「あぶれているなら、私とどう？」

椅子から身を乗り出してしな垂れかかると、娘は直截《ちょくせつ》な誘いの言葉を口にした。流し目を送りながら、男の太腿《ふともも》の上に華奢《きゃしゃ》な手を這わせる仕草は、玄人の女と変わらない。

「いいでしょ？　安くしておくわよ。あんたなら只《ただ》でも構わないわ」

囁く娘の吐息は熱かったが、ヨハネスの答えは冷たかった。

「身勝手な女は好きじゃない」

ぴくりと、触れあっていた娘の肩が震えた。

「どんな商売にも決まり事というものがある。この店の決まりに従えないなら、俺は君を買わない」

予想外の言葉に身体を離した娘は、改めて目の前の若い男を眺めた。じっくりと頭の天辺《てっぺん》から足の先まで。投げられた言葉の意味を探るかのように、同じ仕草が繰り返された。

「――それ、どういう意味よ」

不自然な沈黙に気付いた娘が、ふてくされた顔で呟く。

「相場の料金を払うと言ってるんだ」

立ち上がったヨハネスは、やり手婆に銭を提示した。

やり手婆がわずかに顎を引き、娘に声をかける。

「二階の小部屋を使っていいよ」

怒ったように席を立った娘は、ヨハネスの指先から銭をひったくった。

「行くわよ」

つんと尖った顎を持ち上げ、客の先に立って歩き出す。

ヨハネスはやり手婆に目配せすると、娘の後ろに付いて狭い階段を上がって行った。

⚘

ヨハネスが生まれ育ったデルフトは小さな街である。

南北に約千三百メートル、東西は約八百メートルしかない。

街の中には大小の運河が網の目のように張り巡らされ、人や荷物を乗せた小船が石橋の下を行き交っている。運河に沿って石造りの古い邸宅と赤煉瓦の倉庫が並び、葉を茂らせた街路樹が緑を添えるさまは、庶民的ながらも詩情を含む景観だ。

もっとも今は冬の最中《さなか》のことで、街路樹は葉の衣を落とした枝ばかりである。枝の隙間《すきま》から薄曇りの空を見上げてそぞろ歩くヨハネスの前に、やがて堅牢《けんろう》な街壁が立ち塞《ふさ》がった。デルフトは独立戦争中にオラニエ提督が居城をおいた要塞《ようさい》都市でもあるのだ。

街を取り囲む街壁の外堀として、スヒー川の流れがそのまま利用されている。近隣都市に通じる川を上り下りする船舶の、停泊地となっているのがスヒーダム港だ。

港の対岸に立ち、街壁の向こうにデルフトの街を眺めるのは、初等学校に通い始めた頃からヨハネスの習慣になっていた。今でも暇を見つけては、同じ岸辺で佇《たたず》んでいる。

「ちょいと、フェルメールさん」

どれくらい経《た》った頃か、ふいに背後から名を呼ばれて振り返ると、黒い頭巾とマントに覆われた老婆が立っていた。

「マギ婆さんか」

「やっぱり、今日もここにいなさったね」

皺だらけの顔に、更なる皺を寄せて笑うのは、港の娼館で知り合ったやり手婆だ。

あの夜、いきなり店にやって来てヨハネスを客にした娘は、翌朝目を覚ました時には姿を消していた。

娘のことが妙に気に掛かるヨハネスは、その後も何度か同じ店を覗いたが、娘とは会える時もあり、会えない日もあった。そうこうするうち、やり手婆の方とすっかり気安くなってしまったのだ。

今では娘の名前がカタリーナ・ボルネスであることや、幼い顔立ちをしているが、ヨハネスより一つ年上の二十二歳であることなど、娘自身が語ろうとしない事情を含めて承知している。

「また手紙を預かって来ましたよ」

マギ婆さんは、マントの下から二つに折った紙を取り出した。

広げて見ると、右下がりの小さな文字が窮屈そうに並んでいる。一目で分かるカタリーナの筆跡だった。

「明後日《あさって》の午後。早めに店で会いたいと言っている」

封のない手紙である。すでに内容は承知しているはずの老婆は、神妙に頷いて見せた。

「いつもの部屋を空けておきましょう」

「使い立てして悪いな、マギ婆さん」

今年に入って、同様のやり取りが何度か行われていた。

「まったく、この歳《とし》でとんだ愛の使者《キューピッド》ですよ」

白い翼の代わりに、黒い頭巾付きのマントを羽ばたかせると、愛の使者ならぬ取持ち女は、二月の冷たい風が吹き付ける中を、街壁の内側へ帰って行った。

風が冷たくなったのは日没が近いせいばかりではない。西の空から黒い雲が広がり、いつしか小雨模様である。

ヨハネスも帽子を深く被り直し、急ぎ足に外堀にかかる石橋を渡った。メーヘレン亭に帰り着く頃、小雨は雪に変わっていた。


開け放した窓から、容赦のない寒風が吹き込んでいた。

見習い小僧たちが、小刻みに肩を震わせているのは分かっていたが、まだ窓を閉める訳にはいかない。

ランプの火に翳《かざ》した小鍋《こなべ》で、ヨハネスは湯を沸かしていた。
滾《たぎ》り始めた湯の中に、黄色い塊を幾つか投入する。熱が浸透すると湯の中の塊は徐々に溶け始め、どろりとした液体に変化して浮き上がる。

この黄色い液体が、油絵具の媒材となるテレビン油である。
元は赤松や黒松などの樹脂を蒸留精製したものだが、空気にふれると固まってしまう性質があるため、薬種屋で買った樹脂を使用する際には、加熱して溶かす必要があるのだ。

部屋の中に独特の臭気が漂い始めた。

樹脂が完全に溶けきったことを確認すると、ヨハネスは湯の上に浮いた油分だけを掬《すく》って、口の狭い小瓶に移した。

「これでテレビン油作りは終わりだ。引火しやすいから、自分たちだけで作業する時は気をつけろよ」

二人の見習いは神妙な顔で頷いた。

樹脂の臭いが残るアトリエに、ファブリティウスの姿はなかった。先だって集団肖像画を納めた商船ギルドの紹介で、デルフトでも指折りの富豪と会っているのだ。きっと今頃は富豪の邸宅で、肖像画の受注についての話を進めていることだろう。

仕事がなければ帰宅しても良いことになっているヨハネスは、見習いたちに次の課題を与えて、ファブリティウス邸を後にした。

そろそろ日没に近い時間だが、外には明るさが残っている。

考えるより先に、ヨハネスの足はスヒーダム港へと向かった。

先月の末に降った雪は、暖冬と思われた今季最初で最後の大雪だった。今も所々に汚れた雪が残る街を斜めに突っ切り、ヨハネスがいつもの岸辺に立つ頃には、日没後の夕映《せきえい》の中に、景色の輪郭だけが居残っていた。

停泊する貨物船も、荷を積み込んでゆらゆらと水面を漂う小舟も、桟橋に降り立つ人々も、みな錆《さび》色のシルエットとなって、スヒーダム港を一枚の影絵に仕立てている。

港の内側に外船は一艘《そう》も見当たらない。今日の最終便として到着した客船が、港の最奥に停《と》まっているのみである。英蘭戦争による不況は、確実にデルフトの街にも及んでいるのだ。

胸の前で腕を組み、黒々とした水面を見下ろしていると、客船から乗り換えた人々を乗せた小舟が目の前を通り過ぎようとした。

「おーい、おーい」

小舟に乗った男が、いきなり大きな声を上げた。

「おーい。そこにいるのは、ヨハネスじゃないかぁー」

呼ばれているのは自分らしいが、船の男に見覚えはない。念のため周囲を見渡しても、日の暮れた岸辺には、家路を急ぐ老婦人が二人と、尼さんがいるばかりである。

「君のことだよー」

小舟から危なっかしく身を乗り出した男は、ヨハネスに向かって手を振り回している。

「水門の向こうで待ってるぞー」

勝手に場所を指定した男を乗せ、小舟は港から街中の運河へと繋《つな》がるスヒーダム門に、舳先《へさき》を向けて離れて行く。

男の声に聞き覚えはなく、顔も帽子に隠れて見えなかった。それでも待っていると言われた以上、無視することは出来ない。ヨハネスは、多少の好奇心と面倒臭さを感じながら石橋を渡り、先刻まで対岸から眺めていた岸壁の上を歩いて水門へと向かった。

スヒーダム門の少し先には港を出て最初の船着場がある。櫂《かい》を使ってゆっくりと漂う小船は、ヨハネスが到着するのとほぼ同時に接岸した。

船着場で降りたのは、自分を呼びつけた男一人だけだった。つばの広い帽子を目深に被り、兵士のようなマントに包《くる》まった旅装の男は、ヨハネスの姿を見るなり走り寄った。

「ああ、やっぱりヨハネスだ。今でもあの岸にいるなんて思わないから驚いたよ」

「えっ、お前……」

「僕だよ。分からないのかい」

男が脱いだ帽子の下から、うず巻く金色の髪が現われて肩を覆った。

「もしかして、レーウ……?」

「久しぶりだね、ヨハネス」

「驚いた。お前、ずいぶん背が伸びたな」

同級生の中で一番小さかったレーウこと、アントニー・レーウェンフックは、大柄なヨハネスとさして変わらない身長になっていた。ただ獅子《しし》のような巻き髪と大きな鳶色《とびいろ》の目が、記憶の奥にある少年の面影を留《とど》めている。

「会うなり背丈の話とは随分だな。そういえば、何年会ってないんだっけ」

「十年……いや、もう十二年か。お前が船で街を離れるのを見送って以来だ」

「確かに、あの頃はチビだった」

感慨深げにレーウが目を細める。

「でも、君は変わらない。船の上から見た途端、そうだと分かったよ。ああ、やっぱりここへ来ればヨハネスに会えるんだって……」

レーウは言葉を区切り、疑わしげな顔で言った。

「まさか、あれからずっと港に立ってたわけじゃないだろう?」

「馬鹿。当たり前だ」

二人の若者が声を上げて笑うと、桟橋の近くに集まっていた猫たちが、驚いて走り去った。

「お互いあれから色々あったということさ」

そう言って立ち話を切り上げると、ヨハネスは友人の足元にあった荷物を自分の肩に担ぎ上げた。

「家まで送っていこう。その……実家に戻るんだろう」

「うん」

レーウは屈託のない表情で頷いた。彼を厄介払いした義父は、数年前に他界している。

「姉さんたちはお嫁に行っちゃったし、母さんと二人で暮らすことにした」

「では、積もる話は、近いうちに改めてだな」

「そうだね」

あたりはすっかり暗くなり、灰色がかった空にぼんやりと朧月《おぼろづき》が浮かんでいた。


三日後の夜。メーヘレン亭の入口近くのテーブルでは、若者が三人寄りかたまって座り、再会の祝杯を上げていた。

「けどよ、チビのレーウが俺たちよりデカくなっているとは驚きだよなぁ」

「また、その話かい」

焼き立てのブレッツェルを齧《かじ》りながら、レーウは苦笑した。

「僕もびっくりしたよ。ヤーコプの腹回りが親父《おやじ》さんよりデカくなっているとはね」

こいつは一本取られたと、おどけて腹を撫でるヤーコプは、パン屋の倅《せがれ》だ。父親仕込みの腕の良いパン職人だが、その下腹まで竈《かま》から出したばかりの丸パンのように大きく膨らんでいる。

「でも、このブレッツェルは本当に旨《うま》い。アムステルダムでも、こんな美味《おい》しいのは食べたことがないよ」

「おお、お前いい奴だなぁ、レーウ」

ヤーコプの丸顔から喜色が溢れた。生地を縄のようにねじり上げて焼くブレッツェルは、彼の密《ひそ》かな自信作なのである。

「今度、他のも味見してくれ。商都の竈のパンを食ってきたのは、同級生でお前だけなんだからさ」

「喜んで」

愛想よく答える幼馴染の横顔を眺めていたマルクが、ビールを片手にしみじみと言った。

「俺はまだ不思議な感じだよ。学校で本ばっかり読んでた優等生と一緒に、酒を飲んでるなんてなぁ」

「あの頃は、余裕がなかったんだ」

レーウの笑みに、苦いものが混じった。

「お義父《とう》さんが嫌がるから、家では勉強できなくてさ。学校しか本を読む場所がなかった」

「お前なら余裕で中等学校にも行けただろうに。織物商店で働くなんて勿体《もったい》ないよなぁ」

「こら、つまらない話で場を盛り下げるんじゃない」

会話に割り込んだのは、それまで泊り客の給仕を務めていたヨハネスだった。

メーヘレン亭は、街の中心にあるマルクト広場に面した立地条件の良さから、常連の商人や役人をはじめ上品な宿泊客が多い。しかし、一階の食堂を居酒屋として開放する時間が来ると、地元の男衆が大勢出入りする。癖の悪い客が来た時のために、夜の営業には必ずヨハネスが顔を出すようにしていた。

「うちの自慢料理だ。おれの奢《おご》りだから、遠慮なく食っていけ」

そう言ってレーウの前に牡蠣《かき》とほうれん草のシチューを置くと、ヨハネスもビールの空樽《あきだる》を据えて座った。店の仕事が一段落したと見たのだ。

「うまいか？」

「うん」

熱々のシチューを口に運んでレーウは頷いた。大きな目が、まだ数人の客が残って飲み食いしている店内をぐるりと見回す。

「とても繁盛しているみたいで良かったよ。そのうち小母さんがお店に馴《な》れたら、君はアムステルダムに行くんだろう？」

「まぁ、そうだな……」

商都で名を上げることは、ヨハネスが画家を志した当初からの夢であった。

ヨハネスだけではない。ハーグで知り合った画家の卵たちは一様に、ヨーロッパ屈指の大都市となったアムステルダムへ出て勝負したいという若者らしい野心を抱いており、それぞれが自分の輝かしい未来を信じていた。

ところが、朋輩たちの誰よりも高く青雲の志を抱いていたヨハネスに、今頃になって、デルフトを離れることへの躊躇《ためら》いが生じ始めていた。父親の遺したメーヘレン亭への愛着もあるが、それだけではない。胸の奥に芽生えたばかりの淡い思いがあった。

「このままレイニール小父《おじ》さんの跡を継ぐのはどうだ」

「そうだ、宿屋のオヤジになっちまえ」

マルクとヤーコプが言いたいことを言う。せっかく地元に戻って来たガキ大将が、再び街からいなくなってしまうのが寂しいのだ。

「家業を継ぐのも捨てたもんじゃないぞ」

「そうだそうだ」

追い打ちをかける二人は、どちらも親の仕事を継いでいる。

「確かマルクの家は、食器類を扱うお店だったよね」

「あ、ああ。うちはデルフト陶器の専門店だ」

レーウの一声で話の方向が変わり、ヨハネスは密かに安堵《あんど》して、自分のビールに口をつけた。

デルフトは陶器の名産地である。街には陶器を販売する専門店も多く、運河沿いには陶器を焼く窯場も沢山ある。

「お前が食ってるシチューの深皿も、ビール用の酒杯も、レイニール小父さんがうちの店から買ってくれたんだ。どれも一流の陶器職人が作ったものだよ」

レイニールは良質のデルフト陶器を店に置いた。少々値は張ってもメーヘレン亭では本当に良いものを使うのだと粋がって見せる顔の裏には、少しでも息子の友人の店を儲《もう》けさせてやろうという優しさがあった。

「陶器職人と言えば」

杯を干したヨハネスが、口元の泡を拭《ぬぐ》いながら言った。

「例の事件はどうなった。何か手掛かりでも見つかったのか」

「いや、未《いま》だに何も分からない」

マルクが首を横に振った。

「なんのこと?」

「陶工が三人と、絵付け専門の男が一人、行方不明になったんだ」

帰郷したばかりのレーウに、地元組の二人が事件のあらましを説明した。

「最初の一人がいなくなったのが、確か去年の今頃だった」

姿を消したのは腕の良い職人ばかりだった。他国の窯から好条件で引き抜かれたのではないかと噂《うわさ》する者もいたが、どの職人も自宅に家族を残したままの失踪であった。

当時は結構な話題になったものだが、一年も経過すると、身内でもない大多数の市民たちは、事件があったことすら忘れている。

「その姿を消した職人の孫娘というのが、俺が助手をさせて貰っている先生の家で働いているぞ」

話の最後に付け加えられたヨハネスの言葉に、マルクが酒杯を置いて向き直る。

「それは知らなかった」

「オハナ・クロールという名前の娘だ」

「じゃあ、クロール爺さんの孫だな……」

行方不明になった四人の職人たちの中で最年長のハンス・クロールは、デルフト陶器の絵付け師だった。若い頃には陶工の仕事と一貫して行っていたが、五十歳を過ぎてからは、絵付けの作業を専門にしていた。

デルフト陶器の絵付けは、陶土を薄く形成し、乳白釉《ゆう》をかけて一度焼いた上に、酸化コバルトなどの顔料を用いて施される。絵付け後に再び高温で焼成して、やっと陶器が完成する。

ハンス・クロールは、熟練工として窯場で重く扱われていたが、実質の稼ぎは大した額ではなかった。繊細な筆遣いで花や鳥の意匠を描くことにおいては、誰にも引けを取らないが、長年の陶工生活で抱えた腰痛が悪化し、往時の半分の量も仕事をこなせなくなっていたのだ。

たとえ稼ぎは減っても、クロール爺さんには絵付け師としての誇りがあり、養うべき家族もあった。息子の忘れ形見となった孫娘を一人で育てていたのである。ところが――

痛む腰をさすりながら仕事を続け、孫娘の成長を楽しみにしていたクロール爺さんが、ある日突然姿を消してしまった。窯場のある郊外へ出向いたきり、帰って来なかったのだ。

家には孫娘のオハナだけが残された。

⚘

「まいど、ありがとう。今日のお代は掛けにするのね」

「はい。月末に奥様がお支払いします」

布で包んだパンを両手に抱え、オハナ・クロールは〈銀のラッパ〉を後にした。

クロール爺さんが行方知れずになった当初、オハナが一人ぼっちで暮らす家には、何人もの借金取りがやって来た。クロール爺さんには、先立った妻が寝付いた時に拵《こしら》えた借金が残っていたのだ。元々金目のものなど無かった家からは、あらかたの家財道具が持ち出され、ついにはオハナを売り飛ばそうとする輩《やから》まで現れた。

この不埒《ふらち》な話を耳にしたのが、近所に越して来たばかりのファブリティウス夫人だった。地元名家の生まれである夫人は、高利貸しの元締めと交渉し、残りわずかな借金を帳消しにさせた上で、オハナを雇うことにしたのだ。

下働きとて楽な仕事ではない。家の内外の掃除をはじめ、冷たい運河の水で敷布や下着を洗ったり、おまるに溜《た》まった汚物を処理するなど、辛《つら》い作業が沢山ある。それでも、寄る辺ない身の上となったオハナにとっては、ありがたい働き口だった。

「善い人に雇われて良かったよな」

店番中の新妻とオハナとのやり取りを、奥の作業場で垣間見《かいまみ》ていたヤーコプが言った。先日の飲み会で、ファブリティウス邸に通うヨハネスからオハナの事情を聞いたばかりだ。

「うん、そうだね」

口の中に詰め込んだパンを、ビールで喉《のど》に流し込んだレーウが頷いた。約束通りパンの味見に来ているのだ。味見と言っても〈銀のラッパ〉の店頭に出ているのは、ヤーコプ父子《おやこ》自慢の商品ばかりである。

「どれも美味しいけど、特にブレッツェルが旨《うま》かった」

「うちで一番、原価が掛かっている商品だ」

ヤーコプは重々しく頷いた。普段は気楽な性分の男だが、パンの話となれば真剣そのものだ。

「だが、ここらで新しい商品が欲しいんだよな。アムステルダムでは、珍しい材料を使ったパンがあると聞いているし」

ヤーコプは、自分の師匠でもある父親を横目で盗み見ながら言った。

「そうだなぁ、僕は奉公人だから、贅沢なパンは特別な日にしか食べなかったけど、干し葡萄《ぶどう》入りのパンが好きだったな」

「なるほど、干し葡萄か……」

ヤーコプはしきりに唸っていた。

昼飯代わりの味見が済み、そろそろ勤め先に戻るというレーウに、店番中の新妻が愛想よく笑いかける。

「またいらしてね、レーウェンフックさん」

隣町から嫁いで来た新妻は、兄妹《きょうだい》かと勘違いするくらいヤーコプに似ていた。小柄で丸い体型に、丸顔と丸い鼻。ヤーコプの両親や弟たちを含め、〈銀のラッパ〉には丸パンのような人々と、本物の丸々したパンが並んでいるのだった。

ちょっとそこまで送って来るよと妻に声をかけ、ヤーコプも一緒に店を離れた。通りの先で角を曲がり、運河に沿って歩きながら控えめな声で話す。

「お前、あれからヨハネスと会っただろう」

「そうだねー、会ったかな」

春めく日差しの下でポプラ並木を見上げ、レーウはほわんとした様子で答えた。帰郷してまだ二週間足らず。その間、子供の頃のようにスヒーダム港へ足を運ぶことが度々あった。示し合わせた訳ではないが、同じ習慣のあるヨハネスとも二度ばかり会っている。

「何か聞いていないか」

「何かって？」

振り向いたレーウの目の前に、ヤーコプが小指を立てて突きつけた。

「――女性のこと？」

ヤーコプは、パンの話をする時と同じ顔で頷いた。

「いや、聞いてない。気になることがあるのかい」

「まぁな……」

話を切り出した手前、ヤーコプは自分の心掛かりを吐露した。他でもない、ヨハネスが入れ込んでいる女についてだ。

「知り合ったのは港の娼館。誘ったのは俺とマルクだ」

ああ――、とレーウは得心した。わざわざ新妻のいる店を出て話す必要があったわけだ。

三人が娼館を訪れたのは昨年の暮れだった。そこで出会った女と親密になり、今も熱心に通っているのだという。

「あの兄ぃは生真面目《きまじめ》というか、妙な男気があるから困る」

ヤーコプの言葉には嘆息が混じっていた。

「かなり頻繁に出入りしているらしい。これはマルクの奴が馴染の女から聞き出した情報なんだが……」

カタリーナ・ボルネスが初めて娼館を訪れたのは、かれこれ二年以上前のことである。いきなり現れて商売させろと詰め寄る娘を、初めのうちは、やり手婆が追い払っていた。真っ当な娼館であれば、素人に客をとらせたりしない。ひと目でそれと分かる良家の娘なら猶更《なおさら》である。ただ当時は専属の女が二人も身重になり、人手が足りていなかった。困った店主が、やり手婆のいない隙に、カタリーナを店に出してしまった。

それから半年も過ぎようかという頃、カタリーナの母親を名乗る品の良い婦人が店を訪れた。娘が悪所に出入りしている事実を知り、始末をつけに来たのだった。

上流社会の一員である母親は毅然《きぜん》としていた。今後は自分も娘の素行に気を付ける。それでも目を盗んでこちらに来ることがあったら、きっぱりと追い返して欲しい。そう言うと、口止めとして幾《いく》ばくかの金子をテーブルに置いた。カタリーナが通う店は他にもあったが、母親は目ぼしい店を訪れ、娘が働けないよう手を回した。

だがカタリーナは諦《あきら》めなかった。裏通りには正式な手続きを踏まず商いをしている店も少なくない。そんな怪しげな場所にまで足を踏み入れるようになったのである。

娼館の女たちが眉を顰めるような店に出入りしたり、港で客を取ってみたり。酷い目にあったことも一度や二度ではない。

ますます悪くなる事態に、母親も音を上げるしかなく、話は振り出しに戻ってしまった。

今もカタリーナは飾り窓の下で、玄人女の真似事《まねごと》を続けている。

「そんな女性で、大丈夫なのかな」

大丈夫じゃなさそうだから心配しているんだと、ポプラの木を背にしたレーウを見上げて、ヤーコプは言った。

「お前が、ヨハネスに忠告してくれ」

「ええっ、どうして僕が」

戸惑うレーウに、小柄なヤーコプがにじり寄る。

「俺もマルクも、所詮《しょせん》はヨハネスの元子分だ。差し出口を叩くなんて、おこがましいだろう」

でも、初等学校で一番の優等生だったレーウなら、ガキ大将にも対等に意見が出来るだろうというのが、ヤーコプの捻り出した理屈だ。

「そんなの、子供の頃の話じゃないか……」

結局レーウは、気の重い役目を押し付けられてしまった。


港近くの娼館では、ヨハネスが寝台の上で背枕《せまくら》にもたれ、窓際に立って身づくろいをする女を見ていた。

ガラス越しの西日に向かい、女はコルセットの胸元を細い紐《ひも》で締めていた。綾取《あやと》りでもしているように、華奢な指先が速やかに動く。

「いつも、私の身支度を見るのね」

俯《うつむ》いたまま女が言う。

「好きなんだ。君が無心に何かをしている姿が」

「港で馬鹿みたいに景色を眺めているのは？」

「あれも好きだな」

馬鹿みたいと言われてもヨハネスは聞き流した。いい若い者が、暇さえあれば同じ場所で突っ立っているのだから、他人から何を言われても文句を言うつもりはない。ただ、目の前の女は、すでにヨハネスにとって他人とは言えない存在だった。

「人の外見が少しずつ変化するように、風景も変わり続けている。何千回となく眺めていても、ああ、これは前に見たのと同じだと思ったことはない。だから、飽きないいんだろうな」

「あんたが忘れっぽいだけよ」

女の物言いに愛想がないのはいつものことだが、その佇まいには独特の雰囲気があった。際立って肢体の均整がとれているわけではないし、顔貌は可愛《かわい》らしくとも絶世の美女ではない。それでもヨハネスは、他にはない素質とも呼べるものをカタリーナに見出《みいだ》していた。

一挙手一投足が絵になるのである。

アトリエとして使っている実家の屋根裏で、ヨハネスは何点かの習作を描こうとしていた。題材はありふれた宗教画。モデルとなるのは目の前の女である。初めて会った瞬間から、ヨハネスが思い描く構図の中には、キリストの足元で説教に聞き入る娘や、天使の告知を受けて慄《おのの》く乙女に姿を借りたカタリーナがいるのだ。

手早く服を着込むと、ヨハネスは寝台の縁に腰かけて、カタリーナの横顔を見詰めた。

「なぁ、カタリーナ」

名を呼ばれてもカタリーナは返事をしなかった。わずかに視線の端で男を見やる。

「今度はよそに行かないか。この店じゃなくて」

「私はここがいいわ」

初めて出会った店で二人は逢瀬《おうせ》を重ねていた。娼館の女と、その客として。

そもそもカタリーナは店に所属する女ではない。外で会うのも、他の店に行くのも本人の自由である。そういう目的に沿った待合宿を利用することも出来る。しかし、カタリーナは娼館で会うことに固執した。

「いいじゃない。どうせ私が店にお代を払ってるんだから」

「それはそうだが……」

表向きはヨハネスが客として支払った銭の一部を、カタリーナが店に上納していることになっている。しかし、実家の手伝いと、無給の画家助手を続ける身のヨハネスに、自費で娼館に通い詰めるだけの余裕はなかった。

「私は娼館が好きなの。ここが私に相応《ふさわ》しいのよ」

だから、いいじゃないの、とカタリーナは言った。

その諦観《ていかん》の表情と、小づくりな童顔には、どこか均衡を欠いた危うさがあり、ヨハネスを切ない気持ちにさせた。絵のモデルとしての素養うんぬんは抜きにしても、彼女を自分の目の届く所に置きたいという思いが湧《わ》き上がる。

「よその店が嫌なら、俺の家に来てみないか」

ヨハネスは表情も変えず、さらりと言った。

「あんたの実家は真っ当な宿屋でしょう。待合宿の代わりに使うのは失礼よ」

「待合じゃなくて、俺のお袋に会って欲しい」

初め男の言いたいことが分からなかったカタリーナは、その真意に気付くと、身体ごとヨハネスに向き直った。薄青い瞳が驚きに見開かれている。

「やっぱり馬鹿ね、あんた」

「俺は本気だ」

思いつきではない。かなり前から考えていたことだ。あるいは初めて会った瞬間から、こうなることを頭の隅で予感していたかもしれない。

正面から男の顔を見据えたカタリーナは、相手の目の中に真摯な色を見て取ると、視線を下に外した。

「馬鹿ね。私がどんな女か知っているでしょうに。お母様に会わせて、どう紹介するつもり？」

「すべてを正直に話す必要はない。そもそも、お袋自身が苦労人だ。君の行状を調べ上げて、とやかく言ったりはしないさ」

母親のディフナが苦労人であるというのは本当だった。ディフナの父親と兄には犯罪歴があり、夫だったレイニールも、過去に何度か暴力沙汰《ざた》を起こしている。

「むしろ、問題は君のお母さんの方だろうな。うちの家系を知ったら賛成はしないだろう」

「真っ先に、私が反対よ」

カタリーナは踵《きびす》を返して言った。目の前の壁には、ひび割れた鏡が掛けてある。鏡に映る若い女の目の下には、荒れた生活を物語る灰色の隈《くま》が浮いていた。

「私は今の生活が好きよ。昼間から娼館に入り浸って、行きずりの男たちを喜ばせている時が一番幸せ。私はそんな女なの」

鏡の中の童女めいた微笑が、ヨハネスを沈黙させる。

「私と結婚なんかしたら、地獄へ行くことになるわ」

不穏な捨て台詞《ぜりふ》を残して、カタリーナは部屋を出て行った。

◆

「フェルメールさん、お知り合いの方がお待ちです」

ファブリティウスのアトリエで、顔料の調合をしていたヨハネスが振り返る。

「俺の知り合い？」

「はい。かなり前から玄関先に立っていらしたので、お声をかけたら、フェルメールさんを待っていると仰《おつしや》いました」

裏階段側の扉の前で、オハナが遠慮がちに言う。

「綺麗なお姉ちゃんかい？」

ファブリティウスの軽口に、オハナは首を横に振った。

「若い男の人ですよ、先生。金の羊みたいな……」

ああ、とヨハネスが頷いた。知り合いの正体が分かったのだ。

「そいつは羊じゃなくて、獅子《レーウ》だな」

「そんな風にも見えました」

オハナは几帳面《きちょうめん》に返答した。

「羊でも獅子でも牡《おす》なら構わんさ。今日はもういいから、行ってやりなさい」

富豪の商人から正式に肖像画を依頼されたばかりの画家は、すこぶる機嫌が良かった。

「すみません、先生」

ヨハネスは乳鉢ですりつぶした顔料をガラス瓶に移すと、早々に腰を上げた。外階段へ向かいながら、ふと後ろを振り返る。

「もし、綺麗なお姉ちゃんだったら、どうなったんです？」

相変わらず眠たげな瞼《まぶた》を持ち上げ、画家は口の端で笑った。

「そんなけしからん助手は、夜中までこき使ってやる」

待っているのがカタリーナでなくて良かったと思いながら階段を下りると、狭い横庭の先に、身を屈めてオハナと向かい合う幼馴染の姿があった。

「よう、どうした」

「今日は午後から休みを貰ったものだから」

低く屈めていた腰を伸ばし、レーウは少女に手を振った。

オハナはにっこり笑って、家の中に戻って行く。

「例の絵付け師の孫娘さんだね」

「ああ。可愛い子だろう」

「僕の髪を触らせてくれって言うんだ。羨ましいんだってさ」

オハナはオランダ人には珍しく、癖のない真《ま》っ直《す》ぐな黒髪の持ち主である。それはそれで綺麗だったが、年頃に差し掛かる少女には、レーウの豪華な金髪巻毛が眩《まぶ》しく見えたのだ。

金の羊という的を射た言い回しに、思い出し笑いを浮かべながら、ヨハネスは友人と肩を並べて運河の縁を歩いた。

三月の半ばを過ぎて、春は足踏みをしている。昨日の朝は氷が張る程に冷え込んだ。今日も風は冷たいが、やわらかな日差しが少しずつ街の空気を暖めようとしている。

運河に沿って何度か角を曲がるうち、二人はいつしかマルクト広場の側まで来ていた。

「久しぶりに晴れたね。これを貰ったのは秋だったけど、同じように晴れた日の午後だった」

話しながらレーウが小袋から取り出したのは、小さな凸レンズだった。子供の頃、実家を出されると決まった時に、ヨハネスが譲ったものだ。

「まだ持っていたのか……」

「僕の宝物だよ」

空に翳したレンズの中で、新教会の白い塔が天地を逆にして映っている。その不思議な世界を覗きながら、愉《たの》しそうにレーウが笑みを浮かべた。

「さっきね、校長先生のお宅へ行ってきたんだ」

目の前にそびえ立つ本物の塔を見上げて、レーウが言った。

「元気だったろう」

「うん。昔と変わらなかった」

二人が通った初等学校の校長は、数年前に職を退き、今は小さな印刷会社を経営している。

「先生は何か言ったか？」

「別に。ただ……」

よく戻った。それだけ言って元校長は、十二年ぶりに会いに来た教え子の手を強く握った。

まだ十歳に満たないレーウが、継父の親類に預けられると決まった時、周囲の大人たちは、誰もその話を真に受けてはいなかった。母親の再婚相手が、見てくれこそ良いが中身は薄情で賤《いや》しい男だと、皆知っていたのだ。勉強熱心なレーウを可愛がっていた校長を始め、良識のある大人たちが、お節介を承知で何度も継父に掛け合ったが、事態は変わらなかった。

遠方の親類宅へ行ったはずのレーウが、実はスヒー川の先にあるロッテルダム近郊の農場で働いていると知れた時も、街の人々は、やはりそうかと溜息《ためいき》交じりに頷き合ったものだ。

それらの情報は大人の噂話を介し、ヨハネスの耳にも逐一届いていた。だが、子供の彼に出来たのは、継父が酔ってメーヘレン亭から帰るときを狙《ねら》い、樽の陰から足を引っ掛けて転ばせてやるくらいのものだった。

数年後、農場の廃業と継父の死をきっかけに、レーウは母方の親戚《しんせき》のもとへ引き取られ、そこから改めてアムステルダムの織物商へ奉公に出たのだった。

「新しい職場はどうだ。もう馴染んだのか？」

「まぁね。今度のお店はリネンだけじゃなくて、絹織物や小間物も扱っているから、新しく覚えなきゃいけないこともあるけど、なんとかやってるよ」

実際のところ、計算や帳簿付けに間違いがなく、商用の手紙も達者に書き上げるレーウは、店で重宝されていた。

「昨日は婚礼を控えた娘さんが来店してね、ご両親と一緒にいろいろと値の張るものを買ってくれた」

「そうか」

「それで、その、婚礼と言えば……」

レーウがごくりと唾《つば》を飲み込む。

「ヨハネスにも、お付き合いしている女性がいるって聞いたのだけど……」

「ああ。近々結婚しようと思っている」

ヨハネスは、あっさりと認めた。

「まだ色よい返事は貰ってないが、諦めるつもりはない」

「そ、そうなの」

そうなんだ……と、レーウは考え込んでしまった。

二人はマルクト広場には入らず、新教会の裏を回って、広場の南側までそぞろ歩いた。運河にかかる橋の上で、どちらからともなく足を止め、欄干にもたれて澱《よど》んだ水面を見下ろす。

「あのさ、ヨハネス」

掌《てのひら》の上でレンズを弄《もてあそ》びながら、レーウが遠慮がちに言った。

「君は子供の頃から、アムステルダムに行きたいと言っていたよね。有名な画家先生が沢山いる街で、腕を磨きたいんだって」

「言った」

ヨハネスは目を細め、欄干越しに遠くを見詰めた。

「結婚したら、街を出るのは難しいんじゃないか？」

「難しいな。また先延ばしになるだろう」

その返答の速さは、すでにヨハネスがこの問題について、何度も考え抜いたことの顕《あら》われだった。

「仕方ないさ。修業も大切だが、今はカタリーナをどうにかするのが先決だ」

欄干に両腕を突っ張り、正面を見据えたままヨハネスが言った。それは友人に話すと同時に、自分自身に言い聞かせている言葉でもあった。

修業に出る機会なら、これから先にも訪れるかもしれない。しかし――

「あの女は、今でなければ駄目だ」

ヨハネスの脳裏には、思いつめた顔で飾り窓の下に立つカタリーナの姿があった。

母親を困らせ、本職の娼婦から後ろ指をさされてまで、娼館に身を置きたがるのには、それ相当の理由があるのだろう。だからと言って、もうこれ以上カタリーナに荒れた生活を続けさせる訳にはいかなかった。

「――本当に、それでいいのかい？」

友人の言葉に、ヨハネスはゆっくりと視線を向けた。

「どういう意味だ」

「僕は君の友人だし、カタリーナさんとは会ったこともない。だから君のことだけを考えて喋るけど……」

前置きして、レーウは手の中のレンズを握り締めた。

「僕はね、君の夢を叶《かな》えて貰いたいんだ。君は話してくれたじゃないか。いつか自分にしか描けない絵を描くんだ。目で見たまま、心に感じたままの色と光をカンバスの上で表現するんだって。だったらアムステルダムだけでなく、もっと遠い国まで行って新しい画法を学んで欲しいよ。それに」

レーウの声が緊張で震えた。

「それに、僕には、カタリーナさんが、君に相応しい女性だとは思えない。又聞きだけど、あまり芳しい噂は聞いていていないんだ。お節介だとは分かってるよ。でも、君にはもっと良い女性が――」

「本当にお節介な男だこと」

突然割り込んだ声に、二人は同時に振り返った。

「カタリーナ……」

「え、えっ！」

レーウの手から、小さなレンズが滑り落ちた。

狼狽《うろた》えたのは、今まさに自分が貶《けな》していた当人に話を聞かれてしまったからだ。だが、もっとレーウを驚かせたのは、ヤーコプから伝え聞いて想像していたのとは全く違う印象の娘が、目の前に立っていたことだった。

両手の拳《こぶし》を固く握り、冷たく燃える薄青い瞳で自分を睨《にら》み据えているのは、まだ十代にしか見えない娘だった。服装も上流家庭の子女が身に着ける清楚《せいそ》なものである。禍々《まがまが》しい鱗粉《りんぷん》をまき散らす、毒蛾《どくが》のような女を思い描いていたレーウは混乱した。

「本当に、本当にお節介だわ」

外見はさておき、怒りのあまり同じ言葉を繰り返すカタリーナから放たれる瘴気《しょうき》は、毒婦と呼ぶに値した。

「相応しい女とは思えないですって？　あんたに何が分かるっていうの？　あんたが私の何を知っているって言うのよ。私の客になったこともないくせに」

おい止《よ》せと、側に寄ったヨハネスが袖を引いても、自尊心を傷つけられたカタリーナの怒りは収まらなかった。娼館が似合う女だと自らを卑下し、ヨハネスの求婚をはぐらかし続けていることなど、忘れてしまったかのようだ。

「この人が私を選んだのよ」

カタリーナは傍らの男の腕に抱き付いた。

「この人が私に求婚したの。私から言い寄ったんじゃないわ。それなのに、何よ。まるで私が、私が……」

激しい興奮に涙を滲《にじ》ませながら、カタリーナはそれ以上、自分自身に言及しようとはしなかった。その代り、目の前の忌々《いまいま》しい男に腹立ちの全てをぶつけた。

「あんたみたいな男、大嫌いよ。さも純粋で高潔なふりして、裏に回れば小姑《こじゅうとめ》みたいに他人の陰口叩いて。上品ぶったハウダの連中と同じだわ」

憎しみに歪《ゆが》んだカタリーナの顔に、更なる悪相が浮かぶ。

「そうよ。隠したって駄目よ。私みたいな女は、男の顔を見ただけで分かるんだからね。どうせあんたなんか――」

止める間もなくカタリーナの口から飛び出した、低劣すぎる俗語の羅列に、ヨハネスは片手で自分の目を覆った。

あまりの内容にレーウも顔色を無くした。怒る気力さえ失って、よろめくように欄干に背を預けている。

そんな面憎い相手を改めて睨《ね》め付けると、カタリーナはこれ見よがしに自分に寄り添う男の腕を引いた。

「行きましょう、ヨハネス」

歩み出す前に、足元の石畳に転がっていたレンズを、踵《かかと》で踏みにじることも忘れなかった。

もはや事態を収めようがないヨハネスは、腕を引かれるまま女と一緒に歩き出した。

次の角を曲がる隙に振り返ると、橋の上に屈んだ幼馴染が、踏みつけられた宝物を拾い上げるところだった。

⚘

「お前、何やってるんだよ」

「案外使えない男だったな」

レーウは二人の友人に責められていた。

とうとうヨハネスとカタリーナが婚約を交わしたというのだ。

「だったら、君たちが忠告すれば良かったんだ」

説得が不首尾に終わったことは報告したが、まさか自分が、それまで結婚に前向きでなかったカタリーナの背中を押す結果を招いたとは、とても言えなかった。

「とにかく僕はもう御免だよ。あの女性とは関《かか》わりたくない」

「そんなに酷いあばずれなのか？」

マルクのひそひそ声に、レーウは小さく肩をすくめた。

店内では、ヤーコプの新妻と末弟が、空になった商品棚を綺麗に水拭《みずぶ》きしている。

幼馴染の三人は、それぞれの仕事を終えて〈銀のラッパ〉の作業場に集まったところだった。

「見た目はごく普通というか、いかにも良家のお嬢さん風の可愛い人だよ。一つ年上らしいけど、歳より幼く見えるな」

ほう、と二人が声を揃《そろ》える。

何かと良からぬ噂があるだけに、頭の中に思い描くのは、どうしても色香たっぷりの世間擦れした女の姿なのだった。

だが、ヨハネスと婚約したカタリーナ・ボルネスは、裕福で筋目正しい家の娘だった。

中世から栄える古都市ハウダで生まれたカタリーナは、六年前に離婚した母親と共に、デルフトへ越して来た。母娘《ははこ》の住まいは、マルクト広場の南側から通り一本隔てたアウエ・ランゲンデイク通りにあり、広場の北側に面したメーヘレン亭とは、徒歩二分もかからないご近所ということになる。

ヨハネスとカタリーナは、どちらも母親と暮らしていた。

夫亡きあと、メーヘレン亭を切り盛りするヨハネスの母親は、息子が選んだ娘について何も異論を唱えなかった。

大勢の男が出入りする家業を営む以上、息子が一緒になろうとしている娘に関して、悪い噂を耳にしていない筈はなかった。にもかかわらず、初めて紹介されたカタリーナと型通りの挨拶を交わした後、こんな騒々しい家で良ければ何時《いつ》なりともいらっしゃい、と言い添えたというから肝が据わっている。

残る問題は、カタリーナの母親だった。

予想していた通り、娘が付き合っている男の身元を調べた母親は、この縁組に難色を示しているというのだ。

「上流家庭のおっとりしたお袋さんでも、自分の娘の素行くらいは知っているだろうに。男の家系に少しばかり傷があったところで、お互い様とは思わんのかな」

「破《わ》れ鍋《なべ》に綴《と》じ蓋《ぶた》って言葉もあるよなぁ」

二人の結婚に反対しているヤーコプとマルクも、ヨハネスの側が女の身内から問題視されていると聞くと、心中穏やかでなかった。仮にも自分たちの元親分を、お安く踏まれては困るのである。

「まぁ、なるようになるんじゃないの」

腕を上げて伸びをしながら、レーウが立ち上がった。

「もう帰るのか」

「また近いうちに寄るよ。その頃には結果が出ているかもしれないし。今度こそ君たちが直接話を聞いて来てよね」

最後に念を押すと、レーウは店先を抜けて帰って行った。

その頃ヨハネスは、アウエ・ランゲンデイク通りにある、一軒の邸宅の前に立っていた。

まだ夕方の早い時間で、日は沈みきっていなかったが、玄関先には二本の松明が焚かれていた。

扉を叩くとすぐに、痩せて筋張った印象の中年女が、ヨハネスを無言で迎え入れた。この日の昼前、メーヘレン亭に呼び出しの手紙を届けた召使いである。

無言のまま案内されたのは、内台所と思《おぼ》しき部屋だった。広くはないが中央に八角形の洒落《しやれ》たテーブルがあり、暖炉の火が程良い加減で燃えている。炉辺では、黒い服に身を包んだ女が立ってこちらを見ていた。

「急なお呼び立てを致しました」

女は低く重みのある声でそう言うと、テーブルの前へ歩み寄り、仕草だけでヨハネスに扉側の椅子を勧めた。

「初めまして。フェルメールと申します」

ヨハネスが名乗って右手を差し出す。

椅子に座りかけていた女は、少し躊躇ったのち、その手を軽く握り返した。

「マーリア・ティンスです。どうぞお掛けなさい」

双方が向かい合って椅子に収まると、唐突にティンス夫人は本題を切り出した。

「うちのカタリーナに求婚なさったそうですね」

「はい」

短く応じたヨハネスの視線と、ティンス大人の視線が、テーブルを挟んで正面からかち合う。カタリーナと違い、大造りで威厳のある顔立ちの婦人であった。瞳の色だけが、娘と同じ薄青である。

「娘は父親似なのです。男にしては華奢な人でした」

ヨハネスの心中を見透かしたかのように、ティンス夫人は乾いた表情で言った。

「あなたのご家族も調べさせてもらいました」

「はい」

悪びれない言葉に、今度もヨハネスは短く応じた。

身内が起こした過去の不祥事について、根掘り葉掘り糾問されるものと覚悟していたが、ティンス夫人が口にしたのは、全く別の話題だった。

「カタリーナとは、いつ、どこで知り合ったのですか」

「昨年の暮れに、その、店で……」

言い澱むヨハネスに、ティンス夫人は容赦なく尋ねる。

「どのお店？」

「港の近くにある店です。看板は上がっていませんが、マギ婆さんが仕切っている……」

「マグダラの店ですね。分かりました」

ティンス夫人は頷いた。この上流社会の内側で生きる女性は、娘の尻拭いのために、悪所の隅々を訪ね歩いた経験があるのだ。

「あすこで知り合ったのなら、カタリーナのことも多少はお分かりなのでしょうね。ですが、せっかくの申し出を受ける訳にはいかないのです」

「なぜです？」

今度はヨハネスが問いかけた。

「あなたの娘さんのことなら、マギ婆さんから詳しい話を聞いています。それとも、俺の身内の醜聞が……」

「あなたの家族のことは、大した問題ではありません」

ティンス夫人は首を横に振った。表情に変化はないが、テーブルの上で組み合わせた指先が、せわしなく動き続けている。

「娘の素行を知った上で、結婚を申し込んでくださるのは、有り難いことだと思っています。親として感謝もいたしましょう。ただ、あなたもカタリーナの全てを知っているわけではないのです。あなた自身のためにも、これ以上の深入りはしない方が良いのですよ」

「俺のため？」

その言い種《ぐさ》は、ヨハネスの気に障った。

「お言葉ですが、あなたに俺の何が分かるというのです。一時の同情や義侠心《ぎきょうしん》だけで彼女に手を差し伸《の》べて、いい気になっていると思われるのは心外です。カタリーナにも言われましたよ。自分と結婚したら、いずれ地獄へ行くことになると――」

その言葉の真の意味を、ヨハネスは知らなかったのだが、ティンス夫人は首から下げた十字架を強く握りしめた。

カタリーナの家族がカトリック教徒であることに、ヨハネスはその時初めて気付いた。

「それでも、あなたは娘と結婚したいと言うのですか」

「カタリーナが必要なのです」

ヨハネスの声に熱いものが加わった。

「一人の男として彼女を愛しているのは当然ですが、それだけではありません。カタリーナは俺の創作意欲を刺激してくれます。彼女を見ているだけで、新しい着想が湧き出て来るのを感じるのです。俺にとって芸術の源泉のようなものかもしれません。だとしたら、この先、夫として失望することがあるとしても、手放す訳にはいかない。俺自身のために……」

いつしか日は翳り、二人の向かい合う部屋にも夜のしじまが訪れようとしていた。

暖炉の中で薪《まき》が大きな音をたてて爆《は》ぜ、火の粉が飛び散った。

「あなたのお気持ちは、分かりました」

握り締めていた右手の力を抜いて、ティンス夫人が言った。

「そうまで言ってくださるなら、私にも誠意をもってお伝えしなければならないことがあります。――少しお待ちください」

椅子から立ち上がった夫人は、首に掛けていた十字架を外すと、暖炉の上の小箱に納めた。そのまま元の椅子には戻らず、暗くなった小窓に映る自分の影に向かって語りかける。

「今からお話しすることは、全て忘れて頂かなくてはなりません。何も聞かなかったことにすると、約束出来ますか？」

「神に誓って」

ティンス夫人は頭を振った。

「いま、この部屋に神はおりません」

「それなら自分に誓います。約束が守れなかった時は、自分でこの耳を削《そ》ぎ落としますよ」

「物騒なことを仰いますね。でも、宜《よろ》しいでしょう」

宜しいと言った後も、夫人はなかなか話を切り出さなかった。

音もなく入って来た召使いが、暗くなった部屋の要所に蠟燭《ろうそく》を灯して退出した。

窓に映る灯りを見詰めながら、ティンス夫人は低い声で自分たちの忌まわしい過去を話し始めた。

「娘のカタリーナは、十四歳で望まぬ懐妊をしました」

まだ母娘がハウダで暮らしていた頃の話である。

ヨハネスは何も言わず、四角張った夫人の横顔を見詰めた。

「あってはならないことでした。断じて生まれて来てはいけない子供だったのです。私たちは恐れ多いことと知りながら、神の教えに背く道を選びました」

それから数年経って、ティンス夫人は暴力癖のあった夫と離婚を成立させ、カタリーナを連れてデルフトに移住した。縁もゆかりもない土地で、娘と生活を立て直そうと決めたのだ。

カタリーナは年頃の娘へと成長していた。デルフトの社交界にもお目見えさせ、良き婿選びを考え始めた頃、召使いのタンネケが、気になる事を女主人に打ち明けた。夜陰をついて、カタリーナが外出しているという。

忍び逢《あ》う相手でも出来たのかもしれないと、本人に問い質《ただ》す機会を探っているうち、今度は教会で知り合った女から信じがたい事実を耳打ちされて、ティンス夫人は愕然《がくぜん》とした。娘は夜の巷で商売女の真似をしていたのだ。

「ここ数年の荒《すさ》んだ生活で、カタリーナは二度も子を孕《はら》み、二度とも流産しました。極秘でハウダから呼んだ医師は、最初の無理な堕胎が祟《たた》っているのだろうと言いました。もうこの娘は、まともに子を産むことは叶わないだろうと……」

ティンス夫人の口調は淡々としていたが、蠟燭の細やかな明かりが照らす横顔は、かすかに痙攣《けいれん》していた。

「むろん、私は娘を悪所へ行かせまいとしました。タンネケと二人で抑え込み、外から鍵をかけて、部屋に押し込めたりもしたのです。その度に、あの子は狂ったように泣き叫んで暴れました」

泣くばかりではない。手当たり次第に物を投げ、叩き壊した。とても家に閉じ込めて置けるものではなかった。

果たして、カタリーナは望み通り飾り窓への出入りを続け、運命の男と出会ったのである。

「これが、娘の事実です」

話が終わり、窓辺から身を離すと、ティンス夫人は元の暖炉の横に立った。視線だけは窓を向いたままである。

「約束通り、今の話は忘れて頂きます。あなたは何も聞かなかったことにしてお引き取りください」

「待ってください」

ヨハネスが、立ち上がって身を乗り出した。

「今の話を聞いても、彼女と結婚したいと言ったら？」

ティンス夫人は軽く息を呑《の》んだかのように見えた。

「――よく考えることです」

一呼吸置いた夫人の声は、どこまでも冷静だった。

「本音を言えば、あなたと一緒になることで、あの娘が世間並みの生活に戻れるなら、どれほど嬉しいことかと思いますよ。子の幸せを望まぬ母親はいないでしょう。ですが、カタリーナが平凡な妻として暮らせる保証はありません。あなたを失望させるかもしれませんし、もっと悪いことも……」

「覚悟は出来ています」

それでも、ティンス夫人は首を横に振った。

「家に戻って、もう一度お考えなさい。あなたは有望な画家の卵だと伺っていますからね」

なおも食い下がろうとするヨハネスに、ティンス夫人は大きく手を振り払った。

「駄目です。じきにカタリーナが戻る時間です。今日はあなたと二人だけでお話ししたいがために、わざと遠方へ使いにやったのですから。タンネケや！」

間髪を容れず背後の扉が開き、召使いが現れた。

「お客様をお見送りして」

タンネケは無言のまま、押し出すようにヨハネスを玄関まで誘導した。

扉が閉められた後も、ヨハネスはティンス邸から少し離れた物陰に立ち尽くしていた。

暫《しば》くして、通りを隔てた運河に横づけされた小舟から、よそ行き姿の若い娘が降り立った。

人の目を意識していない娘は、無防備にあどけない表情を晒《さら》している。

どれほどの醜聞を聞かされようと、この無垢な表情こそが、ヨハネスの求めているカタリーナだった。

(俺は芸術家だ。自分の目を信じるだけだ——)

カタリーナが家に戻るのを見届けた後も、ヨハネスは長い間、その場から動こうとはしなかった。

一週間後、ティンス夫人の元へ、ヨハネスの差し向けた公証人たちが訪れた。夫人は娘の結婚に賛成こそしないものの、黙認する意思を示した。

翌日の四月五日。デルフトの慣習に従って、ヨハネス・フェルメールとカタリーナ・ボルネスの結婚が広告されたのだった。


鮮やかな朱色はバーミリオンと呼ばれる。

東洋では辰砂《しんしゃ》の名で知られる六方晶系の鉱物が、この黄を帯びた朱色の原料となる。ヨーロッパにおいても古代ギリシアの時代より彩色に利用されてきたが、天然鉱の採掘量が限られることから、次第に水銀と硫黄の化合物を昇華させる方法が用いられるようになった。どちらにしても人体にとっては有害な顔料である。

大理石の板の上で辰砂を擂《す》る手を止めると、ヨハネスは大きく息をついて両肩を回した。硬い石を使って顔料を擂り潰《つぶ》すコツは摑《つか》んでいるつもりだが、実際には根気と腕力の必要な作業だった。

これまでヨハネスが自分で使う絵の具の材料は、安価で手に入る品ばかりであった。色味は乏しく発色にも劣るが、ギルドにも加盟していない見習い画家の身では仕方のないことだった。だが、メーヘレン亭の屋根裏を利用した現在のアトリエには、従来の安い材料の他に、辰砂を始め、緑色に光る孔雀石《くじやくいし》や、ラピスラズリなどの高価な材料が並んでいた。義母となったティンス夫人から、婚礼の記念品として贈られたものである。

記念に相応《ふさわ》しくないことは百も承知で、消耗品の画材を寄越《よこ》すあたり、実際家のティンス夫人らしい選択であった。

再び石を摑むと、ヨハネスは作業に没頭した。腕は疲れても、無心に顔料を擂る作業は嫌いではなかった。

六月は夏季でも特に日照時間の長い月だ。ファブリティウス邸から帰宅した後、屋根裏のアトリエが暗くなるまでの数時間を、ヨハネスは自分の絵を描く時間に当てていた。初夏から秋口まで、緯度の高い地方ならではの貴重なひと時である。

「ヨハネス。ヨハネス――、聞こえてるのぉ」

階下でカタリーナの呼ぶ声がする。

「聞こえてる。ちょっと待ってくれ」

水を張った深皿で顔料に触れていた手をすすぐと、ヨハネスは床の扉を引き上げた。垂直に立てられた細い梯子《はしご》を使って階下と行き来するようになっているのだ。

家の者にはアトリエへの侵入を固く禁じてあった。

「何か用か」

四角い出入り口から顔だけ覗《のぞ》かせると、階下でカタリーナが腰に手を当てて見上げていた。

「用があるから呼んだのよ」

新妻となってもカタリーナの口調は変わらない。

「一階の客が言い掛かりを付けてるの。お酒が入っているから、話が堂々巡りで埒《らち》が明かないのよ」

一階の客とは、居酒屋の常連客のことである。

軽く舌打ちすると、ヨハネスは梯子を伝って三階の廊下に降りた。

「ごねてるのは誰だ。ヘーリング親父《おやじ》か、グリムさんか」

「ヘーリングよ」

アトリエにいるところを邪魔されると、いつになく夫の機嫌が悪くなることを知っているカタリーナは、狭い廊下で素早く身を寄せて場所を譲った。

「お義母《かあ》さんが手を焼いてるわ。早く行ってあげて」

言われるまでもなく、ヨハネスは急ぎ足に階段を下りた。

父親が亡くなって半年以上が経《た》ち、母親のディフナも、ようやくメーヘレン亭の女主人としての仕事が板につき始めていた。厨房《ちゅうぼう》で働く料理人も、給仕人も、淡々と自分に任された仕事をこなしている今では、ヨハネスが毎晩顔を出して睨《にら》みを利かせる必要はない。ただ、酔っ払いが集う酒場で、突発的な揉《も》め事《ごと》が起こるのは仕方のないことであった。

厨房では通いで働く料理人が、気遣わしげに店内の様子を窺《うかが》っている。その前を横切って店の中に入ると、入り口の手前で母親のディフナが、客と向かい合って揉めていた。良く見ると、喋《しゃべ》っているのは酔った客だけで、母親はげんなりした様子で相手が繰り返す話を聞き流している。

「だ、か、らぁ、さっきから言ってるじゃないかよ」

酔っ払い特有のしつこさと呂律《ろれつ》の怪しさで、客が言い募る。

「水で薄めたビールを飲ませて金を取ろうなんざ、厚かましいんだって。言っとくがな、俺は、まだ酔ってねぇぞ。ちいっとばかしも酔っちゃいねえ。たとえ酔っていたとしても、酒の味が分からないなんてこたぁ金輪際ありえねぇんだ。大体、レイニールが生きてりゃ、こんなクソ不味《まず》いビールを客に出そうなんて――」

「ほう、クソ不味いか」

「不味いともさ。嘘《うそ》だと思うならお前さんも飲んで……」

酔っ払いは、ようやく目の前の若い男に気が付いた。

「な、なんでぃ、ヨハネス坊か」

「ちょっと貰《もら》うぜ、ヘーリング小父《おじ》さん」

胡麻塩頭《ごましおあたま》の親父の手から、ビールが半分ほど入った酒杯を取り上げると、ヨハネスは一口飲んで眉《まゆ》を顰《ひそ》めた。

「ほら見ろ、不味いだろう」

「こんなに気が抜けたら、元の味なんて分からんよ」

疲れた顔で立っている母親に酒杯を手渡し、奥に下がるよう促すと、ヨハネスは親父の肩に手を回した。

「旨《うま》いワインで口直しといこう。一杯奢《おご》るから、小父さんも付き合ってくれ」

「そいつは上々だ。坊の奢りとは嬉《うれ》しいねぇ」

ころりと機嫌を直した酔っ払いは、主にニシンを商っていることから、街の衆にヘーリング（ニシン）の綽名《あだな》で呼ばれている行商人である。酔って絡むのが玉に瑕《きず》だが、魚臭くて申し訳ないからと、決して店の奥まで入ろうとしない殊勝さもある男だった。

開業以来の常連客でもあるヘーリングは、入口に一番近い定位置の椅子《いす》に座り、給仕の差し出したワインを旨そうに啜《すす》った。

その隣でヨハネスは、不味いと評されたものと同じ銘柄のビールを給仕に運ばせた。ひと口含んでじっくりと味わうと、慣れ親しんだ風味が広がる。良い飲料水に恵まれないオランダ低地では、子供の頃から生水の代わりにビールを飲む習慣があるのだ。

何度も同じビールを口に含んで、ヨハネスは考え込んでいた。

結局、その日は屋根裏のアトリエに戻らなかった。


夏用の薄い上着を脱ぎながらヨハネスが言った。夜明け前に降った雨のせいか、早朝だというのに外は蒸し暑い。

「あながち間違いではないな」

「その酔っ払いの小父さんが言ったことは本当なのかい？」

「少し前に飲んだ時は、不味いなんて思わなかったけど……」

首を傾《かし》げるレーウが脱ぎ散らかした靴と靴下を、几帳面《きちょうめん》なヨハネスが拾い集め、自分の靴と一緒に木の根元に揃《そろ》えた。ついでに上着も二人分まとめて、手近な木の枝に引っ掛ける。

「ヘーリングは、ずっと同じ銘柄を飲み続けてきたんだ。毎日毎日変わることなく〈大熊座〉のビール。あの親父なら、他の客が気付かない味の変化が分かるのかもしれない」

前日の夜、ヘーリングに難癖をつけられたビールは、老舗《しにせ》の醸造所として知られる〈大熊座〉から仕入れている商品だった。特に旨いと評される品ではない。他の銘柄より少しばかり値が安いという理由で人気のある大衆向けビールだ。

「向こうに見えているのが、その〈大熊座〉だ」

ヨハネスが指す先には、街の北東部に点在する果樹畑の木々を見越して、赤い屋根の建物が並んでいた。

ビール醸造業は、陶器と並ぶデルフトの主要産業である。流通の便が良い運河沿いには、幾つもの醸造所と陶器の窯場が、狭い土地を奪い合うように並んでいるのだった。

「三年ばかり前に代替わりしたそうだが、ビールの味まで変わっているとは思わなかった……」

老舗の味を守る努力を続けていた先代と違い、息子は家業に熱心ではなかった。仕込み作業は職人任せで、原料となる麦や雑穀の品質にも無頓着《むとんちゃく》らしい。

「せっかく人気の銘柄なのに惜しいね」

「仕方ないさ。息子はビール造りに興味がないんだから」

すでに〈大熊座〉では仕入れの量を減らして、醸造業から撤退する準備を始めていると噂《うわさ》されている。

「早急に別の銘柄に替えた方がいいかもよ」

「そうだな」

「僕の親戚が、以前から安くて美味《おい》しいビールの醸造に取り組んでいて、あと少しで完成しそうなんだ。本当に良いものが出来たら紹介するよ」

シャツ一枚に、膝丈《ひざたけ》のズボン姿になった二人は、草の上に腰を下ろして、目の前の運河を眺めた。早朝だというのに、街外れの運河の岸では、学校や仕事に行く前の若者たちが集まって〈運河跳び〉をしている。

長い竿を使って運河を越える〈運河跳び〉は、夏のデルフトの風物詩だ。愛用の竿を手にした若者が、流れの中ほど目がけて竿を突き入れ、棒高跳びの要領で次々と向こう岸へと跳び移っている。

「そろそろ、俺たちも行くか」

「うん」

ヨハネスとレーウが向かったのは、同年配の若者たちがいる運河から離れた用水路だった。対岸のすぐ先が果樹園になっている。

「先に跳ぶから、よく見ておけよ」

竿を手にしたヨハネスが、水路の前に立った。

まず流れの中央に竿を入れ、勢いよく跳び上がって竿に抱き付く。竿が垂直に立つ瞬間を狙《ねら》って、するすると上に登り、向こう岸に倒れるのに合わせて着地する。元ガキ大将のヨハネスにとっては、朝飯前の技である。

「お前も跳んでみろ」

「よし」

力いっぱい竿を突き立て、えいやっと跳び付く。

「今だ、登れ!」

だが次の瞬間、レーウは水路の中に落ちていた。

「ひゃあ、冷たい!」

「馬鹿だな、両手を同時に放してどうするんだ」

十歳足らずで家を出たレーウには、運河を跳んで遊んだ経験などなかった。職場の先輩たちから、週末の運河跳びに誘われ、慌ててヨハネスに教えを乞《こ》うたのだ。

「早く上がって来い。出来るまで何度でもやらせるぞ」

ヨハネスの特訓は厳しかった。

その甲斐《かい》あって、一時間もすると運動が苦手なレーウも、なんとか竿をよじ登ることが出来るようになった。

離れた水辺にいた仲間たちは姿を消している。みな、学校や仕事に行ったのだ。

「今朝はこの辺で終わろう。お前も今から仕事だろう」

「最後に一回だけ、君の竿を借りて跳んでみるよ」

少し自信が付いたのか、レーウは上級者用の長竿を手にした。

「気を付けろ。下手をするとスモモの畑に突っ込むぞ」

顔にたかる藪蚊《やぶか》を払いながら、ヨハネスが忠告する。

「大丈夫」

レーウは石ころだらけの畑地で助走をつけると、思い切り良く流れに竿を突き立てた。垂直になったところで、するすると天に向かってよじ登る。

これまで練習した中で出色の出来であるのは間違いなかったが、なにぶん場所が悪かった。

「登り過ぎだ。少し降りろ、早く！」

「えっ、何だって？」

竿の上で振り向いたレーウは、そのまま果樹畑の柵《さく》を越え、スモモの林へと倒れ込んで行った。

あいつ、言わんこっちゃないと、練習用の竿を使って水路を跳び、ヨハネスは果樹畑の柵を跨《また》いだ。

持ち主が手入れを怠っているスモモ畑の中は、背の高い雑草が茫々《ぼうぼう》と生い茂り、地面を覆い尽くしていた。その青い茂みの一部がガサガサと動いている。

「おーい、大丈夫か」

「ヨ、ヨハネス――」

草叢《くさむら》から這《は》い出て来たレーウの顔は引き攣《つ》っていた。

怪我《けが》でもしたかと急いで傍《そば》に寄ると、小刻みに震える手がヨハネスの腕を掴む。

「そ、そこ、そこに……」

半ば腰を抜かしながら、もう一方の手で示す木の根方には、刈り取られた雑草が小高く積み上がっている。

その草積みの下に何かを見て取ったヨハネスは、指が食い込むほど強く掴まれた友人の手を放させると、ゆっくりスモモの木の根方へ歩み寄った。

周囲には大量の蠅《はえ》が、うるさい羽音をたてて飛び回っている。木の枝には青い実がたわわに付いているが、まだ熟した実が地に落ちて腐るには時期が早い。

少し手前で足を止めたヨハネスは、目の前に積み上げられた草の下から突き出しているのが、人間の手首であることを確認した。

捻《ね》じくれた形で硬直した手は、明らかに生きた人間のものではなかった。


「──で、君たちが遺体を発見した時、周囲に怪しい者はいなかった。間違いないか？」

繰り返される同じ質問に、ヨハネスとレーウは手足を搔《か》きながら、ふてくされ気味に頷《うなず》いた。

もう二時間近くも果樹畑の中で足止めである。上着や靴は身に着けていたが、剝《む》き出しの部分は盛大に藪蚊に喰《く》われて、赤く腫《は》れあがっている。

「それまで水路で遊んでいたと言ったが、何時から来ていたんだ？」

「六時前には跳び始めていました」

「いい若いモンが、朝っぱらからお気楽なものだ」

聞こえよがしに皮肉ったのは、地面の草を払って遺留物を探していた男である。

カチンときた様子で顔を上げ、何事か言い返そうとしたレーウの袖を、横から軽く引いてヨハネスが止めた。

役人と一緒に現場へ駆けつけ、遺骸《いがい》とその周辺を調べ始めたのは、自警団の男たちである。

中世以来、オランダの各都市には、市民たちの手で組織される自警団が存在した。都市の防衛と治安を目的とした集団で、平素は夜間の巡回を担当していたが、必要があれば治安役人と協力して、事件の捜査に当たることもあった。

デルフトの自警団である射手組合には、街の名望家が幹部として名を連ねており、彼らの機嫌を損ねると後々まで厄介の種になるのだ。

「もう一度だけ聞くが、怪しい人物は見かけなかったんだな」

聴取を行っていた、治安役人が念を押す。

「見た覚えはありません」

「君たちの近くで運河跳びをしていた者の名は？」

「靴屋のペーテルと、左官のニルス、鋳掛屋《いかけや》のヤンもいた」

「それに、市場役人のコーエンさんが、子供たちの練習を見に来ていましたよ」

ヨハネスとレーウが次々と口にした人物の名前を復唱すると、自警団の指揮官らしき山羊鬚《やぎひげ》の男が、部下の団員たちを街中へと走らせた。それと入れ違いに、暑苦しい黒服をきっちりと着込んだ男が、若い団員に案内されて果樹畑の中に入って来た。

「これはご苦労様です、先生」

「わざわざ儂《わし》を現場まで呼び出さんでもよかろうに……」

額の汗を拭《ぬぐ》いながら愚痴を言ったのは、変死体の検死を任されている医師だった。

（外科医のベイクマン先生だよ）

（ほう）

（解剖学で有名な、テュルプ博士の親戚にあたる人なんだ）

ヨハネスには何のことだか分からなかったが、小声で囁《ささや》くレーウの目が輝いていた。

高名な医学者の親類だというベイクマン医師は、暑い暑いと文句を垂れつつも、遺体を隠していた布が取り払われると、臆《おく》することなくその横に屈《かが》みこんだ。

「銃創だな。こりゃ酷《ひど》い」

草に覆われた状態で発見したヨハネスとレーウは、まだ直に遺体を見てはいない。自警団の面々が医師の言動に気を取られている隙《すき》に、怖いもの見たさで医師の背後から覗き込んだ。

「うげっ」

一目見ただけで、ヨハネスが両手で口元を覆って後ずさる。

「一般人は下がってなさい。飯が不味くなるよ」

後ろ姿のベイクマン医師に言われるまでもなく、二度と見たいとは思わない光景であった。

「至近距離で、しかも正面から撃たれとる」

「弾《たま》は近くで見つかりました。例のマスケット銃です」

団員の声に、医師が頷いた。

マスケット銃とは、十六世紀にスペインで開発された銃の総称である。十七世紀初頭のフランスで劇的な改良が加えられ、撃鉄で火花を火薬に点火させる燧発銃《すいはつじゅう》となって普及した。その後も改良を重ねる毎に銃身は小型化され、命中精度も格段に向上した新型が、オランダにも輸入されるようになっていた。

「胸部をごっそり吹き飛ばされているよ」

飛び回る蝿を払いながら医師が言う。

「見ての通り、まだ腐敗は始まっておらん。硬直状態からすると昨夜のうちに殺《や》られたとみて良いな。年齢は六十から七十歳までの男性。中背で痩《や》せ型。かなり痩せておる。この髭の伸び方とやつれ具合からして、物乞いか、あるいは——」

「監禁だよ」

凄惨《せいさん》な遺体に怖気《おじけ》づくこともなく、足元で見物していたレーウが言った。

「ほら、足枷《あしかせ》の跡がある」

確かに死んだ男の足首には、皮膚が擦《こす》れて変色した跡があった。

「素人が余計な口を出すな」

団員の男に小突かれ、ヨハネスのいる場所まで下がりながら、尚《なお》もレーウが続ける。

「手指の爪《つめ》も変色しているよ。何かの染料だと思うけど……」

「ふむ」

遺体の強張《こわば》った指を摘まんで、医師が頷く。

「その若いのが言う通りだ。ホッブスよ——」

ベイクマン医師は顔を上げ、自警団の指揮官に言った。

「お前さんたち、一年以上も前から、行方不明の陶工を探しておったのじゃないか。今も変死体が運ばれる度に、平団員が遺体置場まで確認に来ておるようだが」

「では、この男が？」

団員たちが互いに顔を見合わせる。

「その中の一人かも知れんよ。年恰好《としかっこう》の適合する者は――」

「ハンス・クロールだ」

少し離れた木陰で、聞き耳を立てていたヨハネスが声を上げた。

「君の知り合いか？」

医師からホッブスと呼ばれた指揮官が尋ねる。

「いえ、ただその遺体がクロールさんだとしたら、孫娘が俺と同じ家で働いています。身内はその孫娘だけだと思います」

治安役人とホッブスが相談し、現場が動いた。

ヨハネスは直ちに二名の自警団員を案内して、オハナ・クロールがいるファブリティウス邸へ行くことになった。

その間に、戸板に乗せた遺体は旧教会へと運ばれた。レーウはちゃっかりベイクマン医師に付いて、旧教会地下の死体置場まで潜り込んでいた。

ファブリティウスに付き添われて旧教会へ駆けつけたオハナは、死体置場に横たわった遺体を祖父だと確認した。

検死が終わると、気の毒なハンス・クロールは、旧教会の一角に眠る妻と同じ場所に葬られたのだった。

「気丈なものだったな。取り乱すこともなく役人の聴取に応じていたし、爺《じい》さんの弔いまで立派に済ませた」

「可哀相《かわいそう》でしたよ。生きて戻ることを願っていたでしょうに、選《よ》りに選ってあんな無残な姿で見つかるとは……」

ハンス・クロールの葬儀から一週間が過ぎた日の昼下がり、アトリエの一角でカンバスに向かうファブリティウスは、横で絵の具を練っているヨハネスにしきりと話しかけた。下絵と下塗りが済んだ肖像画に、今日から彩色を施す予定なのだが、絵筆を手の内で遊ばせているばかりだ。

「行方知れずになった爺さんが、どこで何をしていたのかも気になるところだが、先にオハナを何とかせんと……」

気が乗らないと居眠りをするか、昼酒を飲み始めるかして仕事を放棄してしまう男が、その日はずっと中途半端な態度で落ち着かないのだった。

「実はなぁ、ヨハネス」

ついに絵筆を置いて、ファブリティウスが向き直った。

「はい、先生」

何事かの話があると予測していたヨハネスは、黄色の絵の具を練り終えたパレットナイフを静かに置いた。

「うちの召使いが帰って来ることになった」

「そういうことでしたか」

ファブリティウス家の召使いは、親の看病で近郊の実家に帰っていた。その女が戻って来るまでという約束で、オハナが雇われていたのである。

約束とはいえ、たった一人の身内を亡くしたばかりの少女を、当てもないまま追い出すようなファブリティウス夫妻ではない。次の働き口を探してやろうと、本人に代わって心当たりに声を掛けていたところ、早速の引き合いがあったのだという。

「この肖像画の依頼主からだ」

「ローベン夫人ですか。いや、でも先生、あのお宅には……」

富豪のローベン邸で家政を仕切る女は、猛女として有名だった。数年前に女中頭として雇われた女が、恐るべき人使いの荒さで古参の使用人たちを全員追い出してしまった話は、デルフト中の噂《うわさ》になったものだ。

「今は女中頭の躾《しつけ》が行き過ぎないよう、自分も気を配っているから、安心して連れて来いと言うのさ。名望家で知られる夫人としては、ここらで名誉挽回《ばんかい》しておきたいのだろう」

ファブリティウスの顧客となったローベン夫人が、身体《からだ》の不自由な夫を伴ってデルフトに来たのは、二十年近く前のことである。その後、才気ある夫人は夫に代わって複数の事業を立ち上げ、今では街でも有数の資産家に数えられている。稼ぐばかりでなく、売り上げの一部を慈善事業に回す奇特者としても知られており、その夫人が責任を持つと言うなら、オハナにとって悪い話ではないとヨハネスは思った。

「俺も結構な話だと思うんだが、お母ちゃんが反対なんだ」

ファブリティウスの妻は、はっきりした理由は口にしなかった。女中頭うんぬんよりも、あのローベンの奥方にオハナを預けるのは、気が進まないというのだ。

「そこでだ――」

画家は丸い椅子の上から身を乗り出した。

「君の義理の母上に、なんとかオハナを雇って貰えるよう頼めないだろうか」

「ティンス夫人に、ですか？」

思いがけない依頼に、ヨハネスは困惑した。

「紹介状は書く。あの娘《こ》が正直な働き者だと知っている君が推薦してくれたら助かるのだが」

カタリーナがメーヘレン亭に嫁いで以来、ティンス夫人は召使いのタンネケと二人で暮らしている。新たに住込みの使用人が必要とは思えなかったが、この場で断るのは気が咎《とが》めた。

「分かりました。難しいと思いますが、話だけはしてみます」

「頼むよ」

ところがヨハネスの予想に反し、オハナの行き先は簡単に決まった。これまでの経緯を娘婿から聞いたティンス夫人が、条件付きで雇うと決めたのだ。

オハナはティンス邸に住み込んで、朝から昼過ぎまで働く。それからメーヘレン亭に移動し、厨房の仕込みを手伝うことになった。

ティンス夫人と、メーヘレン亭の女主人であるヨハネスの母親が直接会って、仕事の内容や給金の持ち分などを話し合った。給金はローベン夫人の提示した金額を大幅に下回ったが、話し合いの場に顔を出したファブリティウス夫人が、少女の新しい雇用主となる女性たちの人品骨柄を見極めた上で了承した。個性の異なる三人の婦人は、それぞれが道義心という美徳を持ち合わせていることを確認し、頷き合ったのだった。

こうして、オハナ・クロールは慌ただしいうちに、ティンス邸へ移る日を迎えた。

「本当に、これで全部なんだな」

引越しを手伝うつもりで地下室の一角に来たヨハネスは、何度もオハナに念を押した。ファブリティウス邸を出るに当たり、少女が纏《まと》めた荷物は、替えの衣類が一式入った布包みと、平たい木箱がひとつきりだったのだ。

「お祖父《じい》ちゃんの家にあったものは、借財のかたに全部持って行かれたので……」

十三歳になったばかりの少女は、少し恥ずかしそうに俯《うつむ》いた。

「もともと私自身の持ち物なんてないんです。三年前に、これだけ持ってお祖父ちゃんに引き取られた身ですから」

オハナが大切そうに開けて見せた木箱の中には、布に包まれた皿が一枚入っていた。まだ焼き上げていない陶土の表面は、乾燥して幾つものひび割れが走っている。

「故郷を離れる時、餞別《せんべつ》として貰った物です。これだけは借金取りの人たちも持って行こうとはしませんでした」

オハナは小さく笑った。確かにひび割れた未焼成の皿では、びた銭一枚にも価しない。

「故郷ということは、君はデルフト生まれではないのか？」

「十歳までバタフィアで育ちました」

ヨハネスは手にした皿を、危うく取り落とすところだった。

「驚いたなあ、あの娘が異国育ちだなんて、全く気付かなかったよ。訛《なまり》はないし、言葉遣いもきちんとしているし」

オハナと間近で話したことのあるレーウは、大きな目を猶更大きく見開いて言った。

メーヘレン亭の隅で、幼馴染《おさななじみ》が四人集まって飲んでいる席だ。

「俺だって気付かなかったさ」

昨年の秋からオハナと同じ家で働いていたヨハネスの驚きは、もっと大きかった。初めて会った時に、一風変わった顔立ちだとは感じたが、見馴《みな》れてしまえば、オハナはデルフト生まれの女の子と何ら変わる所はなかったからだ。

傭兵《ようへい》だった彼女の父親は、東インド会社の商人に雇われて、遠いバタフィアの地を踏んだ。そこで異国人の娘との間に生まれたのがオハナである。

オハナは父親の殉職を機にバタフィアを離れ、オランダで暮らす祖父の元へとやって来たのだった。

「よくもまあ、子供が遠路はるばると海を渡ったものだよ」

オハナが越えて来たであろう大海原に思いを馳《は》せ、マルクはしきりに感心していた。

「全くだ。ところでバタフィアって、どこにあるんだっけ？」

ヤーコプの問いに他の三人は、危うく飲みかけたビールを吹き出すところだった。

「いや、だって、しょうがないじゃないか。俺だってバタフィアが、外洋船で丸一年かかる遠方にあることくらいは承知してるさ。でも、それがアフリカの先なのか、インドの手前なのか、詳しいことまでは分からんのだよ」

子供時代の自分が、校長先生も匙《さじ》を投げる落ちこぼれだったことは、お前らも知っているだろうと、ヤーコプは開き直った。

「教えてやれよ、優等生」

横目でヨハネスに促され、レーウが即答する。

「バタフィアはインドネシアのジャワ島にある基地だ。遠いけど、上手《うま》く季節風に乗れば、片道に半年かからないよ」

「どうせなら、もう少し詳しく教えてくれないか」

杯をテーブルに戻し、大真面目《おおまじめ》な顔で言ったのはマルクだった。

「うちのギルドでも、東方貿易に関《かか》わる会合が多くて弱っていたところなんだ」

このところ体調の思わしくない父親に代わって、マルクが実家の陶器販売店を任されているのだ。

「教えろって言われても……東方貿易に関しては、君たちも初等学校で習っただろう」

「そうだったかな」

「俺は記憶にない」

学校で居眠りばかりしていた連中を相手に、レーウは一体何を話したものかと眉間《みけん》に皺《しわ》を寄せて考え込んでいたが、やがて観念して口を開いた。

「大航海時代の先駆けとして、ポルトガルとスペインが航海者を送り出したことは知ってるよね？　コロンブスは新大陸を発見し、ヴァスコ・ダ・ガマはインド航路を切り開いた。マゼランは地球を一周したんだ」

「ふむふむ……」

海の冒険者たちに投資したポルトガルとスペインは、見返りとして新大陸に広大な植民地を獲得したばかりでなく、航海で買い付ける物産で巨万の富を得たのだった。

「この両国から百年ほど遅れて、オランダも海洋国として名乗りを上げることになった」

ホラント州を中心に経済発展し、造船業も盛んだったオランダは、各州の商社が個々に船団を用意して、インド航路を利用した遠洋航海へと繰り出した。これらを統合して一六〇二年に設立されたのが、オランダ東インド会社である。

この貪欲《どんよく》な会社は、強固な結束力をもって交易を推し進め、インドから東南アジア、果ては極東アジアにまで進出した。

「オランダと同じ時期にイギリスも東インド会社を設立したんだけど、資本不足のために東インドでは活躍出来なかった。そのイギリスが近年になって重商主義政策を取り始めたってわけだ。一昨年《おととし》の航海法については君たちも知っての通りだよ」

「うむ」

しかつめらしい顔で、ヨハネスとマルクが頷いた。

イギリス航海法とは、オランダ中継貿易の邪魔をすることを目的とした条例であり、それにオランダが反発したことから、英蘭戦争が始まったのである。

「今のところ、戦況はオランダ優勢だと聞いているが――」

ヨハネスの声が途中でかき消された。店の中で野太い歓声が沸き起こったのだ。

「うわっ、すごい大音声だな」

首をすくめてレーウが振り返る。

奥のテーブルでは街の男衆が集まり、戦争の話題で気炎を上げていた。

この時代の戦争で戦地に赴くのは、貴族と傭兵を中心とした職業軍人の役目であり、一般市民たちは平時と変わらない経済活動を続けているのだった。

「街の空気も戦時下らしくなっているのさ。飲みに来てくれるのは有り難いが、酒の勢いで暴れ出す輩《やから》が増えて困る」

居酒屋の雰囲気が荒れることをヨハネスは懸念していた。

「大丈夫だよ。この戦争は長く続かない」

「おっ、いよいよオランダの勝利が近いんだな」

マルクは明るく予測したが、レーウは周囲に気を配って声を低くした。

「海戦では互角か、若干イギリスを押しているみたいだけど、経済的に追い込まれているのはオランダの方だ。今年中か、遅くとも来年の前半には、停戦に持ち込むよう議会で可決されると思う」

「ほう……」

「そうなのか……」

いささか拍子抜けした二人が肩を落とす。

オランダでは連邦議会による共和制が布《し》かれていたが、実情は一部の州の発言力が強く、特にアムステルダムを擁するホラント州の商人貴族が国政の実権を握っていた。貿易赤字が膨らみ続ける現状を、彼らが長引かせる筈《はず》がなかったのだ。

またしても奥のテーブルで、母国の勝利を信じる男たちの歓声とも怒号ともつかぬ声が上がった。肩を組んで歌い始める者や、乾杯を繰り返し、ぶつけた杯を割ってしまう者もいる。

「あーあ、盛大に割っちまいやがる」

ヨハネスがげんなりした様子で嘆いた。

「すまんがマルク、明日中に酒杯と皿の数を揃えてくれ」

「了解。当分は安い食器を納品した方が良さそうだな」

主として高級陶器を扱うマルクは、足元に飛んでくる小皿を避《よ》けながら、テーブルに突っ伏して眠りこけるもう一人の友人を揺り起こした。

「起きろ、ヤーコプ。そろそろ帰るぞ」

うーん、と唸《うな》りながらヤーコプが丸い顔を上げ、講師に向かって尋ねる。

「ポルトガルとスペインはどうなった？」

「もう大航海時代は終わったよ」

「そうか、夢のごとく過ぎ去ったな」

寝惚《ねぼ》け眼《まなこ》をごしごし擦ると、四時間後にはパンの仕込みを始めなくてはならないヤーコプは、覚束《おぼつか》ない足取りで出て行った。その後を慌ててマルクが追いかける。

「僕も帰るけど、大丈夫かい？」

最後に席を立ったレーウが、心配そうに店の奥を見やる。

まだ酔って騒ぐ男たちが引き上げる気配はなかった。みな中年以上の年頃で、少々荒っぽい職人たちの集まりである。

「何とかなるだろうさ。お袋が助っ人を呼びに行ったみたいだしな」

ヨハネスには十二歳年上の姉がいて、この姉の亭主が近くで指物職人をしている。普段は温和な男だが、腕っぷしの強さで右に出る者はいなかった。

「そうか。じゃあ気を付けて。いつかバタフィアの話を聞かせて欲しいって、オハナに伝えておいてよ」

「分かった」

足元に散らばる陶器の破片を踏み越えながら、レーウは店を後にした。

明るい夏の日差しが差し込むアトリエで、ファブリティウスは絵の具を乗せた細筆を、作業机の上に戻した。

デルフトの名士として知られるローベン夫人の肖像画は、すでに完成間近の段階まで描き終わっていた。それなのに、カンバスの中で最後の仕上げを待っている細身の中年女性と向き合うと、何故《なぜ》か筆が止まってしまうのだった。

「どうにも、しっくりこないんだよなぁ」

首を左右に振りながら、画家はしきりにぼやいた。

カンバスに描かれたローベン夫人は、ヨハネスの見たところ、美人の部類に入る容姿だった。四十代半ばの女性としては、鮮度が保たれていると言っても良い。色の薄い金髪は地味な型に結われ、三日月形に細められた目元と、口角の上がったおちょぼ口には、いかにも上流婦人らしい品が漂っている。

「何処《どこ》が、しっくりしないんですか？」

画家は恨めしげに、絵の中の女性を睨《にら》んで言った。

「俺はローベン邸に出向いて、実物の夫人と向き合った。そこで描いた素描画を元に、肖像画を仕上げる訳だが、どうも何かが違う。そっくり同じに描いたつもりだし、実際そっくりに描けているんだ。でもやっぱり、俺が見た実物と一致しない」

うーんと頭を抱えて考え込んだ画家は、しばらくすると足音を忍ばせ、アトリエの裏階段を下りて行った。近所の居酒屋へ逃避したに違いなかった。

放置されたカンバスの中で、問題の女性はアルカイック期の彫像にも似た微笑を浮かべている。

「フェルメールさん、ちょっといいですか」

ニキビ面の見習い小僧が、遠慮気味に声をかけてきた。自分が描いた素描画を見て欲しいと言うのだ。

見習いが熱心に描き写していたのは、微妙な形に反り返った乾燥ニシンだった。しかし練習用の藁紙《わらがみ》に描かれたそれは、どこから見ても野良犬の糞《くそ》としか思えない。これまで何度も静物を表現する方法を教えてきたヨハネスも、これには苦笑するしかなかった。

対象物を写すという作業において、ヨハネス自身は苦労した経験がない。床を這っていた赤子が立って歩き出し、そのうち走り回るようになるのと同じで、ヨハネスも成長過程に組み込まれた予定の行動として、ごく自然に絵が描けるようになった。

ハーグでの内弟子時代にも、朋輩たちが物体の質感の描写に苦心している様が、ヨハネスには理解出来なかった。師匠が舌を巻くほど、その素描力は卓越しており、彼が紙の上で表現出来ないものなどないと誰もが思っていたのだ。

才能の有無はともかく、熱意だけは充分な見習い小僧に素描のコツを教えてやると、ヨハネスは早々にファブリティウス邸を出て家路についた。

最初の四つ辻を真っ直ぐ行こうとしたところで、横道から走ってくる少女の姿が目に留まった。

「オハナじゃないか」

「ああ良かった、行き違いにならなくて」

ヨハネスの前に駆け寄ると、オハナは肩で息をついた。

「ティンス家の奥様から言付かってきました。もし、お仕事の都合がつくようでしたら、フェルメールさんをお呼びするようにと」

「今日の仕事は終わりだ。何かあったのか」

早速ティンス邸へ向かう道を歩き出しながらヨハネスが問う。義母が仕事中の自分を呼びつけるのは初めてのことだ。

「来客がありました」

大柄なヨハネスの速足に遅れまいと、小走りで横についたオハナが答える。

「奥様に、お久しぶりと挨拶《あいさつ》してらしたので、お知り合いかとは思いますが、なんだか緊張した、ご様子でした」

「どちらが？」

「奥様、です」

走りながら喋るオハナの言葉が短く途切れた。

「私は、このまま、メーヘレン亭の、お手伝いに、行きます」

「分かった。もう急がなくていいぞ」

そう言うとヨハネスは、オハナを置いて走り出した。近道をジグザグに走り、マルクト広場を横切ると、ティンス邸へは五分で到着した。

「どうぞ、中へ」

玄関で待ち受けていたのは、召使いのタンネケだった。

「奥様。お見えになりました」

「お入り」

通されたのは奥の居間ではなく、手前の内台所だった。ヨハネスが初めてティンス夫人に会った時と同じ部屋である。かつてヨハネスが座った席にいるのは、派手な服装をした若い男だった。

「お掛けなさい」

ティンス夫人に勧められ、向かい合う二人の間に割り込むかたちで座ったヨハネスは、横目に男の顔を見て驚いた。

「これは息子のウィレム・ボルネスです」

一目見ただけで分かっていた。男女の違いがあっても、ウィレムの顔立ちはカタリーナと酷似していたのだ。

「ウィレム、こちらがカタリーナの……」

母親が紹介するより早く、ウィレムの手が伸ばされた。

「妹を貰ってくれた若き芸術家ですね」

「ヨハネス・フェルメールです」

初めて会う義兄の手は、男にしては妙に柔らかく湿った感触で、握って気持ちの良いものではなかった。

「そうか、君の名もヨハネスか……いや、失礼。君には関係ない話です。何しろ仕事で一年近くフランスのリモージュへ行っていたので、妹が結婚したことも知らなくて」

「そうですか……」

ヨハネスは戸惑いを隠せなかった。カタリーナに八つ年上の兄がいることは知っていたが、母親のティンス夫人が娘を連れて離婚した際、総領息子のウィレムは父親の元に残り、その後の行き来はないと聞いていたのだ。

「デルフトに母を訪ねたのは、これが初めてです」

ヨハネスの表情に不審の色を見て取ったのか、ウィレムは自分から話し始めた。

「ご存知かもしれませんが、僕はかねてから母に疎まれておりましてね。ただ今回、どうしてもご相談したいことがあってお邪魔したわけです。決して悪い話ではないと思うのですが……」

「ウィレムは、自分の会社への投資を勧めに来たのですよ。今、きっぱりと断ったところです」

実の息子と義理の息子の両方から目を逸《そ》らしたティンス夫人は、誰もいない窓の方へ向かって言い放った。

「おお、僕の会社ではありませんよ、お母さん。自分に経営の才能がないことは充分に学びました。今は商才のある友人を手伝っているのです」

ウィレムが言うには、友人はロッテルダムに本部を置く会社の代表である。今まで亜麻織物を中心に商いを行っていたが、この度、フランスの海運会社と提携して、東洋の物産を扱うことになった。とりわけ供給量が不足している東洋磁器を一挙に大量輸入する計画で、入手した磁器をヨーロッパ各国に販売するための新会社を、郊外のゲラント農場跡地に設立する。

早い話が、その新会社に投資をするよう、ウィレムは母親に話を持ちかけたのであった。

「今度は僕が代表を務める訳ではありませんから、話に乗っても大丈夫だと言ったのですが……。ねぇ、お母さん？」

小首を傾げて甘ったるい声を出す息子の顔を、ティンス夫人は冷めた目で一瞥《いちべつ》した。

「投資などする気は一切ありません。それより、今日中にロッテルダムに着きたいなら、もうお発《た》ちなさい。今年から定期船の数も減っているのですからね」

「どうですヨハネス君。我が母上の冷徹なこと」

特に気を悪くした様子もなく、ウィレムは素直に立ち上がった。華奢《きゃしゃ》な身体に羽織った上着は、当世流行のギャラントと呼ばれるリボンで飾られ、下肢に目をやると、短いキュロットの裾《すそ》にも同色の絹で造った花とリボンが結ばれている。

「では、お母さん。これにてお暇《いとま》いたします」

芝居がかった仕草と台詞《せりふ》を残し、ウィレムは去って行った。

足音が遠ざかるのを確かめると、ティンス夫人は肩で大きな息をついて立ち上がった。

「悪かったわ、急に呼び出したりして」

「いえ……その、大丈夫ですか」

疲労しきった様子の義母を、ヨハネスが気遣う。

「少し横になります。息子について知りたければ、タンネケに尋ねなさい。いずれあなたにも関わってくることですから」

言い置いて、ティンス夫人は寝室を兼ねた居間に消えた。


玄関横の小部屋でヨハネスに長椅子を勧めると、タンネケは立ったままで話をした。この針金のような印象の女は、ハウダに住んでいた頃から合わせると、すでに三十年以上の歳月をティンス夫人の召使いとして生きてきた。寡黙な上に忠実で、主家の家族について語って良いことといけないことの分別は、本人たち以上にわきまえているのだった。

「あなた様のお察しの通りでございますよ。奥様が離婚されて、別々にお暮らしになってからも、ウィレム様はこっそり奥様を訪ねて来られました。最初は幾《いく》ばくかのお小遣いをおねだりに。ウィレム様がお商売に興味を持たれるようになってからは、投資という形でおねだりが続いておりました」

タンネケの語りは控えめながらも辛口だった。ティンス夫人が個人で所有する財産は、ウィレムが夢に描いた幾つもの会社につぎ込まれ、相当な金額が泡となって消えていたのだ。我が子に欠片《かけら》ほども商才がないことは、夫人も承知の上だった。

「息子可愛《かわい》さとはいえ、ティンス夫人らしくないな。さっきは投資の誘いをきっぱりと断っていたようだし」

「ここ数年は、奥様も覚悟をお決めになったのですよ」

タンネケは重い溜息《ためいき》をついて言った。

「実は、ウィレム様には持病がおありです」

物心ついた頃から風変わりな子供だったウィレムは、厳格な母親に叱責《しっせき》を受けることも度々だった。

ある日、息子の性質《たち》の悪い軽口にたまりかねた母親が、平手で頬を叩いたことがあった。はずみで机の角に頭を打ち付けたウィレムは意識を失い、それ以来、些細《ささい》なことで昏倒《こんとう》するようになったのだ。成人する頃には発作の回数も減ったが、今でも思い出したようにばったり倒れては、周囲を慌てさせている。

自分が手を上げたことで、息子に悪い影響を残してしまったと、自責の念にかられたティンス夫人は、強請《ねだ》られるままに小遣いを渡す癖がついてしまった。

「今でも奥様は、ウィレム様に対して引け目を感じておられます。とは言え、これ以上の無益な投資を続けることは、本人のためにも良くないと決心されたのです」

カタリーナに残すべき財産を守るためにも、ティンス夫人は甘え上手な息子を遠ざけることにしたのだった。

ティンス邸の外には明るい夏の光が差していた。暗い室内に目が慣れていたヨハネスは、眩《まぶ》しさに額の上で手を翳《かざ》した。

自宅に戻るつもりで運河の橋を渡ると、どこからか自分の名を呼ぶ声がした。辺りを見回せば横手の辻の奥で、派手なリボン飾りの服を着込んだ男が、こちらを見て手招きしていた。

「ロッテルダムへ行かれた筈ではないのですか、ウィレムさん」

さりげなく道を外れ、細い辻に入ったヨハネスは、義兄となった男を軽く皮肉った。

「あれは方便だよ。不肖の息子が同じ街にいると知ったら、母も気が気でないだろう」

悪びれた風でもなく、ウィレムは帽子の内側から一通の手紙を取り出し、指に挟んでひらひらと振って見せた。

「これをカタリーナに手渡すつもりだったのだが、今になって迷っているのさ。渡すべきか、否か」

そう言うと、ウィレムは自分の手にした手紙と、今日会ったばかりの義弟の顔を見比べた。他人の心まで見透かそうとする薄青い目は、気味が悪いほどカタリーナと酷似している。

しばらく逡巡《しゅんじゅん》していたウィレムは、午後三時を告げる新教会の鐘が鳴り響くのを契機に手紙を差し出した。

「これには、ある男の消息が記されている」

ウィレムの声に、僅《わず》かながら真摯《しんし》なものが加わった。

「カタリーナが知りたがっているだろうから持って来た。本当なら見せない方が良いのかも知れないが、僕はご覧の通りの軽薄者だから、そのあたりの判断がつかなくて困るんだよ」

派手な衣服に身を包み、羽根飾りとリボンをてんこ盛りにした帽子を被《かぶ》った優男は、若干の自嘲《じちょう》を込めて言った。

「とにかく、その男は遠い所にいる。二度とオランダの地は踏まないし、ヨーロッパに戻ることもないだろう。手紙が僕の手元に届いただけでも奇跡に近いんだ。だから、あとは妹の夫である君が決めてくれ。君がそうしたいなら処分しても構わない」

差し出された手紙を受け取ったヨハネスは、手早く上着の内側に隠した。

「デルフトには長く滞在を？」

「二、三日で用を済ませたら、またフランスに行く。本当は母や妹を構っている暇はないんだよ」

どれほど忙しいものか。別れの挨拶もなしに、ウィレムは路地の奥を抜けて走り去った。

手紙はひと月以上もアトリエに置いたままだった。

預かった時には、すぐにでも渡すつもりでいたものが、つい先延ばしとなり時機を逸してしまった。

他でもない、カタリーナと何かしらの関わりがあった男の消息を記した手紙である。自ら望んで結婚する以上、妻の過去を詮索《せんさく》しないと心に誓ったヨハネスだが、嫉妬《しっと》の感情まで消し去ることは出来なかった。

夏の盛りが過ぎ、屋根裏でカンバスに向かう時間が少しずつ短くなるにつれ、棚の上に放置した手紙を見ることが苦痛になった。それと同時に、この手紙を手にした時のカタリーナの顔を見てみたいという、歪《ゆが》んだ興味も生じ始めた。

好奇心に背中を押されたヨハネスは、テレビン油の汚れがついた封筒を捨てると、近所で買った新しい封筒に手紙を入れ替えた。封を切った瞬間、中身を読んでしまいたい衝動に駆られたが、彼の矜持《きょうじ》がそれを押し止《とど》めた。

どこにでもある蠟《ろう》を溶かして封印し、気が変わらないうちに大急ぎで階下に降りて、カタリーナの姿を探す。一階まで降りると、厨房の裏手の外台所から女の話し声が聞こえた。オハナと二人で乾かした豆を選り分けているのだった。

「あらまぁ、ヨハネス。どうしたの」

顔を上げたカタリーナが驚いていた。まだ明るいうちに夫がアトリエから降りて来ることが珍しかったのだ。

「忘れていたことを思い出した。これを預かっていたんだ」

おもむろに突き出された宛名《あてな》のない封筒と夫の顔を、カタリーナは交互に見比べた。

「誰からなの？」

「俺も知らんよ。家の前で知らない女から預かった。ボルネスさんに渡してくれと言ったから、君のことだろう」

「いやね、何かしら」

その場で封を開けようとしたカタリーナは、ハッと何かに思い当たったように、手紙を手の中に握りしめた。

「オハナ、お豆を瓶に移したら厨房の棚に戻しておいて」

「はい、若奥様」

カタリーナは小走りに家の中へ戻って行った。

少し間を空けて、ヨハネスもさりげなく後を追う。

階段を駆け上がったカタリーナは、若夫婦の寝室になっている三階の一番奥の部屋へと駆け込んだ。よほど気が急《せ》いていたのか、扉が薄く開いたままであった。

足音を忍ばせたヨハネスは、扉の隙間からそっと中を覗き見た。自分たちの部屋なのに、なぜだか鼓動が速まり、息遣いが荒くなるのを止められなかった。

カタリーナは窓に向かって立っていた。胸元より下で広げた手紙を覗き込み、夢中で文字を追っている。額が丸く、顎の尖《とが》った横顔は、いつもと同じ童顔だったが、その頬は薔薇色《ばらいろ》に紅潮していた。

西に大きく傾いた太陽が、開け放たれた窓から差し込み、部屋の一部と、黄色い上衣を着たカタリーナを金色に輝かせていた。

手紙に書かれた男の存在など、最早どうでもよかった。

目の前の美しい構図を目に焼き付けるべく、ヨハネスは扉の隙間を覗き続けた。

⚘

油臭いアトリエの奥で、画家と助手は一枚の素描画を前に、額を寄せて話していた。

「なぁ、どう思う。小僧どもがふざけて描いたものだ」

「稚拙な描写ですが、雰囲気は出ていますね。誰が見ても先生だと分かりますよ」

藁紙に描かれていたのはファブリティウスだった。染みだらけの壁にもたれ、床に両足を投げ出して眠りこける姿は、アトリエに出入りする者には見慣れた光景だ。

子供気分の抜けきらない見習い小僧たちは、師匠の足の間に転がった酒瓶や、だらしなく緩んだ口の傍《わき》から伝う涎《よだれ》を、細大漏らさず描き込んでいたが、当のファブリティウスは興味深げに絵の中の自分を指差して尋ねた。

「俺はいつも、こんな阿呆面《あほづら》で寝ているのか？」

「大体、こんな感じです」

うーんと唸って、頭を抱えて見せる画家の目元は笑っていた。

助手として通い始めてから半年以上過ぎたが、ヨハネスはまだこの男の怒った顔を見たことがない。特にここ数日は、長らく悩まされていた肖像画から解放されたこともあり、すこぶる機嫌が良い。

肖像画に描かれたローベン夫人は、実物の夫人の印象と一致しないまま、約束の納期を少し遅れて注文主の手に渡った。

ファブリティウスは最後まで違和感を拭いきれないようだった。さりとて、肖像画としての仕上がりに問題がない以上、いたずらに納期を遅らせることは出来ない。邸《やしき》に届けられた絵を見た夫人も、その出来栄えに満足していたという。

「よーし、お前たち、今日は天気もいいから外へ写生に行こう。道具を持って付いておいで」

悪戯《いたずら》描きが師匠に見つかって、部屋の隅で叱《しか》られるのを待っていた見習い小僧は、飛びあがって喜んだ。

「君はもういいぞ、ヨハネス」

手近にあった帽子を摑むと、ファブリティウスは画材と画架を抱えた小僧たちを従え、ばたばたと外階段を駆け下りて行った。

(俺もそのうち、居眠りする女でも描いてみようかな……)

手元に残された幼稚な絵を机に伏せたヨハネスは、埃《ほこり》の溜《た》まったアトリエを掃除して帰ることにした。

オハナと交代でファブリティウス邸に戻った召使いは、奥方の立ち入らない場所は掃除しないと心に決めているらしい。

綺麗《きれい》好きのヨハネスが、鼻歌交じりに床を掃き出し、手箒《てぼうき》で棚の塵《ちり》を払っていると、外階段のあたりで何やら羽ばたく音がした。そろりと足音を忍ばせて扉の隙間から覗けば、外に置かれた水盤の縁に小鳥がとまっている。縁の欠けた手洗い用の水盤を、ファブリティウスが小鳥の水浴び用として置いているのだ。

地味な色の小鳥は、水盤に浅く張られた水に飛び込んだかと思うと、翼《つばさ》をせわしく羽ばたかせて水浴びを始めた。ブルル、ブルルと、小刻みに震える翼の音と共に、細かな水の飛沫《しぶき》が辺り一面に飛び散る。

（ああ——）

ヨハネスの口から溜息が漏れた。

視線の先にあるのは小鳥ではなかった。激しく乱れる水の上で、波と一体化して揺れる光の動きを追っているのだ。

内弟子時代から天才と呼ばれたヨハネスが、ただひとつカンバスに描ききれないもの。それが光だった。

従来の技法を用いて、炎の陰影や画面の上部から差し込む光線を描くことは可能だ。しかし、それだけでは目の前の風景の中に潜んでいる光を描き出すことは出来なかった。

扉に額を押し付けたまま、ヨハネスは思案に沈んだ。

水浴びを終えた小鳥は、いつの間にか飛び去っていた。

⚘

九月の半ばを過ぎると、日没の時刻が目に見えて早くなり、助手の仕事を終えたヨハネスが、自身のアトリエでカンバスに向かう時間も日毎《ひごと》に短くなった。

これまでに描き上げた何枚かの習作は、逐一ファブリティウスに見せて細やかな助言を受けていた。もうヨハネスが明日からでも職業画家としてやってゆけると確信しているファブリティウスは、デルフトの画家ギルドに加入するための手続きを進めようとしている。ところが、肝心のヨハネスに、決心がついていなかった。

「よう、若大将。今夜も店で番犬か」

「まだ新婚だろう。俺たちより、嫁さんを構ってやりなよ」

夜のメーヘレン亭で軽口を叩く常連客と、デルフトの景気や、気になる戦局について語り合うのは充実した時間だった。

人好きな父親の血を引いたのか、夜の居酒屋で街の衆を相手に商売することは、いつしかヨハネスにとって、絵を描くこととはまた別の喜びとなっていた。

そんなデルフトの暮らしを大切に思う一方で、華やかなアムステルダム市街に工房を構え、新鋭の画家たちと刺激的な日々を過ごして、自分の才能に相応《ふさわ》しい評価を得たいという野心も捨てた訳ではなかった。

(気が多いのは俺の欠点だな……)

店の壁にもたれて、ヨハネスは自嘲した。

見渡す店内には空席が目立つ。ついにメーヘレン亭が〈大熊座〉との取引を止《や》めてしまったため、安いビールを頼めなくなった客が、店に寄る回数を減らしているのだ。

近頃は戦火の影響で、庶民の口にする食料品の値が上がり、普段から慎ましい生活を送っている者たちの懐にも、冷たい秋風が吹いている。こんな時こそ安くて旨いビールを客に提供したかったが、醸造業組合の規定で、低価格のビールの出荷量は限定されており、どの醸造所でも古馴染の店を優先的に扱った。

早めに手を打たなかったことを後悔しながら、ヨハネスは店内を見回した。今夜は酔った勢いで暴れ出しそうな団体客はなく、半白髪や薄髪の男たちが静かに杯を傾けている。

その中に先刻からこちらを見ている男がいた。見覚えのある山羊鬚だと思っていると、客の方から指先をちょいと曲げて合図を送って来た。

「やあ」

「どうも」

うっそりと歩み寄り、会釈したヨハネスに、山羊鬚の男は小声で尋ねた。

「クロールの孫娘は元気にしているか。たしかオハナとかいう名前だったな」

ああ、とヨハネスは合点した。客はハンス・クロールの死体を発見した際、現場を仕切っていた自警団員だった。確かホップスと呼ばれていた男だ。

「元気です。今は俺の義母の家に住み込みで働いて、夕方はここの仕込みを手伝って貰っています」

「そうか。いや、実はそんな話を耳にしてな。一度様子を見に来ようと思っていた。つい遅くなってしまったが……」

そう言うと、ホップスはしばらく顎鬚《あごひげ》を撫《な》でていたが、ヨハネスが次の言葉を待っているのを見ると、ふぅと溜息を吐き出した。

「結論を言うと、クロールがどこに監禁されていたのか、分からず仕舞いだ。街中の陶器製造所と窯場を虱潰《しらみつぶ》しに当たってみても、それらしい手がかりは見つからなかった」

自警団ではこの三か月というもの、治安役人に協力し、街壁の外まで足を延ばして入念な捜査を行ってきた。しかし、郊外の窯場周辺で人の隠れ住んだ痕跡《こんせき》のある廃屋が見つかっただけで、それが事件に関わりのあるものかは分からなかった。

「爺さんを殺した奴の行方は？」

「それも分からん」

クロールが倒れていたのは、果樹畑と町工場が集中する地区で、夜には人通りが絶えてしまう。加えて明け方に降った雨のせいで、足跡の追跡も出来なかった。

唯一残された手掛かりが、クロールを撃った新型銃だった。今回の陶工たちの事件に、最新型のマスケット銃を入手した連中が関わっていることは確かだった。同じものが武器商人を通じてオランダ国内に入っているが、まだ大量には出回っていない。

「ところが、武器商人の筋から探りを入れようとしていた矢先、上から待ったが掛かった。これ以上、役人に協力する必要はないと、自警団の幹部会議で決まったと言うのさ」

ホッブスは手にした杯を呷《あお》り、残りの液体を一息に飲み干した。

「残念だが、そんな幕切れだ。オハナには何も報告してやれることがない。ただ、行方不明の陶工が全員見つかるまで、我々がこの一件を忘れることはない」

言い終えてホッブスが立ち上がり、同じテーブルにいた二人の男たちも続けて席を立った。

ヨハネスは視線だけで彼らを見送った。

それから数日して臨時の休暇を取ったヨハネスは、船でスヒー川を遡《さかのぼ》っていた。デルフトの街壁を出ると、そこはもう見渡す限り広くなだらかな平原である。川沿いに続くポプラ並木と、間隔を置いて何基か立っている風車以外、地上に目を引くものはなかった。

微風を受けてゆっくりと回る風車は、もとは粉ひきや油絞りに使われていたものだ。これが十五世紀頃から、低地に溜まる余分な水を運河に排出するための動力として用いられるようになった。風車を始めとする灌漑《かんがい》技術の発達が、国土の半分が低湿地帯だった小国に、農業の可能な干拓大地をもたらしたのである。

船端にもたれて顔を上げると、珍しく晴れた真っ青な空を、幾つもの白い雲が動いていた。雲は馬に曳《ひ》かれてゆっくりと川を遡上《そじょう》する船に追いつき、追い越し、遥《はる》かな東の地平を目がけて流れている。その後を辿《たど》るように、北海方面から越冬地へと向かう真雁《まがん》の群れが、鉤《かぎ》型の編隊を組んで渡って行く。

「それじゃあ、自警団のお偉いさんの一声で、捜索は打ち切られたってことかい？」

船端に向かって座っていたレーウが、川の底を覗き込みながら尋ねた。

「そういうことだ。団員にも忸怩《じくじ》たるものはあるだろうが」

ヨハネスは空を行く雲を見上げて答える。

自警団員が来た日の翌朝、ヨハネスは仕事前にティンス邸に立ち寄り、オハナに事の次第を話した。オハナは自分の寝台の下に置いてあった未焼成の土皿を取り出し、そのざらついた表面を撫でながら、黙って聞いていた。たった一人の身内である祖父が、何ゆえ殺されたのか分からないままとなっても、これ以上は訴え出る場所も機会もないのである。

自警団の団員たちも、上から捜索の打ち切りを言い渡された以上、方針に従わない訳にはいかなかった。自警団幹部会がデルフトの有力者を中心に構成されていることは、市民の誰もが知っている。幹部の中には、他国から銃や大砲などの火器を輸入して荒稼ぎする者もあるという。


「あっ、でっかい魚。きっとナマズだよ」

船縁から大きく身を乗り出したレーウの上着の裾を、慌ててヨハネスが捕える。

「危ないぞ。泳ぎは得意じゃないんだろう」

「あー、見えなくなった。七十センチはあったのに」

上着を摑まれたまま、尚も水面に顔を寄せようとするレーウは、子供の頃と変わらなかった。

「お客さん。船を岸につけたいんだが、頭を引っ込めてくれんかね」

「ほーら、船頭さんが困ってる。ちゃんと座れ」

幼児を諭す口調で、ヨハネスが幼馴染を引き戻した。

やがて船は簡素な板を並べただけの船着場に到着した。ヨハネスとレーウの二人を下ろすと、大半の客を乗せたままの船は再び岸を離れ、足の太い馬に曳かれて川を遡って行った。

二人が降りた船着場には、目の前に藁葺《わらぶき》の大きな農家があり、直ぐ近くの草叢の陰で、放牧された牛の母子《おやこ》がぎょろりとした目をこちらに向けていた。

「ここから少し歩いて戻るんだ。もう見えているけど」

レーウが示す先の川岸には、煉瓦《れんが》造りの建屋の一群があった。

わざわざ速度の遅い上り船に乗らずとも、目的地はスヒーダム港から歩いて四十分程の場所だったが、若い二人はちょっとした行楽気分で、のんびりと船に揺られて来たのだった。

赤煉瓦の建屋の前まで来ると、恰幅《かっぷく》の良い初老の男が、扉の外で二人を待っていた。

「ようこそ〈真雁の砦《とりで》〉へ。窓から船が見えたので、そろそろ着く頃だと思った」

「小父さん、こちらが先日話した友人のヨハネスだよ」

レーウの紹介で、初対面の二人は握手を交わした。

「初めまして。メーヘレン亭のフェルメールです」

「ベルチだ。甥《おい》っ子が世話になっているそうだな」

顔の下半分が灰色の髭で覆われたベルチ氏は、太い腕をヨハネスの背中に回すと、建物の中へ誘った。

「ロクな家具がないが、適当に座ってくれ」

ベルチ氏が言う通り、煉瓦がむき出しの室内には、手作りらしき粗末なテーブルと椅子があるだけだった。

「俺は食う所や寝る所なんぞどうでもいいのさ。楽隠居のつもりで、ここに来た訳じゃないからな」

ベルチ氏はスヒー川上流の田舎町に生まれた醸造家である。

父親直伝の製法で造るビールが大変旨いと評判で、若い頃から脇目も振らずに働いた。その結果、自分でも思わぬ大きな身代を築き上げることになったが、息子が家伝の製法を受け継ぐ頃になると、ふと物足りなさを覚えたのだと言う。

「不足を言っちゃあ罰が当たるかもしれんが、親父の製法を忠実に守り続けるだけの仕事は、もういいと思ったんだよ。俺だって醸造家の端くれだ。ここらで自分だけの新しいビールってやつを試してみるのも悪くないだろう」

思い立ったベルチ氏に躊躇《ちゅうちょ》はなかった。息子に町の醸造所を任せると、人里離れたスヒー河畔に地所を買い、自らの手で醸造場を建て始めたのだ。

「これまでは、選び抜かれた原料だけを使って旨いビールを造って来た。だがな、最高の素材を使って最高の味を生み出すなんて、考えてみりゃ当然の話だ。ある程度の熟練になれば誰にだって出来ることだ。それじゃ詰まらん。俺は安い材料で旨いビールを造ると決めた！」

ベルチ氏は大きな握りこぶしをテーブルに振り下ろした。

三年前の秋に仕込みを開始して以来、何度か失敗を繰り返し、この夏やっと納得のゆく味に仕上がったのだという。

「味に関しては俺が口で説明するより、飲んで貰った方が早いだろう。おーい、運んでくれー」

言い終わるより早く横手の扉が開き、若い女が姿を現した。女の格好をしているから女だと分かるが、そうでなければ男と勘違いしたに違いない、長身でがっちりした女だった。

「やあ、バーブラ」

レーウが心安げに声をかけると、女の厳《いか》つい顔が綻《ほころ》び、太い首筋にほんのりと赤味が差した。

「元気そうね、アントニー」

女は片手で摑んだ三人分の陶器杯をテーブルに置くと、再び扉の向こう側へと戻って行った。

「姪《めい》っ子のバーブラだよ。醸造場の手伝いと、俺の身の回りの世話をしている」

簡単に説明して、ベルチ氏は杯をそれぞれの前に配った。

「とにかく飲んでみてくれ。この醸造所の屋号と同じ〈真雁の砦〉と名付けたビールだ」

ベルチ氏が見守る中、ヨハネスは大型の酒杯にたっぷりと入った液体を、ほぼ一息で喉へ流し込み、最後に残した一口分だけを、ゆっくり舌の上で味わった。

「いい飲みっぷりだが、味は分かったか」

「悪くないと思います」

口元を拭ってヨハネスが答える。

「予想していたよりコクがあるし、喉通りもいい。ただ、最後に少し酸味が残りますね。小麦のビールのような」

腕組みをしてベルチ氏が頷く。

「昨年の夏の段階ではもっと酸っぱかった。改良してここまでにしたんだが……気になるか？」

「この程度の酸味なら、俺は嫌いじゃないです」

「僕はこれ、美味しいと思うよ」

隣で飲んでいたレーウが口を挟む。

「だって〈大熊座〉はもっとクセがあったじゃないか」

「あれは、極端に味が落ちていたんだ」

ヨハネスの言う通り〈大熊座〉のビールは、とうとう素人が飲んでも分かるまでに味が変わってしまった。早急に〈大熊座〉に代わる低価格ビールが欲しかったヨハネスは、その日のうちにベルチ氏と契約を交わすことにした。

「そうと決まれば、契約書を用意せんといかんな」

ベルチ氏は大きな両手を打ち合わせた。

「おいアントニー。お前、向こうの部屋で手伝え。俺は書類を作るのが億劫《おつくう》なんだ。フェルメール氏は、先に昼飯でも食いながら待っていてくれ。今バーブラが支度しているから」

有無を言わせずレーウを引っ張り上げると、ベルチ氏は奥の部屋へ連れて行ってしまった。

一人残されたヨハネスは、天板の波打ったテーブルの前で待っていたが、じきに退屈して、横の台所らしき部屋の扉を開けてみた。

予想した通り隣は狭い内台所だった。窓の近くで、バーブラと呼ばれていた背の高い女が、作業台に置いた陶器の鍋に、壺《つぼ》から牛乳を注いでいるところであった。居間のテーブルと同じく、四辺の長さが異なる作業台の上には、粗く千切ったパンの準備があることから、牛乳粥《ぎゅうにゅうがゆ》を作る最中かと思われた。

静かに牛乳を注ぐ女は、白い頭巾の縁から広い額がせり出し、厳つい頬は赤らんで、いかにも田舎くさい顔をしていた。首は太短く、濃い黄色の上衣が内側から弾《はじ》けそうなくらい、肩や腕の筋肉が充実している。エプロン代わりの青い布を巻き付けた腰回りも、どっしりと逞《たくま》しいものであった。

部分だけを取り上げれば醜女の部類に入るであろうバーブラは、その全体を眺めると不思議に見苦しい印象はなかった。

「もう少し待ってください、フェルメールさん」

牛乳を張った鍋にパンの欠片を沈めながら、バーブラが言った。

「すみません。覗き見するつもりでは……」

「お鍋を火にかけたら、じき煮えますからね」

厳つい外見とは裏腹に、バーブラの声は丸く優しかった。

「よかったら、その椅子に掛けていて下さい。小父さんが作った椅子は、どれも座り心地が良くありませんが」

勧められるまま低い丸椅子に座ったヨハネスは、牝牛《めうし》のような女が、大きな手で器用にチーズを削ったり、クレソンの葉を千切ったりする様子を眺めた。

「そう言えばバーブラさんは、レーウと従姉弟《いとこ》同士なんですよね。小さい頃に遊んだりしたんですか？」

黙っているのは失礼な気がしてヨハネスが尋ねると、煮え始めた粥に塩を振りかけていたバーブラが、薄く笑って否定した。

「私は、ベルチ小父さんの遠縁にあたる者です。本当は赤の他人も同然の遠い親戚《しんせき》なんです。でも小父さんときたら底抜けに面倒見の良い人で、両親を亡くした私が孤児院に行くと聞いて、引き取ってくれたのですよ」

「そうでしたか」

当たり障りのない話を始めたつもりだったヨハネスは少し後悔したが、バーブラは全く気にする様子もなく話を続けた。

「アントニーのことも甥っ子と呼んでいますが、実際には奥様の従妹《いとこ》の子供だそうです。だから、私がアントニーと会ったのは、あの子がゲラントの農場から助け出されて、小父さんに預けられた時が初めてなんです」

「ゲラント……」

どこかで聞いた名前だと、ヨハネスは首を傾げたが、後ろを向いていたバーブラは、クレソンと人参《にんじん》を合わせたサラダに酢を振りかけながら続けた。

「しばらくベルチ家で一緒に暮らしました。最初に見た時は、肋骨《ろっこつ》が浮き上がるほど痩せて、採り忘れたアスパラガスみたいにひょろひょろだった子が、改めてアムステルダムへ奉公に出る頃には、すっかり健康になって」

レーウの話をするバーブラは、窪《くぼ》んだ眼窩《がんか》の奥の小さな目を細め、柔和な表情を浮かべていた。ゲラント農場についても尋ねようとした矢先、隣室からベルチ氏の銅鑼声《どらごえ》が聞こえた。

「おーい、待たせたなフェルメール氏。書類の準備が出来たぞ」

居間に戻って契約書を交わし、皆で昼食を済ませると、早速今夜から店で新しいビールを提供したいと考えたヨハネスは、自分の手で小樽《こだる》を二つほど運んで帰ることにした。

来た時と同じ船着場から船に乗れば、スヒーダム港まで川を下って二十分ほどで到着する。そこから別の荷船に乗り換え、運河を使って店の裏手まで運ぶのである。

醸造場から船着場まで、ベルチ氏が一つの小樽を肩に担いで運んだ。もう一つをヨハネスとレーウが協力して持ち上げようとしていると、バーブラが横から手を出して、ひょいと自分の右肩に担ぎ上げてしまった。

（えらい力持ちだな。十ガロン入りだぞ）

（彼女なら、もっと重いものでも担ぎ上げちまうよ）

小声で囁き合う男たちを尻目に、逞しい肩に樽をのせたバーブラは、船着場までの道を悠々と歩いたのであった。

その夜、ベルチ氏の大衆向けビール〈真雁の砦〉は、メーヘレン亭の常連客たちに歓呼の声で迎えられた。


十一月朔日《さくじつ》の夜、デルフトの街に強風が吹き荒れ、前日まで黄色い葉で着飾っていた街路樹を一晩で丸裸にしてしまった。夜が明けると、運河の水面を黄色く埋め尽くした落ち葉を、男衆が網で掬い上げ、女たちは箒を持って石畳を掃くのに忙しかった。

すっかり綺麗に掃き清められたマルクト広場を横切って、ヨハネスは義母のティンス夫人邸を訪ねた。普段は午後の三時過ぎ、遅くとも四時にはメーヘレン亭の仕込みを手伝いに来るオハナが、その日は五時を過ぎても姿を見せなかった。何事かあったのかもしれないと、様子を見に来たのである。

鍵のかかっていない扉を開けて入り、内台所を覗くと、召使いのタンネケが炉にかけた鍋を杓子《しゃくし》でかき混ぜているところだった。

「ああ、あなた様でしたか」

振り向いたタンネケは、恐縮した様子を見せた。

「オハナはまだ戻らないのですよ。出掛けに用を言いつけてしまったもので」

「ならいい。何かあったかと気になって来てみただけだ」

「私がお知らせに走るべきでした」

丁度その時、玄関で物音がしたかと思うと、オハナが内台所に姿を現した。

「ただいま戻りました……。あ、フェルメールさん」

「おい、オハナ。なんだいそれは」

オハナが大事そうに抱えているものを見て、ヨハネスは驚いた。

「捨て子の赤ちゃんです。メーヘレン亭へ行こうとして外へ出ると、扉の脇に籠《かご》に入れて置かれていました」

御覧下さいと言わんばかりに、オハナは胸に抱いた捨て子の顔を、自分の身体ごとヨハネスに向けた。見るからにふにゃふにゃした生まれたての赤ん坊である。

うーんと唸ったまま二の句が継げないヨハネスに、いつも冷静なタンネケが言った。

「とにかく乳を飲ませようと思いましてね。オハナに貰い乳に行かせたのです。あなた様もご存知の〈銀のラッパ〉のお嫁さんが、初めてのお子さんを産んだと聞いておりましたので」

ヤーコプの妻は、先週末に出産したばかりだった。ヨハネスはまだ訪ねていなかったが、マルクが早々に祝いに行って、生まれたばかりの親友の長男の顔を確認していた。

『予想通り、焼き立ての丸パンみたいな赤子だったよ』

自分の甥っ子が生まれたかのように、嬉しそうに話していたマルクの様子を思い出しながら、ヨハネスは目の前の赤ん坊の頬をそっと指先で撫でた。

「たっぷりお乳を飲ませて貰いましたから、良く眠っています」

言いながらオハナは、腕の中で眠る赤ん坊を、慎重にタンネケの手へ託した。

「遅くなりましたが、これからメーヘレン亭へ行ってきます」

「ああ、頼む」

オハナが行ってしまっても、ヨハネスは内台所の椅子に座って、タンネケが赤ん坊を籠の中にそっと納める様子を見ていた。

「捨て子は、これで四人目ですよ」

「えっ、そうなのか?」

やれやれと言いたげなタンネケは、赤ん坊の入った籠を炉から離すと、再び鍋の中身をかき混ぜ始めた。内台所に肉のスープの香りが漂う。

「お隣と間違えて、ご当家の前に捨てて行くのです。最初の一人の時は慌てましたが、四人目ともなるといい加減に慣れてしまいました。今、奥様がお隣へ相談に行かれています」

ティンス邸の左隣は、カトリックの隠れ教会だった。

前世紀の宗教改革で、カルヴァン派を中心とするプロテスタントの国となったオランダだが、教会からカトリック色が一掃された後も、カトリック教徒たちが国を去った訳ではなかった。彼らはオランダ国民として普通に暮らしながら、密《ひそ》かに隠れ教会を設け、自分たちの信仰を続けていたのである。

元来が個人の自由を重んじるオランダでは、カトリック教徒も、異教のユダヤ教徒も、自分たちの生活圏内でささやかに祈りを捧《ささ》げる分には、信仰を黙認されていたのだ。

デルフトの市街にも、そんなカトリック教徒たちが多く暮らす地区が存在し、ティンス邸はまさにその中心部にあった。邸の前の道はアウエ・ランゲンデイク通りが正式名称だが、隠れ教会の神父が往来することから、街の者は〈坊主横丁〉の名で呼んでいる。

しばらくして、隠れ教会からティンス夫人が帰宅した。神父と相談した結果、赤ん坊は里親が見つかるまで、近所で子育て中の信徒の家に預けられることになった。戦争が始まって以来、教会と繫《つな》がりのある孤児院や慈善院は、どこも定員を超える子供たちを抱えて難渋しているのだった。

捨て子を引き取りに来たのは、市場役人の下で小使いをしている男の女房だった。まだ若いのに所帯やつれで頬が窪み、見るのが申し訳ないと感じる程に貧相な女である。

そんな憐《あわれ》みや蔑《さげす》みの入り混じった視線には馴れているのだろう。擦り切れた頭巾を被り、継ぎだらけの服を着た女房は、内台所の中央に置かれた籠に歩み寄ると、すやすや眠っている赤ん坊をさも愛《いと》おしそうに抱き上げて帰って行った。

「頭が下がりますよ。里親が見つかるまでの間とはいえ、近所でも有名な貧乏人の子沢山なのに」

女を送り出したタンネケが、部屋に戻って溜息をついた。

「そのスープを飲ませておやり。乳がよく出るように」

炉に掛けられた鍋を指して、ティンス夫人が命じた。

「鍋ごと差し入れるのですよ。少しの量をやったところで、子供たちに飲ませてしまうに違いないからね」

「心得ております」

慇懃《いんぎん》に腰を屈めると、タンネケは重い鍋を提げて内台所から出て行った。捨て子の始末を見届けたヨハネスが、続いて立ち上がろうとすると、ティンス夫人が引き止めた。

「あなたにお話があります。お座《すわ》りなさい」

初等学校時代に悪戯がばれて女教師に呼び出された時と同じ気分で、ヨハネスは一旦《いったん》浮かしかけた腰を椅子に戻した。

「お話とは？」

「絵を描いて貰いたいのです」

ティンス夫人が依頼したのは宗教画であった。敬虔《けいけん》なカトリック教徒である夫人は、信奉している隣の隠れ教会に、娘婿の描いた宗教画を寄進しようと考えたのだ。

隠れ教会には地域の信徒が数多く出入りしているが、外観は普通の邸宅と何ら変わりはない。それこそ慌て者の親が、隣のティンス邸を教会と間違えて、捨て子を置いて行く程に。

「礼典の時以外は、礼拝堂の中でもカトリックを連想させる器物を置かないことになっていますが、一般のお宅にもあるような宗教画であれば、普段から飾っておいて問題はない筈です」

「ですが、ティンス夫人」

膝の上に肘《ひじ》を乗せ、前屈みの姿勢になってヨハネスが言う。

「ご存知の通り、俺は画家のギルドに加盟していません。まだファブリティウス先生の助手の身分なんですが……」

ギルドに加盟していない者が、絵を売買して利益を得ることは許されていない。隠れ教会の中とはいえ、多数の人の目に留まる絵を描くのであれば猶更、規約に違反するような真似《まね》は出来なかった。

「そろそろ潮時ですよ」

ティンス夫人の口調には、有無を言わせぬ威厳があった。

「若いあなたにとって、今の暮らしは気楽で良いものでしょう。でも、結婚して所帯をもった以上は考えないといけません」

大人たちの庇護《ひご》の下、いつまでも中途半端な生活を続けるのは如何《いかが》なものかと言うのだ。

「急ぎの絵ではありませんが、このまま埒が明かないなら、他の画家に依頼します。いいですね」

「――分かりました」

ヨハネスには返す言葉がなかった。

叱られた子供のように口を尖らせて広場を横切り、メーヘレン亭に戻ると、今度は実母のディフナに呼び止められた。

「さっきまでアントニーが店で待っていたのよ」

「レーウが？　なんだろう」

「きっと、ヤーコプの子供のお祝いについての相談ですよ。あんたたち、まだ何も贈り物をしていないのでしょう」

ディフナは息子の友人たちのことを、彼らが子供の頃から熟知し、その成長を心に掛けていた。

「小さかったアントニーが、良い若者になったものだねぇ。身なりは綺麗だし、言葉使いも丁寧で、もう立派な呉服屋の商人だわ」

しきりに感心する母親の横をすり抜け、ヨハネスは階段を一息に駆け上がった。三階の廊下には、宿泊客が階下で夕食を取っている間に各部屋の蠟燭を新しいものと取り換えるカタリーナの姿があった。

どんなに忙しい日でも、ディフナは嫁のカタリーナを居酒屋の店先には出さなかった。悪所に出入りしていた頃の客と、うっかり顔を合わせることを避けるための配慮である。義母の気遣いを理解しているカタリーナも、家の中では常に控えめに振る舞い、裏方の仕事を率先して務めていた。

そんな新妻に言葉をかけるでもなく、ヨハネスは火を灯した自分専用のランプを受け取った。平素から口数の少ないカタリーナも、夫が片手だけで器用に梯子を使い、屋根裏に消えて行く姿を無言で見送った。

アトリエに入ったヨハネスは、描きかけの習作の前で丸椅子に腰かけた。床に置いたランプの明かりにぼんやりと目をやり、自分と同い年の友人たちのことを、頭の中に思い巡らせる。

二十一歳で父親になったヤーコプは、〈銀のラッパ〉に通う客のため、毎朝三時に起きてパンを仕込んでいる。

マルクは体調を崩した父親に代わり、大店《おおだな》のデルフト陶器販売店を一人で切り盛りしている。

レーウには商人以外になりたいものがあった筈だ。それでも不平を言うことなく、明るい顔で絹織物店に勤めている。

『そろそろ潮時ですよ』

母親のディフナも、親方のファブリティウスも、何も口出しせずヨハネスを自由にさせてくれる。だが、それに甘えていてはいけないのだとティンス夫人に諭された。

老獪《ろうかい》なティンス夫人は、叱るだけではなく、画家としての初仕事を鼻先にぶら下げて、娘婿を奮起させようとしている。

多くの人に鑑賞される教会の絵画は、初めての仕事として魅力のあるものだった。加えてヨハネスの心を強烈に揺さぶったのは、ティンス邸で見た捨て子と、その子を愛おしそうに抱き上げる貧しい女の姿だ。赤ん坊に頬を寄せた瞬間、やつれて色の悪い女の顔に浮かんだ慈愛の表情をヨハネスは見逃さなかった。

(あれは、聖画そのものだった……)

ヨハネスの目には、継ぎ当てだらけの服を纏《まと》った女が、生まれたばかりのキリストを抱く聖母と重なって見えたのだった。


一六五三年十二月。ヨハネス・フェルメールの名が、デルフト聖ルカ組合の新会員名簿に記されている。この時、ヨハネスは職業画家としての第一歩を踏み出したのである。

第二章　異国の少女

一六五四年一月、立て続けの寒波がデルフトの街を襲った。燃料費を充分に賄えない貧しい者や、寒さに弱い年寄りは震えあがったが、頰《ほお》を真っ赤に染めた子供たちは、凍り付いた運河を滑って歓声を上げた。遊びに興じるのは子供ばかりではない。大人の中にもスケート靴や帆の付いた橇《そり》で氷上を滑走して、暗く厳しい冬期を愉快に過ごそうとする者が大勢いた。

吹雪の止《や》んだ朝、雪玉を投げ合う子供とぶつかりそうになりながら、マルクト広場を横切ったヨハネスは、坊主横丁にある隠れ教会の扉を叩《たた》いた。

耳を澄ませて待っても応《いら》えの声がない。

約束の時間丁度に来たつもりのヨハネスは、身を切る寒さの屋外で待つより、勝手に扉を開けて入ることを選んだ。

教会の一階は、隣のティンス邸とほぼ変わらない間取りだった。薄暗い廊下の右側が広間になっており、そこが礼拝堂として使われている。

ヨハネスが中を覗《のぞ》くと、簡素な長椅子《ながいす》が何列か並べられた奥に、僧帽を被った男と、黒い頭巾の小柄な女が向かい合っていた。

「フェルメールさん、すみません。お約束の時間なのに」

僧帽の男がヨハネスに気付いて声を上げた。この隠れ教会を任されている老神父である。

「構いませんよ。廊下でお待ちした方がよければ……」

「それには及びません。私の用事は済みましたから」

独特のしわがれ声で言ったのは、黒い頭巾付きのマントを羽織った女だった。

「ご苦労だったね、マグダラ。気をつけてお帰り」

労《ねぎら》う神父に軽く会釈すると、女は礼拝堂を後にした。

擦れ違いざま目にした頭巾の奥には、見知った老女の顔があったが、互いに知らぬふりをしてその場をやり過ごした。

「あのご婦人も、信徒さんですか？」

表扉が閉まる音を確認したヨハネスが、神父に尋ねる。

「敬虔《けいけん》なカトリック教徒です。私がこの教会に赴任して以来、四十年以上の付き合いですよ」

黒い頭巾の女は、カタリーナとヨハネスの仲を取り持った、マギ婆さんだった。

「欲深いやり手婆《ばば》の仮面を被《かぶ》っていますが、裏へ回れば、病気で寝付いた娼婦《しょうふ》や、浮浪児の世話などを焼く奇特者です。今日も、昔の娼婦仲間の容態が思わしくないと知らせに来たのです」

「昔の娼婦仲間ということは、あの御老女も……？」

「それはそれは美しい女――でしたよ」

マギ婆さんと同年配の老神父は、目元で微笑した。

港通りの飾り窓で最古参となったマギ婆さんは、日陰で生きるカトリック信徒たちの取りまとめ役を担っていた。色を売って暮らす女たちには、稼いだ金の一部を教会に納める習慣がある。教会の側でも、人目を忍んで礼拝に訪れる彼女らの心の拠《よ》り所となるよう努めていたのだ。

「それはそうと、絵の題材が了承されたそうですね」

ヨハネスが本題を切り出すと、老神父は嬉《うれ》しそうに両の手を揉《も》み合わせた。

「あなたのご提案通りでお願いします。私の上司にあたるアントウェルペンの司教も賛成してくれました」

ティンス夫人の依頼で教会に納める絵画の題材として、ヨハネスは〈聖母子像〉を考えていた。ただし、プロテスタント国にあっては、従来のカトリック教会が礼拝の対象としてきたような、聖母とキリストの姿を描くことは憚《はばか》られる。そこでヨハネスは、舞台を現代のオランダに置き換えた聖母子を描きたいと、前もって神父に告げていたのだ。

「昨今では、そうやって宗教性を薄めた絵画を飾ることが当たり前になっていますからね。この礼拝堂も礼典が行われる日を除けば、カトリック色を消すよう配慮しております」

自身がプロテスタントであるヨハネスは、隠れ教会で行われる礼典に参加したことはなかったが、義母のティンス夫人からその厳かな様子は伝え聞いていた。

「洗礼盤を始め、こちらには由緒ある品が揃《そろ》っていると伺っています」

今、ヨハネスの前にある祭壇に置かれているのは、飾りのない十字架と、銀製の燭台《しょくだい》が一対だけだった。

「おっしゃる通り、裕福な信徒のご婦人が寄進して下さった洗礼盤は、ブロンズ製の細やかな彫刻が施された立派なものです。その他にも古い香炉などが残っているので、芸術家のあなたには是非とも御覧に入れたいのですが」

隠れ教会の規則で、洗礼式や礼典の時以外、カトリック色の強い法具類は出さない決まりになっていた。

「焼き討ちを逃れた宗教画が残っていることは……？」

「残念ながら、それは」

神父は首を横に振った。

ヨハネスとしては洗礼盤よりも、宗教改革以前にデルフトの教会を飾っていたであろう宗教画に興味があり、どこかに隠されているものなら観覧したいと思っていた。だが神父の様子では、この教会に絵画の類《たぐい》は残っていないらしい。

紛争や事故によって、芸術作品が失われるのは空《むな》しいことだ。

自分が世に送り出す作品たちが、悲惨な運命を辿《たど》らずに済むことを願い、ヨハネスは教会を後にした。

翌日からヨハネスはアトリエに籠《こも》り、絵画の制作に没頭した。

雪の降る季節は日の出の時刻が遅く、待ちかねた太陽も瞬くうちに沈んでしまう。それでも貴重な数時間の作業に集中し、何度も修正を重ねて描いた〈聖母子像〉は、三月の末に完成した。

隠れ教会に搬入された絵には、麦藁《むぎわら》の籠《かご》の中から赤ん坊を抱き上げる母の姿が描かれていた。若い母親が身に着けた衣服は、十七世紀初頭のオランダ庶民風で、洗い晒《ざら》した麻布の質感が表現されている。背景として左側にひび割れたガラス窓、右後方に煤《すす》けた竈《かまど》と鋳物鍋《いものなべ》が描かれ、余り裕福でない家庭の内台所であると分かる。

質素な身の回りにあって、白い頭巾から覗く女の表情は穏やかだった。腰と膝《ひざ》を軽く屈《かが》めた姿勢で、生まれたばかりの赤子の頼りない後ろ首を支え、胸に抱かんとする横顔には、温《ぬく》もりのある慈愛が満ち溢《あふ》れていた。

四月の復活祭に合わせて披露された〈聖母子像〉を見た信徒たちは、それが風俗画の体裁をとっているにもかかわらず、全員が首を垂れ、胸の前で指を組み合わせて祈りを捧《ささ》げた。ティンス夫人から礼拝の様子を伝え聞いたヨハネスは、職業画家として誇らしい気分を味わったが、それと同時に、〈聖母子像〉を描く糸口となった捨て子が風邪をこじらせ、あっという間に天に召されたことも知らされた。

翌日、隠れ教会の礼拝堂を覗くと、窓から差し込む朝日を浴びて、聖母の腕に抱き取られた赤ん坊が、永遠の安らぎの内にいた。

復活祭の少し前、ウェストミンスター条約が結ばれ、第一次英蘭戦争は終結していた。二年間の争いは、イギリスの航海法を承認した上に、多額の賠償金を支払うことになったオランダの完敗で幕を閉じたのだった。

敗戦の知らせに沈んだデルフトの街にも、夏が来る頃には本来の活気が戻り始めた。港に入る貨物船の数が増え、肉や青物の市場には豊富な食材が並んだ。マルクト広場にも多くの露店が立ち、近隣の村から売り買いに訪れる人々の数も増えている。

屋根裏まで届く街の賑《にぎ》わいを耳で感じながら、ヨハネスは絵画の制作に勤《いそ》しむ日々を過ごしていた。

夏前から取り組んでいるのは、またしても宗教画だった。〈マルタとマリアの家のキリスト〉が先に完成し、今から〈受胎告知〉に下絵の線を引き始めるところだ。

小型の風俗画が売れ筋だということは知っているが、最初の数点だけは古典の物語や聖書を題材とした絵を描いておくのが良いと、ファブリティウスに助言されていた。画家としての力量が測りやすい作品を提示することが、顧客の信用に繫《つな》がるというのだ。画力に自信のあるヨハネスは素直に助言を受け入れ、己の実力を示す数点の宗教画を仕上げるつもりだった。

机の上に寝かせた大型のカンバスに線を引き、簡単な透視法を使って人物を配置する。全体の構図が整うと画架に立てかけ、細かい部分を描き込んでゆく。一連の動きには寸分の迷いもない。そもそもヨハネスには、絵を描く上で迷った経験などなかった。

そんな並外れた天才をして、未《いま》だ自分の作品の中に描き切れていないのが、光の描写だった。

水面や窓ガラスに反射する光には、定まった色も形もない。手を伸ばして摑《つか》むことも出来ないが、目に映る景観の中には確実に光が存在する。光の表現を工夫することで、初めて自分の絵画芸術が完成するのだと、ヨハネスは考えるようになった。

画架に乗せられた〈受胎告知〉には、聖母と大天使が描かれている。

白い石の腰掛けから立ち上がろうとする聖母マリアは、頬のあたりにカタリーナの面影を宿している。彩色すればもっと似てしまうかもしれない。

聖母と向き合う大天使ガブリエルに、モデルとなる人物はいない。その手には一本の白百合《しらゆり》があり、足元にはむくむくした金色の子羊が戯れている。

背景は抜けるような空の青と決めていた。これまでヨハネスが描いて来た習作の中で、最も明るい色調の作品に仕上げる予定だ。そのためにも、素材の明るさに負けない天界の光を、聖母と大天使の上に表現しなくてはならない。

まだ誰も見たことのない光の表現を探して、ヨハネスの思索は続いた。

夕刻になると、開け放した窓から吹き込む風が、昼間よりも一層賑やかなマルクト広場の喧《けん》騒《そう》を運んできた。

下絵が完了したカンバスの前で、長らく俯《うつむ》いていたヨハネスは、そのざわめきの中に、聞きなれない音曲が混じっていることに気付いて顔を上げた。

戦時下には鳴りを潜めていた旅芸人や吟遊詩人たちも、少しずつ街辻《まちつじ》に戻り始めている。しかし、今聞こえている曲は、これまでヨハネスが耳にしたことのない旋律だった。

（遠国の吟遊詩人が来ているのかもしれない）

考えることに疲れたヨハネスは、気分を変えて演奏を聴きに行くことにした。

外へ出てみると、屋根裏で聞いた音楽は止んでいた。広場には散歩途中の者や、露店で買い物を楽しむ人々が大勢繰り出していたが、楽器を手にした演奏家の姿は見当たらない。

諦《あきら》めきれず、広場を一周してメーヘレン亭の前まで戻ったヨハネスの耳に、再び不思議な音色が風に乗って聞こえてきた。今度は注意深く耳を澄ませ、音を手繰り寄せるように歩いて行くと、広場側ではなく、店の裏手を流れる小運河の先に楽器を演奏する女の姿があった。

小運河に架かる橋の欄干にもたれて座った女は、胡坐《あぐら》をかいた膝の上に、妙な形の楽器を抱えていた。丸い胴に長い首があるところは、マンドリンに似ていなくもないが、胴部分は圧倒的に小さく、首も細長い。何より風変わりなのは、指ではなく、糸を張った弓のような道具で弦《げん》を擦《こす》って演奏していることだった。

巧みに弓を動かして奏でる音色は、過去にヨハネスが聞いてきたどの楽器のものよりも伸びやかだった。弓の動きに合わせて、小刻みな音や、長く尾を引いてうねる音も自在に出せるのだった。

やがて、不思議な音階を使った軽い調子の曲が終わると、女は演奏を終了して立ち上がった。

ヨハネスと同じく、遠巻きに立っていた数人の聴衆が疎《まば》らな拍手を送り、女の足元に銭を投げる。

楽器を絹の袋に入れて立ち去ろうとしていた女は、四方から飛んできた銭に驚いた様子だった。小橋の上に散らばった銭を見詰め、その場から動けないでいる。どうやら稼ぎのために演奏していた訳ではないらしいと察したヨハネスは、足元の小銭を手早く拾い集めて女に差し出した。

近くで見ると、青いターバンを巻いた女は、少女と言って良いほど若かった。両目を大きく見開き、口を半開きにして、ヨハネスの差し出す銭を見詰めている。

「君のものだよ。とっておきなさい」

ますます驚いた顔でヨハネスを見上げた少女は、楽器の入った袋を抱きしめると、早口で何か言った。

「えっ、なんだって？」

少女の口から滑り出たのは、ヨハネスの知らない異国の言葉であった。厚みのある赤い唇が異国の言葉を紡ぐたび、大きな真珠の耳飾りが、少女の顔の横で小刻みに揺れた。

「困ったな、全く分からんよ」

何度か同じ言葉を繰り返した少女は、相手に通じないと悟ると唐突に身を翻し、その場を走り去ってしまった。

行き場のない小銭を手にしたヨハネスは、今まで少女が立っていた橋詰に、今度は自分が佇《たたず》むはめになった。

演奏家に銭を投げた者たちは、胡乱《うろん》げな視線をヨハネスに向けながら、やがて四方に散って行った。

⸙

夕暮れのスヒーダム港には沢山の船舶が係留されていた。船着場で働く人々は、戦時下だった昨年の今頃よりも遥《はる》かに活気付いた足取りで、最終の貨物船から降ろした荷物を、次々と小型の荷船に積み替えている。

「おーい、そこの若いのぉ、暇なら綱を引かんかぁー」

積荷の重みでふらふらと横揺れする小舟の上から、赤鼻の船頭が手を振っている。

手を振り返しただけで遣《や》り過ごしたヨハネスは、古ぼけた小舟の後に続く、少し大きめの荷船に目をとめた。

（あれは、もしかして――）

ヨハネスが注目したのは、船上に立って荷箱に片足を乗せる、気障《きざ》な男の姿だった。光沢のある黄色のマントに緑の上着でめかし込んだ男は、服と同系色の羽根飾りとリボンで装飾した帽子を頭に乗せている。

鸚鵡《おうむ》を連想させる男を目で追っていると、ヨハネスはいきなり背後から両膝の後ろを押され、カクンと前につんのめった。危うく埠頭《ふとう》の際から水に落ちそうになるのを堪《こら》えて振り向けば、若い男が身を折って大笑いしている。

「こらっ、危ないだろうが！」

「こんな見事にキマるとは思わなかったんだよ」

子供のような顔で笑うレーウを一喝し、再び荷船に視線を戻そうとしたが、折悪くスヒー川方面から入港した小型の帆船が、ゆっくりと視界を遮ってしまった。帆船が通過する頃には、荷船はロッテルダム門へ舳先《へさき》を向けて遠ざかっていた。

（あれは、ウィレムだ）

遠目にも悪目立ちする服装と、カタリーナにそっくりな横顔は、義兄のウィレム・ボルネスに違いなかった。

初めて会った日に立ち話をした際、ウィレムは二、三日ほど逗留《とうりゅう》した後、フランスへ行くと言っていた。まだ同じ仕事を続けているとしたら、デルフトを再訪する機会があってもおかしくはない。

「ひょっとして、怒ったの？」

子供じみた悪戯《いたずら》を仕掛けたレーウが、背を向けて黙り込むヨハネスの機嫌を窺《うかが》う。

「怒ってない。少し考えごとを――」

身体《からだ》ごと振り向いたヨハネスは、目の前にいる友人の装いが普段と異なることに、その時ようやく気付いた。

「また随分とめかし込んだものだな」

半月ぶりに会うレーウは、細い裂け目の入った袖《そで》に、豪華な金のリボン飾りがついた最新流行の服を着ていた。上着だけではない。シャツの袖口や細身のキュロットの裾《すそ》にもピラピラした縁飾りがあしらわれており、いつもは獅子《しし》のように渦巻いて膨らんだ金髪も、上着と同じ紺色のサテンのリボンで丁寧に結われている。

「ははぁ、さては好きな娘《こ》に会いに行くんだろう」

「ち、違うよ、単なる店のお仕着せだ」

悪戯のお返しに茶化されたレーウが、顔を赤くして弁明した。

呉服商の大店《おおだな》で働くレーウは、勤務時間中だけでなく、出勤と帰宅時にも店が用意した衣装を着用するよう、大番頭に命じられたのだった。上質の布地を存分に使った最先端の装いを、街中に宣伝するのが目的である。

「断じて僕の趣味ではないんだからね！」

普段は身形《みなり》に無頓着《むとんちゃく》だが、容姿が整っている上に、長身で肢体の均整がとれたレーウは、着飾った分だけ見栄えがした。同じ系統の衣装を着けたウィレムが、南国の怪鳥に見えたのとは大違いである。

さすが大店の拵《こしら》えは違うと感心するヨハネスの前で、決まり悪げに咳払《せきばら》いしたレーウは、懐から一枚の手紙を取り出した。

「これを渡してくれって、マルクに頼まれたんだ。君が探している異国の女の子を見かけたらしいよ」

「マルクの奴、忙しいのか？」

「お店は暇みたいだけどね」

レーウが微妙な表情で肩をすくめた。

友人の店を気にしつつも、取り敢《あ》えずヨハネスは受け取った手紙に目を通した。内容はごく簡単に、見慣れない楽器を演奏する異国人の少女を、フルンモレン風車の下で見かけたと書いてあるだけだった。紙の左下隅には、八月十日の夕方頃と走り書きが添えられている。

「僕の勤め先では、先輩が北部の倉庫街の側《そば》で、それらしい女の子を見たって言ってた。楽器は弾いてなかったみたいだけど、額に青いターバンを巻いて、大きな真珠の耳飾りを付けていたそうだから間違いないと思う」

「何時《いつ》の話だ？」

「八月の八日。先輩が言うには、女の子の服装が東インド風だったって。襟の形がヨーロッパとは違うらしいね」

この半月ばかり、ヨハネスは青いターバンの少女に会うべく、知人にも声をかけて行方を探していた。だが、八月の上旬まで街の全域で大勢の市民に目撃されていた少女は、中旬になってパタリと消息が途絶えていた。

そのうち見つかると楽観していたヨハネスの当ては外れてしまった。次に会ったら必ず絵を描かせて貰《もら》おうと、紙と木炭まで用意していたのだ。

「もう街を出ちゃったんだろうな。僕も一度くらい東インド風の女の子を見てみたかったし、珍しい楽器の演奏も聞きたかったから残念だよ」

狭いデルフトの街中で、すれ違いに終わるとは、ヨハネスも予想外だった。

真っ先に手渡すつもりで持ち歩いていた小銭が、上着の隠しの中で妙に重さを増した気がした。

翌日の朝、市場で買ったばかりの果物を抱えたヨハネスは、運河沿いの目抜き通りにあるデルフト陶器専門店を覗いた。

乳白色が美しいホワイト・デルフトや、定番の青い染付食器が並んだ店の奥では、幼馴染《おさななじみ》のマルクが黒い顎鬚《あごひげ》を撫《な》でながら、難しい顔で帳簿を睨《にら》んでいた。

「おっ、珍しいじゃないか、ヨハネスが来るなんて」

顔を上げたマルクは、少し驚いたように腰を浮かせると、側にあった小椅子《こいす》を友人に勧めた。

「青いターバンの娘は見つかったのかい？」

「いや、もう街を出たらしい」

椅子に座る前に、ヨハネスは持参した黄色い瓜《うり》を差し出した。

「今日あたりが食べ頃だ、親父《おやじ》さんに食わせてやってくれ」

「見舞いか……わざわざ済まんね」

マルクは良い香りのする瓜を受け取ると、机の上にあった染付の大皿の上にそっと乗せた。

家業のデルフト陶器専門店を任されてからというもの、マルクは以前のように遊び歩かなくなった。何かあるとは思っていたが、実はマルクの家が借金だらけで、一等地に建つ店も抵当に入っていることを、ヨハネスは最近になって知った。

「それで、どんな具合なんだ」

「全く良くない。こんなことになっているとは、親父が倒れるまで知らなかった」

露天商から身を起こしたマルクの祖父が築き上げた店は、二代目の父親が手堅い商売で守っていると、周囲の誰もが思っていた。

「実際には、十年近く前から赤字経営が続いていたんだ。借金が嵩《かさ》んでも、親父には為《な》す術《すべ》がなかったんだろうな」

名店の一人息子として生まれ、苦労知らずで育ったマルクは、今や寝付いた父親の世話をしながら、店の始末に追われている。

「踏ん張れそうか」

「そのつもりだったが難しい。春頃から東洋の磁器が大量に出回るようになったし……」

美しい東洋磁器はヨーロッパ人にとって垂涎《すいぜん》の的であった。

大航海時代を迎え、中国の絹や陶磁器などの物産が運ばれるようになると、ヨーロッパで東洋磁器の一大ブームが巻き起こった。中でも緻密《ちみつ》で鮮やかな色絵が美しい景徳鎮窯《けいとくちんよう》の製品は、皿一枚が目の玉が飛び出るほどの高値で取引され、常に供給が追い付かない状態だった。経済大国となったオランダでは、高価な磁器を所有することが、成功者の証《あか》しとされていたのだ。

「成金の家には必ず東洋の壺《つぼ》やら皿やらが、これ見よがしに飾ってあるからなぁ。どうしてあれと同じものが、ヨーロッパで焼かれていないのか不思議だよ」

「各国の窯《かま》で試行錯誤の試みは始まっているのさ」

しかし、原料として不可欠な白陶土が、まだヨーロッパで発見されていなかった。従来の陶土をいくら高温で焼き上げたところで、ガラスのような硬質磁器の透明感は生まれないのだ。

「馬鹿高い皿なんて所詮《しょせん》は金持ちの道楽だ。デルフト陶器の需要がなくなった訳ではないんだろう」

「日用食器としての地位は揺るぎないさ。ただし、富裕層向けに高級品ばかり扱っていたうちの店は、東洋磁器と競合しちまうから困るけどな」

苦笑いを浮かべたマルクが、恨めしげに付け加える。

「大体、今頃になって中国の磁器が、オランダ国内に出回り始めたのも妙な話なんだ……」

王朝交代の政変により、十年以上の内乱状態が続く中国では、磁器の輸出量が大幅に減少していた。今後はもっと入手困難になるだろうと、デルフトの陶器関係ギルドでは予測していたのだ。

「そういえば去年の話になるが、俺の、その……ちょっとした知り合いが、東洋磁器を扱う仕事を始めたと言っていた」

「ほう」

ヨハネスが思い出したのは、いつぞやウィレムがティンス夫人に持ちかけた、胡散臭《うさんくさ》い投資話だった。

「そいつの友人が、フランスの船会社と提携して、大量に仕入れた東洋磁器をヨーロッパで販売する新会社を興したらしい。ロッテルダムに拠点を置く商社だそうだが、近郊の農場跡地を倉庫に活用して――」

ふと、ヨハネスの記憶の底に引っかかっていた名前が甦《よみがえ》った。

（ゲラント。そうだ、ゲラント農場跡地だ）

初めてベルチ氏の醸造所を訪ねた折、飯の準備をしながら昔話をしたバーブラが、ゲラント農場の名を口にした。その時にはどこで聞いた名前か思い出せなかったが、ウィレムの儲《もう》け話に同じ名前の農場が登場していたのだ。

「どうした？」

急に言葉を止めて考えに沈んだヨハネスの顔を、横合いからマルクが覗き込んだ。

「いや、何でもない。とにかくロッテルダムの商社が、東洋磁器を売り捌《さば》く話を聞いたんだ」

「ロッテルダムか……辻褄《つじつま》は合うな」

マルクが言うには、英蘭戦争の終結を待っていたかのように出回り始めた東洋磁器は、大半がロッテルダムを経由して他の都市に運ばれていた。それらの磁器は、小型の平皿を中心とした品揃《しなぞろ》えで、値段も大幅に抑えられているという。

「だがな、もし、ヨハネスの知り合いとやらが関係している商社が、フランスの船会社と組んで荒稼ぎしているのが本当なら、オランダの東インド会社が黙ってないだろうさ。そのうち裏から手を回して妨害してくるかもしれんよ」

「当然だな」

恐るべき貪欲《どんよく》さで、海上の商売敵を蹴散《けち》らしてきたオランダ東インド会社である。フランスが仕入れた磁器が本国の市場を荒らしていると分かれば、正面からでも相手を潰《つぶ》しにかかるだろう。

「なぁマルク。大変な時期にすまんが、もし陶器販売ギルドでその辺りのことが分かるなら、教えて貰えるか？」

「構わんが、俺程度が掴める情報はたかが知れているぞ」

「それでも頼む」

軽々しいウィレムの儲け話を、ヨハネスは真に受けてはいなかった。しかし先日見かけたように、颯爽《さっそう》と荷船に乗り込み、運河を行き来している姿から察すると、全くの与太ではなかったのかもしれない。厄介な男と関《かか》わるのは御免蒙《こうむ》りたいが、カタリーナの実兄である以上、状況だけでも把握しておきたかった。

⚘

「毎度、ありがとうよぅ！」

スヒー川を横に見ながら歩くこと四十分。〈真雁の砦〉の近くまで来ると、風に乗ってベルチ氏の銅鑼声《どらごえ》が聞こえてきた。門の外で数人の客を見送ったベルチ氏が、忙しそうに醸造場の中へと戻って行く姿が見える。

少し間を置いて到着したヨハネスが住居の扉を叩くと、中から白い頭巾を被った赤ら顔の女が現れた。

「いらっしゃい、フェルメールさん」

「すみませんバーブラさん。約束より早く着いてしまいました」

「今日は歩いていらしたのね。すぐ小父《おじ》さんを呼んできますから」

バーブラは穏やかな声でヨハネスを招き入れると、入れ違いに外へ出て行った。

相変わらず歪《ゆが》んだままの手製テーブルと、不揃いな椅子を眺めて待っていると、銅鑼声と共にベルチ氏が姿を現した。

「よう、フェルメール氏。元気そうだな」

「あなたこそ、ベルチさん」

毛むくじゃらの大きな手が、ヨハネスの手を痛いほど強く握りしめる。

「お蔭《かげ》さんで〈真雁の砦〉は売れ行き絶好調だ。さっき来た客は、来季の予約を済ませて行ったよ」

「俺も、うかうかしていられないですね」

低価格ビールの出荷量は、組合によって厳しく制限されている。ヨハネスもメーヘレン亭の必要分を確保出来るよう、早めに来季の契約を交わしに来たのだった。

「慌てずともお前さんとこの分はちゃんと計算に入れてるさ。何しろうちにとって初めての取引先だからな」

契約書の準備もこの通りだと、ベルチ氏が自慢げに書類をテーブルの上に広げた。飾り文字を使って綺麗《きれい》に整えられた契約書には、すでにベルチ氏の署名があり、あとはヨハネスが名前を書くばかりとなっている。その見覚えのある伸びやかな筆跡に、ヨハネスの頬が緩んだ。

「レーウの手蹟《て》ですね」

「おうよ。アントニーを休日に呼び出して、当面必要な書類を書かせた。ついでに溜《た》まっていた帳簿もつけて貰ったよ。俺は、何ていうか、事務仕事ってやつが苦手でな」

押し付けられた仕事に文句を言いながらも、書類の山を手際よく捌《さば》いてゆく友人の姿が目に浮かんだ。

「ところでベルチさん、お伺いしたいことがあるのですが」

来年の契約を結び、醸造場の樽《たる》から出したばかりのビールを馳走《ちそう》になりながら、ヨハネスが切り出した。

「何だ、改まって」

「ロッテルダム郊外の廃農場のことです」

上機嫌で飲んでいたベルチ氏の表情が、途端に硬くなった。

「ゲラント農場か……」

髭《ひげ》についた泡を拭《ぬぐ》うと、蓋《ふた》つきの酒杯をテーブルに戻す。波打った天板がゴトンと大きな音をたてた。

「どうしてまた、今頃」

「俺の知り合いが関わっている商社が、ゲラント農場跡地を倉庫に使っているらしいのです。確かあの農場は……」

ベルチ氏は据わりの悪い椅子の背もたれに体重を預け、分厚い胸の前で両腕を組んだ。

「アントニーにも聞いたのか」

ヨハネスは首を横に振った。レーウにとって不愉快な思い出のある場所であることは察しがついていた。

「なら仕方がない。俺が話してやるから、あいつには聞くな」

「分かりました」

ヨハネスが九歳の頃、初等学校の同級だったレーウは親類宅へ預けられることになった。だが実際にレーウが連れて行かれたのは、親類の家などではなくロッテルダム郊外の農場だった。強欲な継父がレーウを僅《わず》かな金で売りとばしたのだ。

「ゲラント農場では主に亜麻を植えていた。敷地内には漂白場もあって、景気よくやってるように見えてたよ」

亜麻は古くからヨーロッパで栽培されていた植物で、茎からとった丈夫な繊維は、リネンと呼ばれる高級織物となった。リネン織物産業が盛んだったオランダでは、北部を中心に沢山の亜麻農場と漂白場が点在していた。

「ところが肝心の亜麻の生育が良くなかったらしくてな。収益が上がらないことに業を煮やしたゲラントは、それまで雇っていた使用人の数を減らして、子供を集め始めた。農場の仕事なんてのは大人でも辛《つら》いもんだ。そんな労働を子供のうちから強制して、成人後も奴隷同然に働かせる魂胆だったのさ」

ゲラント農場に連れて来られたのは、街の浮浪児や、事情があって親に売られた子供たちだった。ゲラントの腹心らしき女が子供たちを監督したが、これがまた猛烈な女で、年端のゆかない子であっても容赦はしなかった。働きが悪いと見るや張り飛ばし、鞭《むち》を使って打ち据えた。躾《しつけ》と称する折檻《せっかん》で死ぬ者があっても、農場に集められた子供たちには、苦情を申し出る家族すらいなかった。

「チビで貧弱だったアントニーも、かなり酷《ひど》い目にあったそうだ。殺される前に農場が潰れたのは幸いだった」

劣悪な環境を耐え忍んだレーウが十五歳になった年に、ゲラント農場の漂白場が炎上した。普段はロッテルダムの邸《やしき》で暮らしているゲラントが、農場を訪れて宿泊していた夜に火の手が上がったのは、偶然だったのか、そうでなかったのか――。ともあれ、火は瞬く間に燃え広がり、逃げるのが遅れたゲラントは大火傷《おおやけど》を負った。

この火災に端を発して、ゲラント農場の運営方法が世間に知れることになった。寄る辺ない身の子供たちに重労働を課していたことで非難を浴びたゲラントは、まだ傷も癒《い》えないうちに、ひっそりと街を出て行った。火災で命を落とさなかったものの、社会的には死に体も同然となったのだ。

生き残った子供たちは自由の身となった。家族がある者は家に戻り、身寄りのない子供は孤児院が引き取ることになった。

「アントニーもデルフトの家に戻される所だったが、あいつは利口だから、自分が継父に売り飛ばされたことを理解していた。継父のいる実家に帰れば、またどこぞに売られるかもしれない。そこで酒造りのベルチ小父さんを思い出したのさ。可愛《かわい》いじゃないか。小さい頃に一度会ったきりの俺を覚えていて、助けを求めたんだ」

あいつらしいとヨハネスは思った。利口なのは言うまでもないが、記憶力が抜群で、一度会った者の顔と名前は決して忘れない。そんなレーウの特技は今も変わってはいないだろう。

「うちに来た時には、そりゃ酷かったぞ。ガリガリに痩《や》せ細っていたのは当然として、服は垢《あか》まみれ。頭はシラミだらけだった。おれの嬶《かか》ァとバーブラが盥《たらい》の中に突っ込んで何度も身体を洗ってたよ」

人情家のベルチ氏は、自分の懐に逃げ込んで来た小鳥を大切に保護した。一年近く自宅で面倒をみた上、知人の伝手《つて》を頼んで、アムステルダムの織物商へ見習い奉公に出したのだった。

「俺の手元で鍛えようかとも思ったんだが、醸造場の力仕事には向いてなさそうなんでな。あいつは物腰が柔らかいし見てくれも良いから、呉服商の仕事を覚えさせることにした」

小さい頃から学者になりたいと望んでいたレーウも、純粋な善意の措置には逆らえなかったのだろう。自身が読み書きの苦手なベルチ氏が、勉学で身を立てさせるなど考えも及ばなかったのは、致し方ないことであった。

「ゲラント本人は、その後どうなったのですか」

「火災の翌年にロッテルダムを出たきり帰らなかった。他にも後ろめたいことがあったんだろう。母親の実家があるフランス中部まで逃れて、そこで死んだらしい」

広大な農場跡地は荒れたままに放置された。亜麻の栽培には適さない土壌だったことが判明した上、酷使されて死んだ子供の泣き声が、夜な夜な聞こえるなどの怪異が噂《うわさ》された為《ため》である。

「ゲラント農場と関わった者にとっては忌まわしい場所だが、お前さんの知り合いとやらが倉庫として使うのは、悪くない考えだと俺は思うぞ」

ベルチ氏が言う通り、農場跡地は小運河で川と繋がっており、輸送の便も良い。

「とにかくゲラントの奴が死んだ以上、あの土地も真っ当な人間の手でやり直すのがいいんだ」

跡地を誰が買い取ったのかは、ロッテルダム周辺の事情に詳しいベルチ氏も知らなかった。

一通りの話を聞き終えたヨハネスは、微妙な座り心地の椅子から腰を上げた。

「時間を取らせてしまって済みませんでした」

「なんの、構わんよ。おーい、バーブラ！」

家中に響く銅鑼声に、すぐさま内台所から女が姿を現した。

「ちょいとその辺まで、フェルメール氏を送って来る」

頷いたバーブラは、二人に先回りして扉を開けた。その横を通り抜けたヨハネスは、扉を押さえる彼女の目線が自分より上にあることに気付いた。

「また来て下さいね」

大女の厳《いか》つい顔が、柔和な笑みを湛《たた》えていた。

醸造所の敷地を出たベルチ氏は、しばらくスヒー川沿いを下流に向かって歩いた後、ヨハネスの肩を軽く小突いた。

「なぁフェルメール氏よ、どう思う」

「どう、とは？」

「うちのバーブラのことだ」

えっ、と驚いてヨハネスは足を止めた。どう思うかと聞かれても、自分は既婚者である。いや、そういう意図の質問ではなかったのかも知れない。これは何と答えるべきか……

焦るヨハネスを尻目に、ベルチ氏が肝心な話を付け加えた。

「前々から考えていたんだ。アントニーと所帯を持たせちゃどうかってな」

「はぁぁー」

ヨハネスの口から間の抜けた声が漏れた。

「悪い話じゃないだろう。同い年のあんたが妻帯してるんだし」

所帯を持つこと自体は悪い話ではない。同級のヤーコプなどは、いち早く父親になっているし、子供好きのレーウは〈銀のラッパ〉へ寄ると必ず、ヤーコプそっくりの赤ん坊にベロベロバァーをして笑わせている。問題はそこではなかった。

「バーブラはいい娘だぞ。あんな性根の良い娘はめったにいるもんじゃない。そりゃ別嬪《べつぴん》じゃないし、ちっとばかし大柄だが、そんなことは大した問題じゃないんだ」

女は見かけじゃない。気立てが一番。ついでに丈夫で長持ちするなら言うことなし！

力説するベルチ氏には申し訳ないが、芸術家を自負するヨハネスは、多少なりとも女性の容姿にこだわりを持っていた。自分の知る限りでは、レーウの視線も可愛い娘を追う傾向がある。

心にもない相槌《あいづち》を打つのも躊躇《ためら》われ、黙したまま川岸を歩いていると、ベルチ氏が今度はしんみりした口調で話し始めた。

「バーブラは子供の時からうちで育てた。小父さんと呼ばれているが、俺にとっては実の娘みたいなものだ。ただ、それが良かったのか悪かったのか……」

意外や〈真雁の砦〉に連れて来る以前のバーブラには、沢山の求婚者がいたと言うのだ。

「大概の男が器量好みだってことくらい分かってるさ。俺だって本音では綺麗な女が好きだ。あのバーブラに一目惚《ひとめぼ》れする男なんぞ、そうそういるわけがないんだよ」

醸造業者として成功したベルチ氏が小金を貯《た》めていることは、街の誰もが知っていた。バーブラが年頃になると、氏が娘同然の彼女の為に多額の持参金を準備しているという噂が立ち、聞きつけた男たちが押し寄せたのである。

「一通り会ってはみたが、まぁ予想通りだ。どの男も悪人じゃないが、バーブラの後ろの持参金しか見ていない。それでも実のありそうな男を選んで嫁がせようかと思ったが、当のバーブラにその気がなかった」

ベルチ氏が汗水たらして蓄えた金を、見ず知らずの相手にくれてやることを、バーブラは良しとしなかった。金目当てと分かっている男に嫁ぐより、新しいビールの開発に着手するベルチ氏を手助けするため、街を離れて〈真雁の砦〉に付き従ったのである。

それから間もなくして、アムステルダムでの奉公を終えたレーウが帰郷した。デルフトの実家に戻るより先に、世話になったベルチ氏の元を訪れたのだ。

「立派な若者になってたもんだから驚いたよ。バーブラも目頭を押さえて再会を喜んでいた。

その様子を見た時に俺は閃《ひらめ》いたんだ。この二人の組み合わせもありだってな」

ベルチ氏の思い付きは分からないでもないが、問題は当人たちの気持ちである。

「バーブラに異論はない。一年近く同じ家に暮らして、互いの気性は分かっているからな。問題はアントニーの奴だ」

実は半年ほど前、ベルチ氏は自分の思惑をレーウに話していた。三つ年上のバーブラを姉のように見ていたレーウは、大いに戸惑っていたというが、何より彼を困惑させたのは、ベルチ氏のもうひとつの提案だった。

「俺はな、アントニーに店を構えさせようと思う」

「店を——ですか？」

道楽のひとつもせず、醸造の仕事に打ち込んで蓄財したベルチ氏だが、その本質はケチではなかった。遠縁の子のレーウとバーブラのために家を買い、絹織物の商いをさせるつもりなのだ。

「どのみちバーブラには相応の持参金を付けてやるつもりだったんだ。そこにちょいと色を付ければ、良い場所に店を構えることも出来る。俺の仕事と違って、布地やら小物やらを扱う店は、表通りに出店した方がいいに決まってるからな」

すでにデルフトの一等地に、目を付けている空家があるというから、恐ろしいまでの金離れの良さである。

「二人とも、本当に健気《けなげ》な良い子なんだよ」

小道を外れ、岸に立ったベルチ氏は、スヒー川を下って行く客船を見送りながら言った。

「バーブラは怪力女と笑われても、力を出し惜しみしないで働く。アントニーは自分を見捨てた母親の元に笑顔で戻って行った。俺はあの二人が可愛くて仕方がない。あいつらが夫婦になって幸せに暮らしてくれるなら、こんな嬉しいことはないんだ。それなのにアントニーの奴、どうもはっきりしない」

奴が何を考えてるのか、俺にはよく分からないんだと、ベルチ氏は実の子でもない若者のために悩んでいた。

ベルチ氏とヨハネスはスヒー川の岸に並ぶと、その流れを無言で見下ろした。しばらくして横の茂みから、一羽の真雁がよたよたと出て来たかと思うと、目の前にいた人間に驚いたのか、慌てて翼をバタつかせて飛び立った。まだ嘴《くちばし》の色が橙色《だいだいいろ》をした幼鳥であった。千切れ雲が浮かぶ空を、不器用な幼鳥は右へ左へふらつきながら飛んでいた。

⚘

秋の気配がデルフト市街に漂い始める頃。

日没の早まりを実感しながら絵筆を動かすヨハネスを、階下で呼ぶ声がした。妻のカタリーナではない。高く澄んではいるが、控えめな少女の声である。

「どうした、オハナ」

床の扉を持ち上げて見下ろすと、真下にオハナの顔があった。

「お仕事中にすみません。ここへ来る前に、お隣の神父様から言付かったんです。教会の絵についてご相談したいと」

ティンス夫人の依頼で納品した宗教画のことである。

「何か不都合があったのか？」

オハナが困ったように眉根《まゆね》を寄せる。

「日が落ちた後で良いから、来てもらいたいと仰《おつしや》っただけなので……」

「分かった。今から行くとしよう」

アトリエを閉めたヨハネスは、階段の途中でオハナを追い越し、店先を通って広場へ飛び出して行った。

坊主横丁の隠れ教会に入ると、礼拝堂の中でそれぞれ別の長椅子に座していた神父と一人の女性が、首を捻《ひね》って来訪者を確認した。

「来たようですね」

振り向いた女性は、義母のティンス夫人だった。

「お呼び立てして恐縮です、フェルメールさん。しかし、あなたに相談しなくてはならない問題が出来《しゆつたい》しまして……」

立ち上がった神父は、ティンス夫人の隣にヨハネスを掛けさせると、自分は立ったままで事の次第を話し出した。

「他でもありません。あの宗教画のことです」

神父が見上げる壁には、ヨハネスが職業画家として初めて描いた〈聖母子像〉が飾られている。

「実は、この絵を譲ってほしいと仰る方が現れたのです」

ヨハネスは面食らった。

発願者のティンス夫人が画料の全額を負担し、教会に飾る目的で発注した絵である。すでに寄進されてしまったものを、今さら譲ってほしいとは前代未聞の話だ。

所望したのはローベン夫人だった。

商用でデルフトを離れ、しばらく礼拝に参加する機会のなかったローベン夫人は、先日久しぶりに隠れ教会を訪れた。そこで初めてヨハネスが描いた〈聖母子像〉を見た夫人が、是非ともこの絵を自分に譲ってほしいと言い出したのだ。

「ローベン夫人も道理はわきまえた方ですから、ただで譲ってくれと仰っている訳ではありません。絵を寄進されたティンス夫人に相当の料金を支払い、それを画料としてフェルメールさんに別の絵を描いていただくのはどうかと提案しておられます」

早い話が、この絵は自分が高く買い取るから、その金でもう一度、別の絵画を寄進しろということだ。

隣のティンス夫人を見やれば、いつもの厳しい顔に、有るか無しかの苦笑を浮かべている。

「宜《よろ》しいのではないですか」

厳格なティンス夫人が、思いの外あっさりと承諾したことに、ヨハネスは勿論《もちろん》、教会の老神父も驚いた。

「私個人としては賛成したくありません。教会に寄進した絵を他に譲渡するなど、不敬極まる話ですからね。ただ、ここにいる娘婿は、職業画家になったばかりの身です。その若者に新たな仕事の機会が与えられるというのでしたら、これも神の思《おぼ》し召《め》しと思うことに致しましょう」

「寄進者のあなたが承諾してくださるなら、教会としても異見立てはしません」

神父はあからさまに安堵《あんど》の表情を浮かべていた。経済的に苦しい隠れ教会としては、最大の支援者とも言うべきローベン夫人の申し出を無下に出来ないのだ。

「あなたにも異存はありませんね、ヨハネス」

同じく経済力の乏しい娘婿は、黙って義母の決定に従った。


数日後、ヨハネスはローベン邸を訪れることになった。内輪の夕食会に顔を出すよう、教会を通して招待があったのだ。

堅苦しい席が苦手なヨハネスは、夕食会などまっぴらだったが、間接的とはいえ注文主となった富豪の招きを断ることなど出来なかった。金払いの良い顧客の機嫌を取ることも、職業画家にとって重要な仕事のひとつだったからだ。

街の北東部にあるローベン邸は、デルフトで最も古いとされる建物のひとつだった。運河に面した倉庫街の一角にあり、裏手には農園が広がっているため、夜の帳《とばり》が降りた邸の周辺は静寂に包まれている。

呼び鈴の紐《ひも》を引いて待つ間に、黒ずんだ石造りの建物に絡まった蔦《つた》の葉が、風に吹かれてカサカサと乾いた音をたてた。同時に聞き馴れない鳥の鳴き声も、扉の前に立つヨハネスの耳に届いた。

「フェルメール様？　ああ、奥様がお招きした絵描きね」

ヨハネスを邸内に案内したのは年齢不詳の召使いだった。客に対して横柄な態度をとるこの女が、古参の使用人たちを追い出したという女中頭に違いなかった。

長い廊下を歩いて奥の客間に通されると、細身の女が立ち上がってヨハネスを迎え入れた。

「ようこそお出《い》でくださいました。ローベンの家内ですわ」

「お招きありがとうございます、奥様」

如才なく手の甲に口づけながら、上目づかいに見上げたローベン夫人の顔は、ヨハネスにとって初対面でありながら、すでに見慣れた顔であった。

三日月形に細められた緑色の目。きゅっと口角の上がった口元。ひっつめ気味に硬く結い上げられた色の薄い金髪――

どこを取ってもファブリティウスの描いた肖像画と同じである。同じであるにもかかわらず、ヨハネスは妙な違和感を覚えた。目の前の夫人と、肖像画の夫人とが別人のような気がしたのだ。

「あら……もしかして、前にもお会いしましたかしら？」

不躾《ぶしつけ》なほど自分を凝視する若者に、夫人が困惑の声を上げた。

「は、いえ、すみません。実は——」

ヨハネスが肖像画の件を説明すると、ローベン夫人の顔に安堵の表情が浮かんだ。

「そうでしたの。ファブリティウスさんのお弟子さんだったとは存じませんでしたわ。分かっていたら、あの先生も今夜ご招待しましたのに」

ローベン夫人は残念そうだった。ファブリティウスが絵の違和感について語ったことや、あのおばちゃんの顔と向き合うのは、もう懲り懲りだとぼやいたことなど、本人は知る由もないのだった。

「お食事を用意した部屋に、先生が描いて下さった肖像画を飾ってありますのよ。とても良い出来栄えだと、主人も褒めていますわ。あなたの宗教画も大層気に入ったようです」

「ですが、俺の絵はまだ……」

戸惑うヨハネスに悪戯っぽく笑ってみせると、ローベン夫人は滑るように部屋を横切り、隣室と繋がる扉に手をかけた。

「どうぞこちらへ」

扉を開けて手招きする夫人には、身に付いた淑《しと》やかさとは別に、相手に有無を言わせぬ強引さがあった。

誘われるまま隣室に入ったヨハネスは、止面の白い壁に飾られた絵に驚いた。それは隠れ教会にあるはずの〈聖母子像〉だったのだ。

「つい先刻、教会から運ばせたばかりですの」

悪びれない夫人の言葉に、ヨハネスは唖然《あぜん》とした。次の絵を描き上げる前にこれを運び出してしまったら、教会の殺風景な白壁を見た信者たちは失望するに違いない。しかし、夫人に頓着する様子はなく、嬉しそうに目の前の絵画を絶賛した。

「本当にすばらしい絵ですわ。これまで私が見て来た中で、最も心を打つ聖母子像です。私、一目で惚《ほ》れ込んでしまって、邸に戻るなり広間の汚れた壁を白く塗り直させて、絵を迎え入れる準備を始めましたのよ」

つまり初めて見た瞬間から、ローベン夫人は絵を手に入れると決めていたのだ。

「今の話は神父様には内緒にしてくださいましね。ティンス夫人にも。あの方、うるさ型だとうかがっておりますもの。礼拝中に睨まれるのは、私、困りますわ」

どう答えて良いものやら、酸欠の魚のように口をパクパクさせるヨハネスのすぐ側で、唐突に人の声が上がった。

「困ってらっしゃるのは、画家先生の方だよ」

クックックッと、いかにも可笑《おか》しげに笑いを添える声に、広間には夫人と自分の二人しかいないと思い込んでいたヨハネスは、驚いて跳び上がった。

「嫌ですわ、あなた。そんな所にいらしたのね」

夫人が声を掛けた先には、背もたれの高い椅子があった。こちらに背を向けて置かれているので、座っている人物の姿は見えない。

「マルゴ、少し手を貸しておくれ」

夫人の手に縋《すが》って立ち上がったのは、少し猫背の男だった。男は夫人に右肘を支えられ、左手で杖《つえ》をついて、ぎこちなくヨハネスの前に歩み寄った。

「ようこそ。アルフレート・ローベンです」

「お招き有り難うございます、ローベンさん。お目に掛かれるとは思っていませんでした」

目の前に立つローベン氏は、アラビア商人のような布を頭に被り、垂れ下がった布で顔から首にかけての部分を隠していた。

「このような姿ですから、普段は人前に出ません。ただ、今宵はあの素晴らしい絵を描いた画家に会ってみたいと思いましてね」

寝たきりの生活だと噂に聞いていたローベン氏が、まさか会食に出て来るとは予想していなかった。しかし、夫人の手を借りたローベン氏は、夕食の皿が準備されたテーブルに辿《たど》り着くと、専用に造らせたと思われる肘掛け椅子に収まった。

「どうぞ、フェルメールさん。妻の隣にお座りください」

卓上には四人分の食器が置かれている。自分の他にも来客があるのかと思っていると、廊下側の扉から一人の女が現れた。ヨハネスにも見覚えのある女だった。

（これは――）

ヨハネスの正面、ローベン氏の隣に座ったのは、服装こそ替えているが、玄関でヨハネスを案内した女中頭に違いなかった。

「失礼かとは存じますが、こちらの召使いも同席させて頂きます。私が商売に専念しておりますもので、家政と主人の世話は全てこの者に任せているのです。私どもの家族とお考えくださって結構です」

女中頭はニコリともせず、軽く会釈してみせた。

成程《なるほど》、主人一家から重く扱われているからこそ、この女は使用人らしからぬ横柄な態度なのだと、ヨハネスは納得した。

夕食の献立は豪華だった。新鮮な魚介を使った料理と、肉料理が目の前の皿に取り分けられたが、ローベン氏の前には、深皿に盛られた粥《かゆ》状の食べ物があるだけだった。

「気にせず召し上がってください。私は残念なことに怪我《けが》の後遺症で、赤子のような物しか食することが出来ないのです」

少しくぐもった声で喋《しゃべ》るローベン氏は、顔と身体の右半分を負傷したものと思われた。左手で匙《さじ》を使い、顔を隠す布の隙間《すきま》から口に入れた食べ物は、咀嚼《そしゃく》する間に唇の右端から流れ落ちる。それを右隣に座った女中頭がまめに布で拭《ぬぐ》い取り、要領よく自分の食事も摂《と》っている。

「これでも主人は随分と回復いたしましたのよ。火傷を負った当初は一生寝たきりになるだろうと、お医者さまに宣告されておりましたの」

ローベン氏が火傷を負ったのは、今から十九年前のことだった。一六三五年に発生したアムステルダム大火災で、市庁舎の鎮火活動に加わった際、焼け落ちた天井の下敷きになったのだ。

それ以前のローベン氏は、オランダ東インド会社の商人として活躍し、自ら外洋船に乗り込んで、バタフィアやゼーランディアまで渡航した経験もある頑健な男だった。命こそ助かったものの、不自由な身体となった氏はアムステルダムを離れ、デルフトで養生することになったのである。

「こちらに参りましてから、私、ずっと隠れ教会に通っておりました。どうか主人の健康を取り戻させてくださいと祈り続けたのです。そうしたら、少しずつ、本当に少しずつですが、自力で起き上がるようになり、椅子にも座れるようになったのです」

元から敬虔なカトリック教徒だったローベン夫人は、神の力を目の当たりにしてからというもの、ますます信心深くなった。夫の意見を聞きながら始めた商売が当たったこともあり、デルフトに定住することを決めた夫妻は、商売で大きな利益を得る毎に、その一部を福祉に還元したのだった。

「すべて神の思し召しですわ」

「私だって歩けるようになりたい一心で頑張ったさ」

顔を隠した布の奥でローベン氏が苦笑する様子が伝わったが、夫人はそれを無視して神の御《み》業《わざ》を讃《たた》えた。

「七年前に主人が体調を崩した時は、正直申しまして、今度こそ駄目かと覚悟しましたの。しかし、神は私たちをお見捨てにはなりませんでした。一時は死の淵《ふち》を彷徨《さまよ》った主人は、病状が回復したばかりか、むしろ以前より元気になったのです。奇跡としか言いようがありませんわ」

ローベン氏が奇跡の復活を遂げた記念として、夫人は隠れ教会に、北イタリアから取り寄せたという立派な洗礼盤を寄進した。カトリック教会ばかりでなく、プロテスタント系の孤児院や養護院へも寄付を忘れなかったローベン夫人は、デルフトを代表する慈善家としての地位を固めたのである。

晩餐《ばんさん》の席で喋っていたのは、主にローベン夫人だった。品の良い語り口の端々には、僅かにフランス風の発音が混じっている。

女中頭は会話に加わらず、甲斐甲斐《かいがい》しく主人の介助を務めることだけに専念していた。

「少し風に吹かれたい。窓を開けてくれ」

食事が済むと、ローベン氏の要望で一同は窓際へ移動した。

夫人の手と杖を頼りに注意深く歩き、窓を向いた安楽椅子に腰かける間に、女中頭がガラス窓を開けた。風は思ったよりも心地よく、薄暗くて陰気な室内に乾いた空気を運び入れた。

窓の横手の壁には、ファブリティウスが描いたローベン夫人の肖像画があった。絵の隣に立つ本物の夫人と、肖像画に描かれた夫人、二つの顔がヨハネスの正面に並んでいる。

「夜風は身体に良くありませんわよ」

「少しの間なら問題ない」

夫を気遣うローベン夫人は、古風な顔に笑みを浮かべていた。慈善家として活動する女性に相応《ふさわ》しい、優しげな微笑である。

比べて見ると肖像画に描かれた夫人には、どこか冷たく空々しい印象があった。絵画に温《ぬく》もりがないのは当たり前かもしれないが、実物の夫人と並べて初めて気付く違いであった。

（ファブリティウス先生はこの感覚を、しっくりこないと表現していたのか。具体的に何かを描き損じている訳ではないが……）

実物の夫人と絵画の夫人。双方を前に考え込んでいると、窓から入る風に乗って、妙な鳴き声が聞こえた。

ぼーう　ぼうぼう　ぼーう　ぼう
ぼーう　ぼうぼう　ぼーう　ぼう
奇妙な調子で尾を引く声は、低く侘《わび》しく室内に沁《し》み渡った。

「何かしら、気味が悪いわ」

ローベン夫人が眉を顰《ひそ》めて窓際から離れた。

「鳥の声、だろうな」

不自由な身体を傾けて、ローベン氏も耳を澄ませる。

「俺がこちらに到着した時にも、外で同じ声を聞きましたよ」

ぼーう　ぼうぼう　ぼーう　ぼう
居合わせた全員が鳥の声に気を奪われたとき、突然の強い旋風が、窓から吹き込んだ。

あっ、と思う間もなく、旋風はローベン氏が頭から被った長い布を吹き上げ、斜め前に立っていたヨハネスの前に、その下の素顔が晒された。

暗い室内であっても、男の顔貌《がんぼう》ははっきり目に焼き付いた。火傷の瘢痕《はんこん》はともかく、今年で六十になると聞いていたローベン氏は、がっちりと顎が張っており、意外にも凜々《りり》しい顔立ちだった。深く抉《えぐ》れた眼窩の奥で緑色の瞳が光ったが、それも一瞬のことで、吹き上げられた布を素早く摑むと、元通りに顔を隠してしまった。

女中頭が急いでガラス窓を閉め切ったので、二度と布が捲《めく》れ上がることはなかった。

その後、何を話したのかヨハネスは覚えていない。

ローベン氏が女中頭に付き添われて広間を退出した後、やたらと高級そうな強い酒が振る舞われた。夫人の手で酌をされ、酔いが回ったあたりで記憶が途絶えている。

気が付いた時には、メーヘレン亭の寝室で、外出着のままカタリーナの隣に寝ていた。

翌日の夕方。ヨハネスは屋根裏のアトリエから、窓を使って一枚の絵画を搬出した。前回の〈聖母子像〉を運び出した時と同様、近所の男衆に手を借り、縄をかけた絵を吊《つ》り下げて、下の広場まで降ろすのだ。

縦方向に細長く、間口の狭いオランダ都市部の住宅では、窓を使って荷物を出し入れする作業が一般的に行われている。

無事に降ろされた絵は、坊主横丁の隠れ教会へ持ち込まれ、昨日の夕方まで〈聖母子像〉があった礼拝堂の壁に飾られた。

新たに寄進する絵画を仕上げるには時間がかかる。それまで白い壁面を晒しておくのは、自分の絵を喜んでくれた信徒たちに申し訳ない気がしたヨハネスは、見本用として描いていた別の宗教画を、仮展示することにしたのだった。

心遣いに何度も礼を言った神父が、急の呼び出しで教会を退出した後も、ヨハネスは礼拝堂に残って絵を見ていた。

自分にとって重要な課題となっている光の表現法は、未だ模索中であり、解決の糸口すら摑めていない。目の前に飾られた作品も、決して仕上がりに満足しているわけではない。しかし、職業画家となったからには、自分の絵画芸術の探求とは別に、顧客のための絵も描かなくてはならないのだ。

固い長椅子に腰掛けると、窓ガラスを通した淡い日差しが、光の筋となって自分の足元に模様を描いている。時間の経過とともに、少しずつ移動してゆく光を見ていたヨハネスは、いつの間にか眠りに落ちていた。

居眠った時間はわずかだった。人の気配にハッと目を覚ますと、派手な色合いの服を着た男が自分を見詰めていた。

「やあ、お休みのところを申し訳ない」

「あなたは……ウィレムさん」

「一別以来のご無沙汰《ぶさた》で」

飾りだらけの帽子を胸に当て、気障なお辞儀をすると、ウィレムは絵の方に身体を向けた。

「母が寄進した宗教画が素晴らしい出来だと聞いてね。おそらく君の作品だろうと思って見に来たんだ。ただ、僕は〈聖母子像〉だと聞いていたのだが……」

「昨日の夕方までは〈聖母子像〉だったのですよ」

立ち上がったヨハネスが、富裕層の信徒に絵が譲渡されたことを話すと、ウィレムは小さく肩をすくめた。

「仕方ないな。僕は昔から間の悪いところがあるんだ。それに、この絵も悪くない。〈マルタとマリアの家のキリスト〉だろう」

ヨハネスは黙って頷いた。

縦長のカンバスには、ゆったりと椅子に座すキリストの姿と、その足元の床に座るマリア、キリストの肩越しに話しかけるマルタの三人が描かれていた。ここに登場するマリアとは、聖母ではなく、キリストが訪れた家の妹娘である。

マリアの赤い上着と、青いスカート。それにマルタの黄色いベストを加えた三色が、暗い背景とキリストの纏《まと》う褐色の布との狭間《はざま》で、家庭的な温かみを添えている。

マリアはキリストの足元に侍《はべ》り、その話を熱心に聴いている。姉娘のマルタが、客をもてなす食事の準備に忙しく立ち働いているというのに、マリアは全く手伝おうとしない。不満に思ったマルタが『どうか妹にも手伝うように仰ってください』と頼むと、キリストは『大切なことはひとつだけ。マリアは良い方を選んだ』と言われた。ルカによる福音書の一節である。

「僕はね、子供の頃にこの話を母に読んで貰ったのだけど、どうにも納得出来なかったんだ」

聖書の一節を題材にした宗教画を前に、ウィレムが話した。

「だって大事なお客様が来たのだから、おもてなしの準備をするのは当然じゃないか。マリアが手伝ったら食事の支度も早く済むのだし、それから二人で一緒にキリストの話を聞けばよいのにってね、母にもそう言った」

子供ながら筋の通った意見に、厳格なティンス夫人も困ったことだろう。

「もてなしの食事よりも、主の言葉に耳を傾けることこそが大切なのだと、母は教えてくれたけど、子供の僕には理解出来なかった。ところが大人になって、これを一般の男の話に置き換えて考えると、たちまち腑《ふ》に落ちたんだよ」

どういうことかと首を捻るヨハネスに、あまり性質《たち》の良くない笑みを浮かべてウィレムは続けた。

「例えばだね、自分の奥さんが掃除や洗濯に追われ、自分のことをほったらかして台所に立ったとする。すると大概の男は、炊事なんて後回しで良いから、横に座って俺の話を聞け、なんて言うだろう。男は自分が話したい時に、熱心に聞いてくれる女が大好きなんだ。それで、さんざん話を聞かせた挙句、腹が減っていることに気付いた男は、今度は飯の支度が遅いと言って怒るのさ」

聖書の解釈としてはあまりに不敬だが、一般男子の話としてなら大いに理解出来た。

「こんな罰当たりなことばかり言うものだから、僕は母に嫌われるんだよ」

見た目も軽薄そうで、人を食ったところがあるウィレムは、端直なティンス夫人が持て余してもおかしくない息子であった。ただ、タンネケが言っていたような、いきなり意識を失って倒れる姿は想像がつかなかった。

「このマリアの表情、カタリーナに似ているな」

キリストを見上げるマリアの横顔を、ウィレムが指差した。

「昔は妹もこんな顔で、伝道師の話に聞き入っていた。そう言えば、カタリーナは今も教会へ足を運ばないのだろうね」

「は？　いや、どうだか……」

義母のティンス夫人が熱心に礼拝へ通っていることは知っている。だが、同じカトリック信徒のカタリーナがどうしているかは、気にしたことがなかったし、本人の口から聞いたこともなかった。ヨハネスの両親はプロテスタントなので、ヨハネスも生まれた時から、家のすぐ前にある新教会へ通っている。宗派の違うカタリーナは、実家の隣の隠れ教会へ顔を出しているものとばかり思っていたのだが……。

きまり悪げに言葉を濁したヨハネスの様子で、ウィレムは何かを察したようだった。

「妹を頼むよ」

華美な衣装に身を包んだ義兄は、上目づかいにヨハネスを見て言った。

「こっちに越してからも、色々と馬鹿をやらかしたみたいだが、本当は一途《いちず》で優しい子なんだ。過去の不始末を一人で背負い込んで苦しんでいる。恐らくこれからも、あれは君に迷惑をかけるだろう。それでも……」

妹を見限らないでやって欲しいと、ウィレムは九つ年下のヨハネスに頼んだ。

「何しろ兄の僕が頼りにならないどころか、一番困った存在だからね。今も疲れが溜まったせいか調子が良くないんだ。悪い発作が出ないうちに、一度ハウダに戻って休養しようと思っている。いっそ僕が寝込んでいた方が、家族は安心するだろうが」

自分が厄介者だと自覚している男は、薄く笑ってみせた。

「まだ大丈夫なんですか、ウィレムさん」

「大丈夫。でも、今の話は母には内緒にしてくれ給《たま》え。もっともあの人は、僕がデルフトにいるとは知らないが」

大きな帽子を頭に乗せると、ウィレムは極楽鳥色のマントを胸の前でかき合わせた。これほど目立つ男が同じ街にいて、ティンス夫人が気付かないとは思えなかったが、本人は上手に身を隠しているつもりなのだ。

「ではまた、しばしのお別れを」

芝居めいた言葉を残し、ウィレムは礼拝堂を出て行った。


メーヘレン亭に居酒屋の客が入り始める時間だった。

教会から戻ったヨハネスは、勝手口をくぐったところで母親のディフナに呼び止められた。

「戻ったのなら、こっちへおいで」

何やら怪しい雲行きだったが、母親に逆らえないヨハネスは、黙って裏木戸の内側まで付いて行った。

「あんた、カタリーナが黙って家を空ける癖があるってことは、知っているね？」

いきなり詰め寄られ、目を泳がせる。

「え、いや、それは……」

やっぱり、と言いたげな表情でディフナは左右に首を振った。

「居酒屋が立て込む時間に、ふらっと出て行くじゃないか。前々から気になってはいたのだけど、私も忙しいものだから、ついそのままにしてしまって」

実のところヨハネスも、ちょくちょく家人の眼を盗んで外出するカタリーナの姿に気付いていた。何度か後をつけたことさえある。

こっそり裏口を抜けたカタリーナは、決まって港の周辺を歩き回り、岸壁で外来船から降り立つ人々の群れを眺めたり、酒場や飾り窓のある通りを覗いたりしたのち、何食わぬ顔で帰宅した。

騒ぎ立てるほどのこともないと判断したヨハネスは、見て見ぬふりを続けてきたのだ。

「いい加減に、どうにかした方がいいと思ったのだけど……」

「放っておけばいいさ」

よくよく思案した上で話を切り出したであろう母親に、ヨハネスは素気《そっけ》ない口調で答えた。

「あいつだって、たまには外で羽を伸ばしたいだけだろう」

空々しい言い草なのは、自分でも分かっている。

「あんたは、それでいいんだね」

普段は決して若夫婦の問題に口を出さないディフナは、自分より遥《はる》かに大きな息子を見上げて念を押した。

「問い詰めないことが男の優しさとは限らないんだよ」

最後にそう付け加え、立て込み始めた厨房《ちゅうぼう》へと戻って行った。

裏庭に残されたヨハネスは、叱《しか》られた時の癖で唇を尖《とが》らせると、乱暴に木戸を蹴《け》って裏道へ出た。しばらくは家に入る気になれず、小運河の縁に腰を下ろす。

足の下の流れを見下ろすうちに、口から溜息《ためいき》が漏れた。

（やれやれ……）

思わぬところで意見されてしまったが、ヨハネスとて本気で妻をほったらかしにしようとは考えていない。微妙なわだかまりがあるのは事実でも、大切に思う気持ちに変わりはないのだ。

「ちょいと、フェルメールさん」

暗い水面を見詰めるヨハネスを、聞き覚えのある声が呼んだ。

顔を上げると、いつぞや青いターバンの少女が楽器を弾いていたのと同じ橋詰で、黒い頭巾をかぶった老婆が手招きしていた。

立ち上がって歩み寄るヨハネスに、頭巾の奥の皺深《しわぶか》い顔がニヤリと笑いかける。

「お久しぶりですね」

「年明けに隠れ教会で会って以来かな。あの時は挨拶《あいさつ》もしないで悪かった」

「なんの、よそで会ったら他人のフリ。それがこの商売の礼儀ってもんですよ」

飾り窓の礼儀を知り尽くしたマギ婆さんは、周囲に人がいないか目を走らせ、頭巾を深くかぶり直して囁《ささや》いた。

「あの人が、最近うちの店に顔を出してます」

誰の話かは尋ねなくとも分かった。

「もちろん商売はさせていませんよ。本人も顔馴染の女の子たちと雑談したら早々に帰って行きますが、若い女がふらふらと飾り窓の下を歩いてたら、何があるか分かりませんからね」

黒い頭巾の頂上しか見えなくとも、やり手婆の困った顔が想像できた。

「その話、ティンス夫人は？」

「先にお話ししました」

そもそも数年前、カタリーナが悪所へ通っていることを初めて知らせたのも、夫人と同じ教会に通うマギ婆さんだった。

「ティンスの奥様は、これは親が口を出す問題ではないと仰いました。娘はフェルメールさんにお任せしたのだからと」

誠実なティンス夫人は、カタリーナとの結婚を望むヨハネスに、娘の現状と、ひた隠しにしてきた醜聞の一部までも打ち明けていた。

夫人の親身の忠告を軽視したつもりはない。カタリーナに過去があることは、納得した上での結婚だった。

悪女ぶってみせるカタリーナが、実は良識をわきまえている上に、上流家庭の子女としての誇りすら持っていることも、ヨハネスは気付いていた。だからこそ、自分と結婚し、人妻になってしまえば、もう娼館に通うことはないと考えたのだ。

その判断が甘かったことを、ヨハネスは思い知った。

母親のディフナが今になって嫁の外出の話を切り出したのは、巷の噂を耳にしてのことだったのだろう。

「案外臆病《おくびょう》な人ですね、フェルメールさんは」

立ち尽くす若い男を前に、やり手婆が苦い口調で呟いた。

「臆病——？」

「ここに至っても、あの人が娼館に身を置きたがる理由を知ろうとなさらない。本当は知るのが怖いんじゃありませんか？」

やり手婆の言葉は、ヨハネスの痛い部分をついていた。

昨年の夏、ウィレムに手紙を託されたことで、カタリーナと関わったと思われる男の存在を知った。その男とカタリーナが娼館で会っているとは考えていない。もしそうなら、マギ婆さんは自分にこんな話はしないだろうし、何より、もう男はオランダにいないはずだった。

男が二度と戻ることはないと言ったウィレムの言葉を、ヨハネスは信用している。軽薄で変わり者の義兄だが、不思議と嘘《うそ》をつく人間だとは思えない。

（今ここにいない奴と、張り合ってどうなる）

本気でカタリーナの悪所通いを止めようとすれば、自分も過去の出来事と向き合うことになる。しかし、未熟な年頃に彼女が犯した過ちを、今になって蒸し返すのは嫌だし、まして会ったこともない男に嫉妬するのは真っ平だった。

「仕方ありませんね」

やり手婆が、マントの下で軽く肩をすくめた。

「カタリーナさんには、もう一度、私の口から言い聞かせてみます。それから、この際だから言っておきますが――」

前置きした上で、マギ婆さんは付け加えた。

「もう少し奥さんを構っておやりなさい。過去に何があったとしても、今のあの人が愛しているのは、フェルメールさん、あんたなんです。これは理屈じゃない。巷《ちまた》で何十年も生きてりゃ分かるんですよ」

奥歯を噛《か》みしめるヨハネスを橋のたもとに残すと、やり手婆は速やかに夜の街へと姿を消した。

隠れ教会の絵が取り替えられて、半月あまりが過ぎた頃。ヨハネスの元に、送り主不明の荷物が届けられた。何重にも梱包《こんぽう》された包みを解くと、詰め物の中から現れたのは色絵皿だった。直径が二十センチに満たない小皿だったが、透明感のある白い生地には、様式化された草花と蜥蜴《とかげ》に似た生き物が絡み合った文様が描かれている。

　皿に添えられた手紙には、『ハウダに戻る』とだけ走り書きがあった。カタリーナの筆跡によく似た右下がりの文字である。

　これが最近、オランダ各都市に出回っているという東洋磁器であることは間違いなかった。東インド会社の輸入した磁器より安価で売られているとはいえ、ウィレムの友人の商社は、相当な利益を上げていることだろう。

　ただ腑《ふ》に落ちないのは、友人が提携しているというフランスの船会社の存在が確認出来ないことだった。

　一六〇四年に設立されたフランス東インド会社は、活動実績のないまま消滅していた。現在東アジアに進出していないはずのフランスが、混乱の続く中国で大量の磁器を買い付けるなど、有り得ないことなのだ。

　それらの情報を教えてくれたマルクは、八月の末日をもって店を畳んでいた。大きな家屋は在庫の高級陶器ごと人手に渡り、家財道具もあらかた差し押さえられた。

　家を明け渡す日の夕方、ヨハネスたちが、なけなしの荷物を手分けして運んだ。父子の新しい住まいとなる集合住宅の部屋は、前日のうちにオハナが掃除し、当日はカタリーナが差し入れの食糧を持って様子を見に来ていた。

「邪魔して悪いね、お嬢さん。わしらはすぐ帰るから、どうかお構いなく」

　寝付いて以来、老いの気が見られるようになった父親は、なぜ自分がここに連れて来られたのか理解していなかった。

「遠慮しないでゆっくりなさってくださいな。お疲れでしょうから、横になられてはいかがですか」

カタリーナは話を合わせながら病人を寝かしつけ、メーヘレン亭から持って来た暖かい寝具で覆った。

「さあ、小父様、少しお休みになってください」

カタリーナの白い手を、小刻みに震える指が握り締める。

「あんたは、優しいお嬢さんだね。じきに遊びに行った息子が戻るから、顔を見てやっておくれ。大体うちの息子は良い子なんだが、学校の友達が悪戯ばかりする連中で困っているんだよ」

傍《そば》で聞いていたマルクが、堪え切れず部屋を飛び出した。追いかけようとしたヤーコプを、ヨハネスとレーウが引き止める。

「それは、困ったお友達ですね」

優しさを表に出して微笑《ほほえ》むカタリーナは、ヨハネスが彼女を通して見ている聖女の姿と一致していた。

かつての悪戯ばかりする友達は、それぞれ持ち寄った生活道具を狭い室内に並べ、黙って二人の会話を聞いていた。

長らく降り続いた雨がようやくあがり、西の空が見事な夕焼けに染まっていた。

アトリエに籠りきりだったヨハネスも、久しぶりでスヒーダム港へ足を向け、黄色と橙色と臙脂色《えんじいろ》が折り重なった空を眺めた。

一刻ごとに形を変える豪華な色合いの雲に見とれていると、どこからか自分を呼ぶ声がする。

「おーい、ヨハネス。やっぱりここだったね」

横を向けば、片手で大きな本を抱えたレーウが、もう一方の手に摑んだ丸いものを振り回しながら、歩いて来るところだった。

「さっきメーヘレン亭を覗いたんだ。そしたら、ふらりと出掛けたってオハナに聞いたから、ここに来てるだろうなって。会えて良かった。はい、これ」

目の前に来ると、レーウは手にした丸いものを差し出した。

「なんだ?」

「パンだよ。ヤーコプの試作品」

昨年の春からヤーコプが、〈銀のラッパ〉の新しい名物となるパンを作ろうと、試行錯誤していることはヨハネスも知っている。試作品が出来るたび、レーウが味見を担当していることも。

「パンは分かるが、ここまで手で摑んで持って来たのか」

「布に包んで貰ったけど、残りのパンと一緒にマルクの家の台所に置いて来た。君にはこれひとつだけでいいと思って」

癇性《かんしょう》の気があるヨハネスは、手渡されたパンの表面を手で払い、フーッフーッと何度も息を吹きかけた。

（レーウの手垢《てあか》の味までしそうだ……）

気が済むまで清めて齧《かじ》り付いたパンは柔らかく、甘みと微《かす》かな酸味が口の中一杯に広がった。パン生地に濃い紫色の物が練り込まれているのだ。

「これは、干し葡萄《ぶどう》ではないな」

「黒スグリだよ。輸入品の干し葡萄を使ったのでは採算が合わないから、代わりのものを探した」

身近な材料でパンの味を引き立てるものはないか探し回ったヤーコプが、広場の露店で見つけたのが、カシスとも呼ばれる黒スグリの砂糖煮だった。

これで完成かと思われた新作パンだが、職人気質《かたぎ》の父親は、まだ首を縦に振らないらしい。

「俺にはこれで充分に旨いが」

「僕もだよ。それはさて置き――」

ヨハネスが試作品の最後のひと口を飲み込むのを見届けて、レーウが言った。

「君に話したいことがあったんだ。例の青いターバンの女の子に関する情報だよ」

「街に戻ったのか！」

意気込むヨハネスを、レーウが押しとどめる。

「慌てるなよ。よそで見かけた人がいるんだ。君も覚えてるかな、外科医のベイクマン先生なんだけど」

二人がハンス・クロールの遺体を発見した際、検死に来た医師である。あの一件以来、レーウは旧教会近くの遺体安置所を度々覗いては、ベイクマン医師と懇意になっていた。

「先生は各地の医師や学者の集まりに出る機会が多くてね、八月の後半にアムステルダムまで出かけた折に、例の女の子を見かけたらしいんだ。君の話していた通り、青いターバンを額に巻いて、大きな真珠の耳飾りを付けていたそうだから間違いないと思うよ。見慣れない二弦の楽器を弓で弾いてたそうだし」

だとすると、少女はアムステルダムで暮らしているのかも知れない。考えただけで、ヨハネスの胸が高鳴った。

「その帰りにハーグに立ち寄ったら、今度は異国風の格好をしたお爺《じい》さんが、これもまた珍しい楽器を弾いていたらしいんだ。マンドリンの親分みたいなやつの絃を白いヘラで叩いて鳴らしてたって。とにかく楽器は異なるけど、そのお爺さんが弾いていた曲が、青いターバンの女の子が弾いていたのと同じだったたって、先生は言ってるよ」

爺さんの話はどうでも良いが、少女の所在が分かったことは収穫だった。アムステルダムへは定期船を利用すれば丸一日で到着する。その気になれば、明日にでも会いに行くことが可能なのだ。

「ヨハネス？」

考えに耽《ふけ》っている顔を、レーウがじいっと覗き込んでいた。

「あ、ああ、分かった。ありがとう」

「随分と熱心だね。下心が透けて見えそうだよ」

「それは……」

痛い所をつかれ、ヨハネスは思わず顔に手をやった。小銭のことなど口実に過ぎないと、自分も周囲の者も気付いている。

「まあ、いいや。君の場合は下心というより、絵のモデルにしたくて必死になってるだけだろうし」

急に背を向けたレーウが、街の方へ向かって歩き出した。図星を指されたヨハネスも続いて帰路につく。

街壁の門へと続く橋を並んで歩きながら、レーウは両手で抱えた本を何度も持ち直した。大きくて重厚な本である。

「また校長先生に借りたのか」

「これは、ベイクマン先生の本だよ」

子供の頃から読書家だったレーウは、今でも織物商店で働きながら、街の蔵書家たちから借用した本を読んでいた。

「ベイクマン先生の自宅の書斎には、立派な装丁の本が沢山並んでるんだ」

「そりゃ良かったじゃないか。どんどん貸して貰え」

友人がどれほど学問を続けたかったか、ヨハネスは分かっているつもりだった。

「駄目だよ。そんな簡単な話じゃない」

レーウが珍しく悲しそうな顔をした。

「どうして」

「僕にはオランダ語しか読めない」

その意味が分かるまで、ヨハネスには少し時間がかかった。

当時の学術関連の専門書籍は、古典ラテン語で書かれたものが主流だった。ヨーロッパ知識人の共通言語といえばラテン語であり、オランダ人でもイギリス人でも、母国語は違えど一定の教養のある者は、ラテン語による知識の交換が可能となっていた。

カトリック教会の共通語としても広く活用されたラテン語だが、各国の言語に翻訳された聖書が活字となって普及すると、しだいに庶民の生活とは縁遠い言葉となっていった。オランダでも高等教育を受ける者のみが、古典ラテン語の読み書きを習得したのである。

「僕が初等学校すら卒業していないと知って、先生はこの本を貸してくれたんだ」

レーウが指で撫でた表紙には、ヨハネスにも読める言葉で〈博物誌〉と書かれていた。

「僕は諦めが悪いのかなぁ。学者になろうなんて分不相応な望みは捨てたつもりなのに、もっと本を読みたい、沢山のことを知りたいって気持ちは子供の頃と変わらない。むしろ、ますます強くなっていくんだ。だって世界には、まだ誰も見ていないものや、気づいていない事柄が星の数ほどもあるに違いないんだよ。たとえその一片なりとも、僕は自分の目で見つけたい」

レーウには子供の頃から、運河の濁り水を入れたガラス瓶を覗いたり、紙の上を歩くダニの様子を眺めたりと、ヨハネスや他の子供たちとは違う世界に目を向ける傾向があった。

「オハナのお父さんみたいにさ、外洋船に乗って世界を巡りたいと思うことはあったよ。イタリアの大学で勉強して、ガリレイのように天体観測をしたいとも思った。でも、それが叶《かな》わない夢だってことは家を出された時に気付いてしまった。もう僕はデルフトの街を離れなくていい。遠い地の果てでも、空の果てでもない、自分の足元に隠れている何ものかを明らかにするんだ。今のお店に勤めながら、空いた時間で研究が出来るなら、それ以上は望まないよ」

「そうか……」

スヒーダム門をくぐって街内に入ると、レーウは自宅と反対方向の道を歩き出した。ヨハネスも黙って、黄葉した街路樹が美しい石畳の道を付いて行った。

右側に続く煉瓦《れんが》造りの立派な建物は、東インド会社デルフト支部の社屋だ。破風《はふ》の上部に標《しる》された、VOCの頭文字を組み合わせた紋章が、いかにも誇らしげに通りを見下ろしている。

運河に沿って歩を進めていたレーウが、旧教会が目の前に見える四つ角で立ち止まった。角地に立つ瀟洒《しょうしゃ》な住宅の横に回って窓を覗き込み、微妙に眉を曇らせる。

「困ったな。まだ売れてないや」

「ベルチさんが目をつけている空家って、これか」

ヨハネスが見たところ、一等地に建つこの家は、四千ギルダー近い値がついているものと思われた。なかなか買い手が付かないことを考えると、あるいは四千を越えているかもしれなかった。ここで織物商の店を張ることになれば、中途半端な真似《まね》は出来ない。場所と建物の値打ちに恥じないだけの商いをしなくては、ベルチ氏に対しても面目が立たないだろう。

浮かない顔で運河沿いの道に戻りかけたレーウは、小さくアッと声を上げて、元の横道に引っ込んだ。思わず一緒に身を隠したヨハネスが何事かと表通りを見ると、目の前の運河を小型の荷船が、人足に綱を引かれて行き過ぎるところだった。

綱を引く人足はマルクだった。店を廃業したマルクは、陶器関連の職場に仕事を求めようとはせず、荷船の綱を引いて日銭を稼いでいた。大店の息子としての誇りが、かつての同業者に使われることを良しとしなかったのだ。

肩に綱を喰《く》い込ませ、身体を斜め前に倒しながら懸命に船を引くマルクと、気前良く店を買ってやると言われても、素直に喜べないレーウ。世の中はいつも何かが食い違う。

マルクの引く荷船が遠ざかると、ヨハネスは先に横道を出て、運河に架かる橋を渡った。少し遅れて本を抱えた友人がすごすごと付いて来る。

「なぁ、レーウ」

「なに？」

「いつか、お前をモデルに絵を描いてやるよ」

夕星《ゆうずつ》の瞬き始めた空を見上げながら、ヨハネスが言った。

「題材は〈天文学者〉がいいかな。〈地理学者〉でもいい。天球儀や地球儀を前に、それらしくガウン姿で立つんだぞ」

「なんだよ、いきなり」

戸惑うレーウの口元には、それでも笑みが浮かんだ。

旧教会の横を歩く二人の若者の頭上で、流れ星が短い尾を引いて消えた。

⚘

ヤーコプの末弟が、パンを抱えてメーヘレン亭を訪れたのは、夕方の仕込みが始まる少し前だった。

「ご苦労さん。見習いは慣れたかい」

「はい、ヨハネスさん」

午後の配達を終えた末弟は、人懐こい顔でにっこり笑った。この少年もいずれはパン職人となるべく、父親と長兄のヤーコプに付いて修業中なのである。

〈銀のラッパ〉の一族に相応しい、丸い体型と丸い顔をした末弟は、届け物が終わっても、ヨハネスの顔をじっと見上げている。

「どうかしたか?」

「あのー、少し前に、その……青い手ぬぐいを頭に巻いた女の人を探してましたよね」

「おう」

少年はターバンという聞き慣れない言葉を使わなかったが、ヨハネスはすぐに合点した。

「ここへ来る前に見たんです。〈うかれヤナギ〉の近くで、異国風の男の人と一緒に演奏してました」

〈うかれヤナギ〉とは、東門に近いビール醸造所の名前だ。

「分かった。ありがとう」

言うが早いか、ヨハネスは大急ぎで屋根裏に駆け上がり、小銭の入った袋を掴んで、再び階段を駆け下りた。ティンス邸から手伝いに来たオハナが、その勢いに目を丸くしている。

「丁度良かった。オハナ、君も一緒に来てくれ」

「え？　ああっ」

事情の呑《の》み込めないオハナの手を掴むと、ヨハネスは勝手口を飛び出した。背後で料理人がわめく声が聞こえたが、構う余裕もなく運河沿いの道を東門へとひた走る。途中でオハナの足がもつれたのを汐《しお》に速度を緩めたが、それでも十分以内で東門が見える場所まで来ることが出来た。

「聞こえるかい、オハナ」

運河の岸に並んだ大きな柳の木にもたれ、ヨハネスが尋ねた。

「はい……」

同じく柳の幹に寄りかかりながらオハナが頷いた。どこからか、聞きなれない不思議な旋律が、風に乗って流れている。

「私、この楽器の音なら聞いたことがあります」

「やっぱり、来て貰ってよかった。行こう」

突き当たりの小広場を右に折れると〈うかれヤナギ〉の醸造場があり、奥には陶器の窯場が何軒も並んでいる。二人は荒い息を整えながら、音のする方へ角を曲がった。

醸造所の煉瓦塀を背に楽器を弾いているのは、数か月前に見たままの姿をした、異国人の少女だった。雨上がりの空のような青色のターバンを額に巻き、金色の光沢のある衣装を纏った少女の耳元には、大きな真珠飾りが揺れている。

「あれは、二胡《にこ》という楽器です」

少女が弓で弾く楽器を見てオハナが言った。

十人ほど集まって演奏を聴いていた人々の背後に回って見ると、少女の隣では、もう一人の異国人が別の楽器を演奏していた。顎に長い白髯《はくぜん》をたくわえた老人が片膝を立てて抱えているのは、マンドリンを大きくしたような楽器だった。指でつま弾くのではなく、ヘラのような道具で弦を叩いて音を出している。

「あちらは琵琶《びわ》です。曲の名前は知りませんが、バタフィアに来る中国系の商人が同じような楽器を使っていました。でも……」

オハナは大きな瞳を一層見開き、目の前の異国人たちをしげしげと眺めた。

「あの人たち、中国人ではないようです」

曲が終わり、続けて別の曲が始まる。哀愁に満ちた主旋律が、少女の弓の動きによって、うねるように空中に漂うと、老人がヘラで叩く弦が悲しげに応じてビンと空気を震わせる。今までヨハネスが耳にしたことのない、不思議な音楽だった。

演奏は唐突に止んだ。もう次の曲がないと悟ると、見物人は個々に小銭を摑み出し、演奏者の前に投げた。ヨハネスも自分の巾着の中から小銭を二枚取り出して、少女の前の地面に置いた。

前回とは異なり、少女の顔に戸惑いはなかった。小型の緞通《だんつう》の上から立ち上がると、周囲の小銭を拾い集め、傍らの老人に手渡す。小銭を受け取って立ち上がった老人は背が高く、光沢のある絹の長服を着ていた。

二人分の緞通を丸め、楽器と一緒に抱え上げた少女の前に、ヨハネスは小銭を入れた小袋を差し出した。

「覚えているかな。これは君のだ」

少女は弾《はじ》かれたように顔を上げた。

「かなり前だが、お金を受け取らずに帰ったことがあっただろう」

そっと隣に立ったオハナが、ヨハネスの言った内容を異国の言葉に直して喋った。だが、少女は反応しない。通じないと見ると、オハナはまた別の言葉を口にした。今度はハッとした表情で、少女が背後の老人を顧みる。

「これは驚きました。なかなか見事な福建語を話されますね。その前のはスンダ人の言葉でしょう」

老人が話したのは、意外にも滑らかなオランダ語だった。

「失礼しました。てっきり異国の方かと」

驚くヨハネスに、老人は笑みを浮かべて言った。

「私どもは異国人です。マラッカから来た旅芸人ですよ」

それが東インドのどこかにある国、あるいは街の名前だということはヨハネスにも見当がついたが、詳しい知識までは持ち合わせていない。ともかく手にした小銭の経緯を話すと、老人は柔和な笑みを浮かべたまま、差し出された小袋の中身を受け取った。その顔は彫りが深く、眼窩の奥の瞳は濃い青色をしていた。

「ご親切にありがとうございます。この娘は旅芸人になったばかりでして、きっと練習中に銭を投げて頂いて戸惑ったのでしょう」

「今回はいつまでデルフトに滞在する予定ですか」

老人は首を傾《かし》げて考える仕草をした。

「さて、まだ到着したばかりですし、少なくとも二週間程度は、この美しい街で稼がせていただこうかと」

「宿はどちらに？」

今度も老人は首を傾げた。

「知人の家に寄宿させて頂いてます。——それが何か？」

柔和な微笑は変わらないが、問い返す老人の瞳の中で、底の知れない何かが光った。

「俺の家は宿屋なんです。マルクト広場に面したメーヘレン亭という店ですから、機会があればご利用ください」

ヨハネスの言葉に、老人は愉快そうに声をたてて笑った。

「さすがオランダ人は若くとも立派な商人でいらっしゃる。分かりました。機会があればお世話になりましょう」

笑いを納めると、老人は琵琶を手に、港の方面へと歩き出した。青いターバンの少女が、二胡を入れた袋と緞通を抱えて後に続く。

少し離れたあたりで、老人が思い出したように振り向いた。

「お嬢さん。名は、何とおっしゃる」

「オ、オハナ……オハナ・クロールです」

老人は軽く頷いて再び前を向いた。それきり振り返ることなく、二人の異国人は歩み去った。


オハナの父親ヘラルト・クロールは血気盛んな若者だった。

陶工の仕事を嫌い、修業半ばで家を飛び出したヘラルトは、傭兵《ようへい》として諸国を放浪したのち、縁あってオランダ東インド会社のスハイク氏に雇われることになった。スハイク氏は東方貿易の本拠地となっているバタフィア城に、家族を連れて赴任することが決まっており、ヘラルトも同行してスハイク氏を護衛する任務に就いたのである。

当時のバタフィア城周辺には、オランダ人ばかりでなく、実に様々な国籍の商人が起居していた。中にはヘラルト同様、傭兵として雇われた異国人と、その家族の姿もあった。若いヘラルトは異国人の娘と親しくなり、やがて子供が生まれた。

オハナと名付けられた子供は、母親の一族の中で大切に育てられ、同時にスハイク氏の家族からも可愛がられた。ひとつ年下のスハイク氏の息子の良き遊び相手になっていたのである。母親の一族が自国に引き上げることが決まっても、スハイク夫妻の要望で、オハナだけは父親とともにバタフィアに残留した。

ある年のこと、商用でバタフィアを離れ、オハナの母親の国へと向かっていたスハイク氏が、途中の寄港地で紛争に巻き込まれる事件が起こった。用心棒のヘラルトは主人を守り、自らは傷ついて命を落としたのである。同行していたオハナは、ヘラルトのいまわの際の願いで、デルフトの祖父の元へと送り届けられることになったのだった。

「さっきのお爺さんは、マラッカから来たと仰いましたが、私の見る限り現地の人ではないようです」

チーズを振りかけた牛乳粥を、少量ずつ匙で掬《すく》いながら、オハナは言った。

異国人と別れてメーヘレン亭に戻ったオハナは、ぶつくさと文句を垂れる料理人を宥《なだ》めながら仕込みの手伝いを終え、厨房の隅の小机でまかないの食事をとっているところだった。牡蠣《かき》の殻を剝《む》き終えたヨハネスもオハナの前に座り、先刻のマラッカ人について話を聞くことにしたのだった。

マラッカとはマレー半島の南西部に位置する街の名前で、対岸のスマトラ島との間の狭い海は、マラッカ海峡の名で知られている。

アラビア半島から東アジアにかけての広大な貿易圏には、古くから独自の交易ルートが発達し、巧みに船を操って帆走する商船団が存在した。その要所としてマラッカは繁栄したのだ。

「私が居たバタフィアと、マラッカはそう遠くありません。ですから父が健在だった頃、スハイクさんの家族と一緒に行ったことがあります」

「大きな街なのかい？」

「はい。様々な国の人が集まっていて、現地人より、外国の居留民の方がずっと多いんです」

白目に縁どられた黒い瞳をくるりと動かして、オハナは答えた。

「だったら、先刻の老人と女の子はヨーロッパ人なのかな。少し訛《なま》ってはいたけど熟《こな》れたオランダ語だったし」

老人の彫りの深い顔と青い瞳を思い出して、ヨハネスは腕組みした。少女の顔立ちもオランダ人と区別はつかない。

「雰囲気がヨーロッパの人とは違うように思います。ひょっとしたらペルシア系の人かも知れません」

「ペルシア……」

「マラッカにはイスラム商人が沢山いるのですが、あの人たち、アラビア人とは違いますし、たぶん……」

同じイスラム教徒でも、ペルシア人はインド・ヨーロッパ系の言葉を話し、外見的にはヨーロッパ白色人種の特徴を具《そな》えていた。

「では彼らが演奏していたのは、ペルシアの音楽か」

「曲の由来は分かりませんが、二胡も琵琶も中国人が好んで演奏する楽器です」

オハナは首を斜めに傾げて言った。

「マラッカには、中国商人たちの居住区もあるんです」

ヨハネスは軽く眩暈《めまい》を覚えた。オハナが平然と口にする世界は、オランダの地方都市しか知らない者にとって、あまりにも尺度が大き過ぎるのだった。


その夜、アトリエの丸椅子に腰かけたヨハネスは、机に伏せて置いてあった写生用の紙を表返した。描かれているのは旅芸人の少女だ。驚いたように自分を見上げる顔は、初めて会った日に描き留めたものである。

新しく用意した紙の上で、木炭を挟んだヨハネスの指が動くと、みる間に二胡を奏でる少女の姿が再現される。

少女の顔貌だけなら、そらで描けるまでに記憶した。あとは襟を胸の前で交差させた衣服や、ターバンの結び方などの細部を描いて残しておく必要がある。

(絵の具も何とかしないとな……)

視線を移した作業台の上には、顔料を入れたガラス瓶が、几帳面《きちょうめん》なヨハネスの手で寸分の乱れもなく並べられている。

右端から黒、白、黄、橙、赤、茶、緑、青。同色でも微妙に色味の異なる顔料がいくつかあり、三つ並んだ青色の瓶は、真ん中のひとつが残り僅かとなっていた。ラピスラズリを入れた瓶である。

　ヨハネスは少女の青いターバンを描きたかった。

　目の覚めるようなターバンの青色を再現するためには、どうしてもラピスラズリが必要だ。かと言って、中央アジアの山岳地帯を主産地とするラピスラズリは、宝石に準ずる貴石であり、駆け出しの画家に気安く買える値ではない。

　今のヨハネスに出来るのは、少女の姿を克明に記憶し、下書きとして残しておくことだけだった。


　翌日から、ヨハネスは日に何度か外へ出て、旅芸人たちの姿を探し求めた。二週間も滞在して稼ぐなら、幾らでも演奏を聞く機会はありそうなものだが、現実は思惑通りに行かなかった。マルクト広場を始め、旧教会や市場の周辺、大通りが交わる四つ辻などを歩き回っても、彼らを見つけることは容易でなかった。数日経って、やっと探し当てたのは、古い倉庫が並ぶ運河沿いだった。その三日後に会ったのは、街壁に沿った廃工場の横だ。

　これは妙だと、ヨハネスは首を捻った。

　客に芸を披露して銭を稼ぐのが旅芸人である。そのつもりで人目に立ちそうな広場や街辻を探していたのだが、青いターバンの少女と老人が演奏しているのは、決まって街外れの倉庫街か、工場が並ぶ地区だった。人目を避けているとまでは言わないが、少なくとも大勢の客の前で芸を見せるつもりはなさそうである。

次に彼らを見つけたのも、町工場の裏手にあたる水路沿いだった。普段は人が立ち入らない場所らしく、剝き出しの地面から細い雑木が何本も勝手に生えている。その雑木の隙間に、二人の異国人は緞通を敷いて演奏していた。案の定、周囲に客の姿は見当たらない。それでも老人と少女は一心に楽器を奏でていた。

「また、私どもの演奏をお聞きになりたいのですか」

ヨハネスの姿に気付いた老人が、撥《ばち》を持つ手を止めた。

「はい、毎日でも聞きたいと思いまして」

「残念ながら今日は休みです。今のはただの練習です」

すげなく告げた老人は、琵琶を置いて緞通の上に立ち上がった。そのまま一歩を踏み出そうとして、雑木の根に足をとられた身体が、ぐらりと大きく傾く。

二胡を手放した少女が、急いで抱き止めようとしたが、背の高い老人を一人では支えきれず、よろめいたはずみに雑木の幹で頭を擦《こす》ってしまった。

「だ、大丈夫か」

自分も手を貸そうとしたヨハネスは、少女の顔の横から白い玉が転がり落ちるのを見て、そちらに目線を向けた。

地面をコロコロと転がるのは、耳飾りの金具から外れた真珠だった。真珠は勢いのまま水路の縁に向かって行く。地面に膝をついた老人も、老人の身体を支えた少女も、転がる真珠に気付いたが、為すすべなく見守るだけだ。

あわや水の中に落ちてしまう寸前で飛びついたヨハネスが、水路の縁で弾む真珠を掴み取った。

「やれやれ、危ないところだった」

起き上がったヨハネスは、真珠玉に大きな傷がついていないことを確かめて、少女に差し出した。

小銭を渡した時と同様、少女は黙って老人を見上げる。

ようやく体勢を立て直した老人が、丁寧に礼を述べてから、真珠を指先で摘まみ上げた。

「本当に助かりました。これはインド洋でもめったに採れない、貴重な大玉なのです」

老人が手掌《てのひら》に乗せた大粒の真珠玉に、真昼の日差しが当たり、きらきらと反射した。

「なるほど、綺麗ですね。まるで光を丸めたみたいに——」

相槌を打つヨハネスの言葉が途切れた。

（光……？　そうだ、光だ。光の粒だ）

虹色《にじいろ》の光沢を帯びた特大の真珠は、日差しの当たる角度によって、様々な色の輝きを放っている。

（光とは極小の粒がはじけ飛ぶ現象だ）

探し求めていた答えが、純白の真珠玉の中に見えた気がして、背筋がぞくりとした。

「どうかなさいましたか？」

「あ、いえ……失礼します！」

当惑する老人と少女の前で踵《きびす》を返したヨハネスは、全速力でメーヘレン亭へ駆け戻ると、二度も梯子を踏み外しながらアトリエに入った。

画架には彩色を終え、あとは仕上げを待つばかりとなった〈受胎告知〉が掛かっている。震える手で顔料の瓶を摑んだヨハネスは、はやる気持ちを落ち着かせながら鉛白と油を練り合わせ、白い絵の具を準備した。

練り上がった絵の具を少量だけ極細の筆先に乗せ、聖母マリアと、聖母に懐妊を告げる大天使ガブリエルの上に、白い点描を置いていく。少しずつ、少しずつ、慎重に場所を定めて。顔のまわりに。髪の上に。そして背景に。

無数にちりばめられた小さな白い真珠の粒は、やがて天上の光となって、天使と聖母を輝かせ始めた。

夕暮れのスヒーダム港は、一日中小雨が降り続いたためか、港の空も、水も、わずかに吹く風さえも、どんよりと濁った色をしていた。港には沢山の船が停泊しているが、赤鼻の船頭の荷船は見当たらない。一仕事終えて散歩に出たヨハネスの上着も、有るか無きかの霧雨を含み、じっとりと湿り気を帯び始めていた。

早々に家路につこうと踵を返した目の前を、二人の婦人が横切った。どちらも見覚えのある婦人である。先方もヨハネスの姿に気が付いて足を止め、片方が親しげに声をかけてきた。巨岩のように厳つい大女であった。

「フェルメールさん、こんにちは」

「やあ、バーブラさん。それに……」

ヨハネスがもう一人の年配の婦人に視線を向けると、婦人は小声で何かバーブラに呟き、小走りにその場を去ってしまった。

悪いことをしてしまったようで、ヨハネスは頭を掻《か》いた。

「気にしないで下さい。アントニーの家へ届け物をした帰りに、ここまで送ってもらったところなんです」

バーブラと歩いていたのは、レーウの母親だった。

かつて、再婚した男が息子のアントニーを売りとばすことを黙認した彼女は、町の衆から白い目で見られる身となった。事情を知る誰もが愚かな女と陰で非難し、これ見よがしに彼女が通り過ぎた道の上に唾棄《だき》していたのだ。面と向かって石を投げる者こそなかったものの、周囲の冷たい視線は長く彼女を責め続けた。

再婚相手が早死にし、無事に生き延びた息子が一人前になって帰って来る頃には、そんな非難も収まってはいたが、母親は世間に対して臆病になっていた。息子と仲の良かった幼馴染たちにも、まともに顔向け出来ないでいるのだった。

「レーウの奴には会ったんですか」

ヨハネスが話題を変えると、バーブラの太首が薔薇色《ばらいろ》に染まった。

「会ってはいませんが、さっき小母《おば》さんと一緒にお店の前まで行って、働いている姿を覗き見して来ました」

「あいつ、気取った格好をしていたでしょう」

「とても立派でしたわ」

耳たぶまで赤くしたバーブラは、間違いなくレーウを好いていた。この女なら夫を支えて家計を切り盛りし、町の評判など気にせず、義理の母親にも孝行することだろう。

スヒー川を遡上《そじょう》する客船の乗場まで送って行くと、最終便の客が桟橋に並んで乗船を始めるところだった。列の最後尾についたバーブラは、自分の少し前で身に余る大荷物を抱えた老婆が、他の客から邪険に扱われているのを見ると、その荷物をひょいと摘まんで先に船に乗せた。それから小柄な老婆を片腕で抱え上げて最後に乗船した。周りの男たちが目を丸くしても、本人は艫《とも》に近い船端に座って平然としている。

程なくして船頭が櫂《かい》を漕《こ》ぎ始め、ぎっちぎっちと音を立てて客船が桟橋を離れた。手を振るバーブラを乗せた船は、曳《ひ》き馬の待つ川岸に向かい、霧雨の中へ消えて行った。

霧雨は夜中に本格的な雨に変わり、二日後の午前中いっぱい降り続いた。

午後になって雲の隙間から陽《ひ》が差し始めると、ヨハネスは籠っていたアトリエを這い出し、またしても異国の旅芸人を探し求めた。数日後にはよその街へ移動してしまう彼らの姿を、しっかり記憶に留《とど》めておきたかったのだ。

やっと晴れ間が覗いた今頃は、どこかの石畳に緞通を敷いて商売を始めていても良い筈だったが、狭い街を一周しても、あの哀愁を帯びた旋律は聞こえて来なかった。

街中の運河に沿って探し回ったヨハネスは、いつの間にか広い目抜き通りを歩いていた。目の前にある古い建物は、ほんのひと月前までマルク父子が営んでいた店だ。明け渡しの後も、新しい経営者の手で陶磁器の販売店として営業されており、地元の者ではない男が仕切っていると噂に聞いていた。何となく近寄り難く、ヨハネスが店先に立つのはこれが初めてだった。

見てはいけないものを見る気分で、ヨハネスが入口脇の小窓を覗くと、展示棚にはお馴染みの青い染付ではなく、艶《あで》やかな五彩の小皿が並んでいた。

（東洋磁器だ……）

それは、ウィレムが送り付けて来たものと同じ皿だった。赤と緑を基調にした植物の縁模様と、その模様に絡まるように二匹の蜥蜴《とかげ》らしき生き物が描かれている。

小窓に顔を寄せて皿に見入っていたヨハネスは、背後から肩を軽く叩かれ、ハッと我に返った。

「随分熱心ですね」

振り返った先には、旅芸人の老人が立っていた。手ぶらの老人は一人きり。青いターバンの少女の姿はなかった。

「先日は失礼しました。急用を思い出したもので……」

突然走り去った非礼を詫《わ》びたつもりだが、老人は聞き流して、展示棚に目を向けた。

「東洋の磁器にも興味がおありなのですか」

「そういう訳では――」

かなり真剣に店を覗き込んでいた自覚があるヨハネスは、否定するのを途中で止めた。

「いや、やっぱり興味はあります。あの小皿の意匠は珍しいですね。東洋の蜥蜴でしょうか」

ヨハネスの問いに、老人は淀みなく答えた。

「龍《りゅう》のことですね。龍は中国人が瑞兆《ずいちょう》として好む生き物です。些《いささ》か図柄が簡略化されてはいますが」

隣に立った老人は、窓の向こうの磁器を見ながら続けた。

「あの小皿は、六ギルダーで売られているそうですよ。ご存知でしたか？」

デルフトの港湾労働者が一日働いて得る金額が、一ギルダー弱である。六ギルダーは決して安くはないが、はるかな東洋から半年近くも船に乗せて運んだ貴重品の値としては安価な気がした。

「噂によると、この店は交渉次第で五ギルダーまで値を下げるそうです。ほんの一年半前のアムステルダムで、これに似た小皿が十四ギルダーで売られていましたから、随分お買い得のようにも思えますが……」

老人の青い瞳がヨハネスに向けられた。

「私なら買いませんね」

それはどういうことかと尋ねようとした時、背後で慇懃《いんぎん》な男の声がした。

「いらっしゃいませ。どのような食器をお探しですか」

長らく小窓を覗き込んでいたせいか、店の者が応対に出て来てしまったらしい。

「すみません。今日の所は見るだけで――」

ヨハネスは言葉を飲み込んだ。声をかけたのは店員ではなく、マルクの父親だったのだ。

「どうぞ店内でゆっくりご覧ください。質の良い陶器を揃えておりますよ」

往時の口調そのままに誘うマルクの父親は、よれよれの汚れた古着姿で、驚いたことに素足だった。

「小父さん、ここまで一人で――」

「ああっ、またお前さんか！」

甲高い声で割り込んだのは、本物の陶磁器店の店員だった。薄汚れた男の前に立ちはだかると、店員は傲然と言い放った。

「ここはもうお前さんの店じゃない。そんな穢《きたな》い恰好《かっこう》で毎日うろうろされても困るんだよ」

怒鳴られても少し前まで自分のものだった店に入ろうとするマルクの父親を引き止めるのに、ヨハネスはかなり手間取った。

旅芸人の老人は、いつの間にか姿を消していた。


「父さん！」

歩き疲れた病人を背負い、狭い路地裏の角を曲がると、通りに立っていたマルクが駆け寄った。

「まさか、また店に……」

目顔でヨハネスが肯定すると、マルクはがっくり肩を落とした。

「いくら言い聞かせても駄目なんだ。俺がいない隙に出て行ってしまう」

転宅してからというもの、それまで寝付いていた父親は、幾度となく元の店に押しかける行為を繰り返していた。

「俺が仕事中に何度も呼び戻されるものだから、港湾部の雇い主にも嫌な顔をされている」

慣れない力仕事と父親の看病に疲れたのか、マルクはこのひと月余りで人相が変わっていた。頬の肉がげっそり削《そ》げ落ち、髪も乱れたままである。

「世話をかけたな」

狭い集合住宅の寝台に父親を寝かせ、その汚れた素足を見詰めたままマルクが言った。

「いや、その、親父さんの食うものはあるか？」

お前はちゃんと食えているのかとは言えず、病人にかこつけて尋ねると、マルクが髭に埋もれた顎を引いた。

「ヤーコプが店のパンを届けてくれる。売れ残りだと言って」

町一番の人気店である〈銀のラッパ〉のパンが、夕方前に必ず売り切れてしまうことは、デルフトの住人なら誰もが知っている。知っていながらパンを受け取るマルクの胸の内を思い、ヨハネスは長居することなく父子の部屋を後にした。

十月に入ると、マルクト広場の露店に栗《くり》が並び始めた。栗はカタリーナの好物である。居酒屋の仕事が一段落したヨハネスは、昼間の内に買っておいた栗の実を、厨房《ちゅうぼう》で炒《い》り始めた。

「切り目を入れないと爆《は》ぜるわよ」

「ちゃんとナイフを入れたさ」

穴の開いた鉄鍋《てつなべ》に入れた栗を、前後左右に揺すりながら炒ってゆくと、やがて切り目が口を開け、甘く香ばしい匂《にお》いが漂う。このところ気分が悪いと言って、食事の席を立つことが多いカタリーナも、落ち着かない様子で火の前を行ったり来たりしている。

「よーし、いい感じに焼けた」

火から降ろした栗を木の深鉢に移して冷ます。完全に冷めるまでは待ち切れず、大きく口を開けたものを取り上げ、布でくるみながら皮を剝《む》く。

「熱《あ》っちっち」

「馬鹿ね、そんなに慌てなくていいじゃない」

そう言うカタリーナも期待に満ちた表情で、ヨハネスの手元を見詰めている。やがて、少し焦げ目の付いた黄色い栗の実は、ヨハネスの手でカタリーナの口に放《ほう》り込まれた。

「旨《うま》いだろう」

ほくほくの甘い実を頰張《ほおば》るカタリーナは、返事の代わりに目尻を下げた。笑った顔は、頑是ない少女そのものである。

そんな仲睦《なかむつ》まじい若夫婦の様子を、姑《しゅうとめ》のディフナと料理人が微笑《ほほえ》んで見ていることに気付いたカタリーナは、慌てて椅子《いす》から立ち上がった。

「残りは後で食べるわ。皮を剝いておいてよね」

命令口調で言い残すと、逃げるように目の前からいなくなった。

（はいはい若奥様。承知いたしました）

心の中で返事をするヨハネスの目は笑っていた。

勝気なカタリーナが、自分から夫に甘えることはない。それゆえ構わなくて良いのだと思っていたが、マギ婆《ばあ》さんに説教されてからは、短くても二人で過ごす時間を作るように心がけていた。

夫に優しくされると、カタリーナは必ずそっけない態度をとる。その拗《す》ねた造り顔の奥にある密《ひそ》かなときめきの色を、ヨハネスは僅《わず》かながら感じるようになっていた。

今もせっせと妻のために栗の鬼皮を剝いていると、店先で給仕人の呼ぶ声がした。

「若旦那《わかだんな》ぁ、レーウェンフックさんが来られましたよ」

「こんな時間に？　珍しいな」

厨房から居酒屋の店内を覗《のぞ》くと、常連客の向こうに、普段着姿のレーウと、見覚えのある中年男が向かい合って座っていた。

「やぁ、閉店間際にごめんよ。一杯飲んだらすぐ帰るから」

ヨハネスの視線に気付いたレーウが手を上げる。

「気を遣うな。ゆっくりして行け」

給仕人が用意したビールの杯《さかずき》を受け取ると、ヨハネスは自らテーブルへ運んだ。

「レーウェンフック君、これが君の話していたビールかね？」

真っ白な飾り襟のついたシャツに、黒繻子《くろしゅす》の上着を羽織った男が、陶器の杯を覗き込む。

「そうです。〈真雁の砦〉ですよ、先生」

連れの男は外科医のベイクマン医師だった。レーウは解剖教室を覗いたり、本を借りたりして懇意になっていたが、ヨハネスが会うのは、ハンス・クロールの遺体を見つけた時以来だ。

「うむ、なかなか良い風味だ」

旨そうに喉《のど》を鳴らすベイクマン医師は、なぜかテーブルの下の足元だけが、上流階級の服装に不似合な皮長靴だった。向かい側から伸びたレーウの足も、膝《ひざ》丈の長靴を履いている。

「今ね、先生と一緒に北東部の果樹畑を歩いていたんだ」

訝《いぶか》しげな視線に気付いたレーウが自ら説明した。確かに二人の長靴には黒い泥がこびり付いている。

「また死体が見つかったんじゃないだろうな」

「違う、違う」

レーウは笑って否定した。

「僕らは野鳥を探しているんだよ」

少し前から街の北東部で、気味の悪い鳥の声が聞こえると噂《うわさ》が立っているらしい。

「先生は、フクロウの一種じゃないかって推測してるんだ。昼間は見かけることのない鳥なんだけど」

「かなり沢山の証言がある。日没後から夜中にかけて気味悪い声で鳴いておるそうだ。それが手元の文献にも載っていない奇妙な鳴きかたらしいのでな。一度実物を見てやろうと思ったのさ」

この二人は鳥の活動時間に合わせて、夜半の果樹畑を歩き回っていたのだ。

「それで、フクロウとやらを見つけたんですか」

二人とも首を横に振った。

「何度かそれらしい声は聞いたんだが、なかなか居場所が特定出来なくてね。まだ姿を見た者はいないんだよ」

ふと、ヨハネスは思い出した。自分もどこかで気味の悪い鳥の鳴き声を聞いた筈《はず》だ。あれは確か――

「もしかして、ぼーう、ぼうぼうと、低く鳴く鳥では……」

「おお、そのような鳴き声らしいぞ」

身を乗り出すベイクマン医師に、ヨハネスは自分が鳴き声を聞いた時の話をした。ローベン邸の夕食に招かれた際、邸の外と中でそれらしき声を聞いていたのだ。

ふむふむと熱心に聞いていた医師は、得心して頷《うなず》いた。

「あの古屋敷なら儂《わし》も知っている。北東部の一角だし、果樹畑からも遠くない。よし、明日はそっちの方向から調査を始めよう。十時にローベン邸の前で待っておるぞ、レーウェンフック君」

「はい、先生」

「フェルメール君も参加したまえ」

野鳥には何の興味もないヨハネスが辞退する口実を考えていると、横からレーウが言い添えた。

「さっき畑の中で、旅芸人の演奏が聞こえたよ」

「なに、本当か？」

急にヨハネスの態度が改まった。

「楽器を抱えたお爺さんが、倉庫街を歩いているのも見かけた。青いターバンの女の子とも会えるかもしれないなぁ」

そこまで聞いてしまうと断る理由はない。ヨハネスもフクロウ探索に付き合うと約束した。

「では、今夜はもう帰って休むとしよう」

「じゃあねヨハネス。明日の晩、迎えにくるから」

長靴を履いた二人の男は、慌ただしく帰って行った。床の上には乾いた畑の土だけが残された。

翌日の夕刻、厨房で塩漬けのニシンを切り分けるオハナに、ヨハネスは今夜のフクロウ探索に加わる羽目になったことや、ついでに旅芸人たちにも会えるかもしれないことなどを話した。

「だったら、私も連れて行ってください！」

フクロウのくだりは笑って聞き流していたオハナが、旅芸人と聞いた途端、包丁を置いて懇願した。

「もう一度会って聞きたいことがあります。あの福建語を話すお爺さんなら知っているかもしれないんです」

ヨハネスとしては夜半に、しかも足元の悪い果樹畑や空き地に、女の子を伴うのは気が進まなかった。

「さて、ティンス夫人が何と言うかな……」

メーヘレン亭での仕込みが終われば、オハナは翌日の夕方までティンス邸の使用人である。夫人の許可さえ得られるなら連れて行くと約束し、仕事の済んだオハナをティンス邸へ帰した。

十時前になると、約束通りレーウがメーヘレン亭に現れた。昨日とは打って変わって、お仕着せのきらびやかな衣裳に身を包み、頭上には着色した羽根で飾り立てた帽子まで被《かぶ》っている。

「今まで店に残って仕事だよ。夕方の船便で届いた生地の中から、虫が喰《く》った反物が見つかってさ」

冷やかされる前にレーウが口を開いた。虫のわいた絹織物が見つかった以上、同じ荷箱に詰め込まれていた生地を、すべて検品しなくてはならなかったのだ。

「結局、明日の朝一番の船で、番頭さんたちが問屋まで返品しに行くことになったんだ」

店に人手が足りない分、明日は忙しくなると言うレーウに、自分の長靴を貸し与え、ヨハネスは父親の古靴に履き替えた。

二人が裏通りに面した木戸を出ると、驚いたことにティンス邸に帰ったオハナがランプを掲げて立っていた。

「私もお連れください。ティンスの奥様が許してくださいました」

戸惑うヨハネスの隣で、レーウが気安く了解する。

「いいんじゃないの。先生にはフクロウに興味がある女の子だって言えば問題ないし」

ティンス夫人が夜間の外出を許したのは予想外だったが、約束した以上、連れて行かない訳にはいかなかった。

三人はローベン邸へ向かって出発した。十三夜の月が明るい晩だった。各々がランプを持参していたが、先頭のレーウ以外は火を消して歩いても全く問題なかった。

「ファブリティウス先生のお家《うち》が見えてきました」

石畳の道を歩いた先に、昨年までオハナが住み込みで働き、ヨハネスも助手として通った画家の家があった。通りすがりに三階のアトリエを見上げると、窓に薄ぼんやりと人影が映っている。

「遅くまでお仕事をしてらっしゃいますね」

「筆がのっているんだろうな」

その姿を想像しただけで頬が緩むほど、二人ともファブリティウスが好きだった。突出した絵画の才能をうらぶれた風体にふんわりと包み、誰にも媚《こ》びず、威張らず、飄々《ひょうひょう》と絵を描き続ける天才画家は、遠からずレンブラントに続く大画伯として世間に名を轟《とどろ》かす筈であった。

ファブリティウス邸を通過し、倉庫街と呼ばれる地区に入ると、やがて前方に四角張った赤煉瓦の建物が見えてくる。これがデルフトの火薬庫だった。英蘭戦争が終結した現在でも、次の戦に備えて四トンもの火薬が備蓄された状態になっている場所だ。その火薬庫の少し手前の古屋敷がローベン邸だった。

黄葉した蔦《つた》に覆われたローベン邸は、黒ずんだ建物の陰気臭さが一層際立って見えていた。屋敷の前を流れる運河沿いで、黒い帽子を被った男が手を振っている。

「遅くなりました、先生」

「一人増えとるな。女の子じゃないか」

レーウが簡単にオハナを紹介すると、ベイクマン医師も快く同行を認めた。

「婦女子も博物学に興味を持つとは結構なことだ。さあ若者たちよ、未知のフクロウを探しに行こう」

総勢四人となった一行はローベン邸を離れ、北側へ運河を渡った。

街の北部にあたる地域は住宅が少なく、果樹や野菜の畑地が多い。水路沿いに並ぶ建物は、その半数が倉庫として使われ、醸造所や陶器の窯場《かまば》も点在する。倉庫の路地を抜けて踏み込んだ畑地の向こうには、デルフトを囲む街壁が横に広がっている。

自分たちが湿り気を帯びた土を踏む音以外は猫の鳴き声すら聞こえない中を、四人は一列になり、街壁を右手に見ながら歩いた。

「この辺りには大きな木が少ないですね」

ぬかるみの上を器用に歩くオハナが囁《ささや》いた。

「母の故郷にもフクロウがいて、古い大木の洞《うろ》に住んでいるのだと聞いたことがあります」

「お母さんの故郷に行ったことはあるのかい？」

オハナの前にいるレーウが、小声で尋ねる。

「いいえ。スハイクさんや父と一緒に途中の廈門《アモイ》まで行ったのですが、父が亡くなってしまい、私はそこからゼーランディアに渡って、オランダ行きの船に乗ったのです」

ゼーランディアとは、台湾にあるオランダ東インド会社の貿易拠点だ。

「それじゃ、君のお母さんの故郷は、ゼーランディアよりもっと先にあるということだね」

ふいにオハナは頭を上げ、中天の月に向かって答えた。

「母の一族の故郷は、日本です」

異国の言葉で発音された国の名は、ヨハネスは勿論、優等生のレーウですら初めて耳にする名前だった。

「ヤーポンだ」

先頭を行くベイクマン医師が、オランダ語に直して言った。

「君らも聞いたことくらいはあるだろう。察する所、その娘さんはオランダとヤーポンの混血らしいな」

ヨハネスが前に回って、小柄な少女を見下ろす。

「そうなのか？」

「母の国の言葉ではニッポンと発音します」

肯定したオハナは、改めて十三夜の月を見上げた。

「日本人には、秋の月を好んで眺める習慣があるんです。バタフィアにいた同国人も、月が綺《き》麗《れい》な晩は砂浜に緞《だん》通《つう》を敷き、その上に座ってお酒を飲んでいました」

バタフィアの海に昇った月が白い砂の上にヤシの葉の影を映す時、着物姿の男たちが車座になって酒を飲み、舞を奉納する。女子供は少し離れた場所に座り、月に供えた米の団子を食べる。

「なぜでしょう、月を見るとバタフィアを思い出します」

薄《う》っすらと涙ぐむオハナの横顔を見て、ヨハネスは納得した。今では見慣れた少女の顔立ちは、やはり純粋なヨーロッパ人とは一線を画していた。その奇妙な名前も、恐らくは日本の婦女子につける名前なのだろう。

「君のお母さんの一族は、故郷へ帰ったと言っていたな」

そのような話を、以前オハナに聞いた記憶があった。

「日本は国を閉ざしてしまったのです」

一六三九年、日本は外国との交流を断ち、海外へ渡航することも禁じた。世に言う鎖国である。

それまでの日本では、商人が中心となって中国・東南アジア地域で自由な交易を行い、各地に日本人街まで造られていた。幕府の鎖国政策は、現地で生まれた子や孫を含む大勢の日本人たちに去就を迫ることとなったのである。

早々に帰国の途に就く者もあったが、帰るあてのないまま異国に残り、現地に溶け込むことでその痕跡《こんせき》を消した日本人の数は、決して少なくはない。

一方、交易地を何年も彷徨《さまよ》った末、密かに故郷へ帰った者もいる。オハナの母親の一族のように。

「おい、今何か聞こえなかったか」

月明かりの下、遠い異国に思いを馳《は》せる三人の若者を、ベイクマン医師の声が現実に引き戻した。一人だけ前進していた医師は、突き当たりの水路に架かる板橋の手前で足を止めていた。

「確かに一声鳴いたぞ。もとの方角だ」

追いついた若者たちに、医師は声を潜めて、自分たちが歩いて来た方向を指差した。

ぼーう　ぼうぼう　ぼーう　ぼう

ぼーう　ぼうぼう　ぼーう　ぼう

続けざまに鳴く声が、今度は全員の耳に届いた。

(鳴いた！)

(前に聞いたのと同じ声だ)

（でも、何か別の音も聞こえます）

四人は顔を見合わせた。フクロウらしき鳥の声に被《かぶ》さって聞こえてきたのは、例の旅芸人が奏でる楽器の音だった。

フクロウの声と演奏は同時に止《や》んだ。

「かなり遠いが、戻らなくては」

「街壁沿いの道まで出ましょう。遠回りになっても、その方が早く移動できますよ」

レーウの提案で足場の悪い畑地を抜けた一行は、街壁に沿った石畳をかけ足で戻り始めた。

フクロウの声も演奏も止んだままだったが、おおよその見当をつけた辺りで再び畑地に入り、前方に見える果樹畑を目指す。

（おい、ここは……）

（分かってる。僕も覚えてるよ）

ヨハネスとレーウは、オハナの頭越しに囁き合った。先頭のベイクマン医師が向かっている場所が、オハナの祖父であるハンス・クロールの遺体を見つけた果樹畑であることに気付いたのだ。

落葉の始まったスモモ畑は、何年も剪定《せんてい》されないまま隣り合う木の枝が隙間なく込み合い、畑というより森林の様相を呈していた。その向こうには、今ではわずかな量のビールしか出荷していない〈大熊座〉の建物が、夜目にもくっきりと見えている。

「水路が邪魔だな。近くに橋はないのか？」

左右を見渡すベイクマン医師は、早く果樹畑の中を探索したくて堪《たま》らないのだが、水路には板橋の一本も架かってはいない。

「駄目ですよ、先生。面倒でも〈大熊座〉の表側に回らないと」

「そう言えば、あの時も醸造所の敷地内を通って畑に入ったのだった。放置された果樹畑も所有者は同じらしいな」

医師も検死に呼び出された当時を思い出していた。

「面倒だが表側の道から回り込んで――」

ぼーう　ぼうぼう　ぼーう　ぼう
水路の向こう側から、はっきりとフクロウの声が聞こえた。

「醸造所の周辺にいるのは間違いない。早く行こう」

「あっ、先生。ちょっと待ってください」

移動し始めた医師を、地面に屈《かが》みこんだヨハネスが呼び止めた。

「いいものを見つけた。俺たちはこれを使いますよ」

草叢《くさむら》の中から拾い上げたのは、長い木の棒だった。

「運河跳びの竿じゃないか」

「俺とレーウはこれで水路を越えて、裏から醸造所の敷地を覗《のぞ》いてみます。先生はオハナをつれて表の道を探してください」

裏側と表側の二手に分かれて探索しようという提案に、ベイクマン医師も賛成した。

「では、最終的に〈大熊座〉の前で落ち合うことにしよう」

「オハナ、先生について行け。はぐれるんじゃないぞ」

少女はこくりと頷くと、醸造所の表道へと急ぐ医師の背中を、足早に追って行った。


二人の姿が遠ざかると、ヨハネスとレーウは水路の縁まで出た。畑で拾った竿は練習用のものだが、幅四メートル弱の流れを跳び越すには十分な長さだった。

先にヨハネスが流れに竿を立て、軽く向こう岸に跳び移る。

「早く竿を戻して」

草叢で待つレーウが急《せ》かす。

「水に落ちるなよ」

「大丈夫」

対岸に竿を放《ほう》り投げたヨハネスは、一足先にスモモの畑へ足を踏み入れた。込み合った枝の下を膝で這《は》うように通り抜け、その先の〈大熊座〉の裏塀《うらべい》によじ登って敷地内を見渡す。

「フクロウは見つかりそうかい」

追いついたレーウが塀の下で尋ねるが、醸造場の敷地内に樹木は植わっておらず、煉瓦《れんが》造りの建屋が並んでいるだけである。

「鳥が巣をかけそうな木はないぞ」

「だったらさ、このまま敷地を通り抜けてしまおうよ。きっと表通りの街路樹で鳴いていたんだ」

「今さら回り道は面倒だし、そうするか」

塀を乗り越えて敷地に入るのは、明らかな不法侵入である。だが〈大熊座〉が廃業間近の状態であることを知っているヨハネスは、静まり返った裏庭に飛び降りた。

（お前も早く来い）

声を出さずに手招きだけすると、手足をばたつかせて塀によじ登ったレーウが、かなり不細工な恰好で裏庭に飛び降りた。正確には落下したと言うべきか。

「あーもう、痛いなぁ！」

地面に転がって片手を押さえる友人に、あまり大きな声を出すんじゃないとヨハネスが注意する。

「手首をくじいたのか？」

「違う、そいつで切ったんだ。割れた硝子《ガラス》の上に手を突いちゃったんだよ」

硝子で切り裂いたという傷を舐《な》めながらレーウが顎《あご》で示した地面には、月明かりにきらりと光るものが落ちていた。

「これは……硝子じゃないぞ」

ヨハネスが拾い上げたのは、白い陶器の欠片《かけら》だった。ほんの小さな断片ではあるが、見覚えのある草花の文様が、艶《つや》やかな生地の上でうねっている。

「東洋磁器だ。たぶん」

「ここにも落ちてるよ。ほら、君の足元にも」

目を凝らして見ると、二人が降り立った裏庭には、細かく砕かれた磁器が散乱していた。

老舗《しにせ》ビール醸造所の裏庭に、高価な磁器の破片がばら撒《ま》かれているとは、どういうことか。

改めて敷地内を見渡したヨハネスは、横に三棟並んだ作業場のうち、真ん中の建屋の裏口が、わずかに開いていることに気付いた。

足音を忍ばせて裏庭を横切り、そっと戸口の隙間から中をうかがうと、ほんの一瞬、何かが動く気配があった。

「………」

動きを止めて様子をみても、それ以上は何も起こらない。恐らくネズミが走ったのだろうと結論付けて、レーウを手招きする。

「中に入るつもりなの？　コソ泥かと思われるよ」

「誰もいないし、ちょっと覗くくらい大丈夫だ」

醸造所の内部が気になって仕方のないヨハネスは、手早く火打石を使い、腰帯に下げていたランプに火を入れた。

「足音をたてるなよ」

「静か過ぎて気味が悪いなぁ」

二人が忍び込んだのは、かつての〈大熊座〉が麦汁を濾過《ろか》し煮沸する作業に使用していた建物だった。広い土間には今でも大量の薪《まき》が積み上げられ、その反対側には大きな鍋が鎮座している。

人間でも丸ごと茹《ゆ》でられそうな大鍋を見上げながら進むと、入り口に近い壁際に、幾つものビール樽《だる》が並んでいた。

「妙だな。まだこんなに沢山のビールが貯蔵されているのか」

樽の蓋《ふた》をこじ開けると、中には琥珀色《こはくいろ》の液体ではなく、白い塊が詰め込まれていた。

「なんだこりゃ、粘土じゃないか」

別の樽を開けてみても、やはり白く滑らかな粘土が詰まっている。

「ベルチ小父《おじ》さんは、ビール造りに粘土なんか使わないよ」

首を捻《ひね》るヨハネスとレーウの背後で、唐突に人の声が響いた。

「ただの粘土ではありません。焼き物に用いる陶土です」

注意深く潜《ひそ》められた声であったが、不法侵入中の二人は跳び上がって驚いた。

「また、お会いしましたね。私たちにはご縁があるようです」

暗闇《くらやみ》の中に立っていたのは、旅芸人の老人だった。

白い鬚《ひげ》を片手でしごきながら、老人は好意と困惑が混ざり合った表情でヨハネスを見ていた。

「こんなところで何を――」

「それは我々の台詞《せりふ》だ」

横から別の男が現れた。

聞き覚えのある声に、ヨハネスが記憶を辿《たど》るより早く、男が木箱の上に被せてあった黒い覆い布を外した。箱の中に隠されていたランプの灯《あか》りが、闇の中に見知った山羊鬚《やぎひげ》を浮かび上がらせる。

「あなたは、自警団の……」

「ホッブスだ。第一隊の隊長を任されている」

男が片手に構えていた銃の筒先を向けると、それが合図だったのか、広い醸造場のあちこちでランプが灯った。

（うぇぇ――！）

レーウが震えあがったのも無理はない。いつの間にか自分たちは、武器を手にした大勢の自警団員たちに包囲されていたのだ。

「メーヘレン亭の若旦那《わかだんな》。ここで何をしているのかね」

「そ、それは……」

明らかにまずい状況だった。返答次第では、泥棒として逮捕されてもおかしくはない。

何から説明すれば良いのか悩んでいると、正面の入口を開けた若い自警団員が小声で報告した。

「ホッブス隊長。表にベイクマン先生が到着しました」

「なに？　俺は呼んでないぞ」

当惑するホッブスをよそに、畑で別れた医師が、ずかずかと足音をたてて建屋の中に入って来た。

「いよいよ大捕り物が始まるらしいな。外の団員たちに聞いたぞ。おお、レーウェンフック君とフェルメール君もいたのか」

もう少しお静かに願いますと、慌てて懇願したホッブスが、検死担当の医師と目の前の若者二人を見比べた。

「先生のお連れですか？」

「今夜の野鳥探索の仲間だよ」

すかさずレーウが報告する。

「先生、〈大熊座〉の敷地内にフクロウはいない模様です」

「宜《よろ》しい。今夜の調査は終了しよう」

医師はもっともらしく頷いた。

「それから、ホッブスよ、お前さんの部下を一人借りたぞ」

「どういうことです」

「儂の家から治療道具を一式運ぶよう頼んだ」

ベイクマン医師の専門は外科である。荒事を控えたホッブスは、医師の思惑に謝意を表すると、その仲間たちに言った。

「今夜の君たちの行為は不問にする。先生と一緒にいる分には構わんが、我々の邪魔をするなよ」

言い残すと旅芸人の老人を伴って、表側の扉から出て行った。

建屋の中にはヨハネスたちと、数人の自警団員が残された。

「先生、オハナはどうしました」

「使いを頼んだ団員に、家まで送らせた」

少し安心したヨハネスは、これから始まるであろう騒動に、俄然《がぜん》興味が湧《わ》いてきた。樽に詰まった粘土を突《つつ》いていたレーウも、好奇心を押さえきれない様子で、近くにいた団員に声をかけている。

「ここはビールの醸造所じゃなかったんですか。異国人のお爺《じい》さんは、この粘土が焼き物の土だって言ったけど」

「隣の建屋が陶器の窯場になっているのさ」

顔の下半分に真っ黒な髭を生やした団員が答えた。

「おっと、今はまだ立ち入り禁止だから行くんじゃない」

早速見に行こうとした若者たちを黒髭が引き止める。

「いずれ知れることだから教えてやるが、〈大熊座〉のバカ息子が手放して以来、ここは陶器の工場に造り変えられていたんだ」

醸造所を丸ごと買い上げたのは、デルフトのとある商人だった。表向きは老舗ビール工場の看板を上げたまま、密《ひそ》かに内部を改造し、陶器を焼く設備を整えたのだ。

「実際にビールの製造を行っていたのは、端の一棟だけだ。残り二棟の建物は、表側からは分からないよう陶器の作業場として稼働していた」

最後まで〈大熊座〉に残って仕事をしていたビール職人たちも、立ち入りを禁じられた他の建物で、何が行われているのか知らなかった。

「でも、どうして秘密にする必要があるんだろう。デルフトは陶器の名産地で、街中が窯場だらけなのに」

レーウのもっともな疑問に、黒髭は懐の隠しから取り出したものを投げて寄こした。

「この敷地に落ちていたものだ」

小皿の一部と思《おぼ》しき欠片には、緑と赤の縁模様に、蜥蜴《とかげ》に似た生き物の頭が描かれている。

「やはり、東洋の磁器が関係しているのですね」

ヨハネスが友人の手に乗った欠片を見て言った。ランプの灯りに照らされた断片は、ウィレムが送って寄越したものや、街の陶器販売店に置いてあったものと全く同じ模様だった。

「磁器のようで、磁器でない。まして遥《はる》かな東洋のお国から運ばれたものでもない。だから秘密にしていたのさ」

歌うように黒髭の団員が言った。

「では、この東洋磁器は……」

「磁器に似せて焼いたデルフト陶器だよ。実際には限りなく磁器に近いものらしいが、そのあたりの差は俺には分からん。はっきりしているのは東洋の産ではなく、ここに閉じ込められた陶工たちの作品だったということだ」

拉致《らち》された絵付け師と陶工たちは、〈大熊座〉の一角に閉じ込められ、東洋磁器に似せた焼き物を作るよう強要された。だが、未《いま》だヨーロッパで焼かれた歴史のない磁器が、そうやすやすと焼き上がる筈《はず》はない。一年以上に渡って失敗を重ねた頃、たまたま足枷《あしかせ》の金具が外れた絵付け師が逃亡した。ハンス・クロールである。裏の果樹畑まで逃げて撃ち殺されたクロールの遺体は、雨が降ってきたため草を被せて放置された。後で埋める予定だったものを、運河跳びの練習で闖入《ちんにゅう》したヨハネスとレーウが見つけてしまったのだ。

「所有地の畑で追い詰めたのなら、なぜ連れ戻さなかったのかな。クロールさんは優秀な絵付け師だったのでしょう」

「腕が良いから拉致されたんだが、長期の監禁で身体《からだ》が弱り、使い物にならなくなっていた。足枷の管理がぞんざいだったのもそれ故だろう。新しい陶工が連れて来られたことで、クロール爺さんは遠からず始末される運命だったようだ」

新たに拉致されて来た陶工は東洋人だった。磁器の製造法に精通した東洋人が技術を教えることで、限りなく磁器に近い焼き物が完成した。安価な東洋磁器としてオランダ市場に出回ったのは、全《すべ》てデルフト製の磁器もどきだったのだ。

「以上の情報を、君たちが来る直前に、そこで寝ている男から聞き出したところだ」

黒髭の視線の先を追うと、積み上がった薪の陰で、簀《す》巻《ま》きにされた男が転がっていた。

「それで、攫《さら》われた陶工たちは見つかったのかね」

手荒い尋問で失神している男の縄を、少し緩めてやりながら医師が訊《たず》ねる。

「これから救出するところですよ、先生」

答えたのは、団員たちを引き連れて戻って来たホッブスだった。

総勢二十名ほどの団員たちは、速やかに部屋の中央に集まると、各々の報告を始めた。

「やつが白状した通りでした。陶工たちは一昨日《おととい》から、この先の倉庫に移されています」

「醸造所を出て二軒目の四階建て倉庫です」

「夜が明ける前に連れ出す手筈だったらしく、前の運河に荷船が舫《もや》ってありました」

「ぎりぎりで間に合ったな」

若い団員が次々と口にする内容に、ホッブスが頷いた。

〈大熊座〉周辺が嗅《か》ぎ回られていると察した連中が、陶工たちをデルフトから連れ出し、新しい窯場に移す準備をしていたのだ。

「陶工たちがいるのは何階だ？」

「三階です。隣の倉庫を借りている乾物屋の親父が、窓に映る人影を見ています」

「見張りは四人ですが、全員が銃を所持していると思われます」

集めた情報を元に作戦が練られた。主力が倉庫の入口を強引に突破すると同時に、四階の表窓と、一階の裏庭から侵入した別働隊が、陶工たちの身柄を確保する。

大まかな手筈が決まると、自警団員は一斉に立ち上がって外に移動した。ヨハネスとレーウも、見咎《みとが》められないよう、少し遅れて彼らの後に続いた。

足音を忍ばせた団員たちは、僅《わず》かな時間で倉庫の周囲を固め、突入の準備を始めた。運河に面した表道では、黒髭の団員が古めかしい洋弓を手に、倉庫から離れた場所に立っていた。傍らには特大の樽が置かれている。

「全員が銃を使うわけじゃないんですね」

洋弓を見たレーウが近寄って尋ねると、黒髭は倉庫の破風《はふ》の辺りを凝視しながら答えた。

「おうよ。このクロスボウは射程距離を調節出来るし、命中率も高い。隊長のマスケットみたいに騒々しい音をたてて、寝た子を起こす心配もないしな。その上――」

倉庫の下でホッブスが手を上げて合図を出すと、黒髭はクロスボウを樽の上に固定して構えた。狙い定めて引き金を引くと、勢いよく発射された矢は細い紐《ひも》を従えて、倉庫の破風の上部から突き出した鉄の棒を掠《かす》めて飛んで行った。矢が越えた後の棒には、紐が掛かって垂れ下がっている。

「どうだ、銃にこんな芸当は出来ないだろう」

本来は窓から荷物を出し入れする時に、滑車を取り付けるための鉄の棒だが、掛けた細紐を丈夫な綱に替えることで、上階の窓まで登る準備が整った。

団員たちが最後の打ち合わせをしていると、それまで黙っていたヨハネスが申し出た。

「俺とレーウが来客のふりをして、玄関を開けさせるのはどうでしょう」

「危険だよ。こんな時間に来客も変だろう」

「ここが東洋磁器に関係する倉庫だとしたら、少し前まで働いていた男を知っているんです。きっと上手《うま》くいきますよ」

ヨハネスには勝算があった。簡単に説明すると、ホッブスも主だった団員たちも納得し、最終の打ち合わせが終わった。

いよいよ突入の時間となった。

命綱をしっかりと身体に巻いた団員が、四階まで引き上げられ、窓枠の錠に銃口を当てた。

裏口を担当する班は、扉を突き破るための丸太を数人で抱えて待っている。

正面から突入する主力は、内側から死角になる倉庫の壁に張り付いて、じっと息を殺している。

少し離れた街路樹の下では、待機する団員たちに守られた旅芸人の老人が、静かに成り行きを見守っていた。

老人と軽く視線を交わしたヨハネスは、微《かす》かに指先を震わせるレーウを促して、倉庫の正面に歩み出た。

軽く息を吸い込むと、覚悟を決めて玄関扉を叩く。

「おーい、おーい、開けてくれぇ」

始めは何の反応もなかったが、幾度も繰り返し戸を叩き、大声で呼ばわるうちに、ようやく内側から応《こた》えがあった。

「うるせぇぞ。誰だこんな夜更けに」

「すまん。船が遅れて着いたもんで、ボルネスの旦那と飲み屋で一晩明かそうとしたんだが、早々に追い出されちまった」

「ボルネスの旦那だと？」

扉の向こうで複数の男が囁《ささや》き合う様子があった。

「おう。旦那の体調がいいもんでハウダから戻ったんだ」

受け答えは全《すべ》てヨハネスが行った。レーウはその後ろで緊張して立っているだけである。ただ、事前に言い含められた通り、少し膝を屈め、顔を伏せている。

扉の横の小窓を薄く開けて男が外をうかがうと、ヨハネスはわざと手にしたランプを掲げ、レーウの全身がよく見えるようにした。

何色もの羽根飾りを乗せた大袈裟《おおげさ》な帽子に、リボンの縁飾りが袖にも裾《すそ》にもピラピラとあしらわれた派手な上着——

「なんだよボルネスの旦那。戻って来るなら連絡くらい……」

扉が開くと同時に、ヨハネスとレーウが背後に飛び退《すさ》った。その両側から一斉に自警団が飛び出し、あっけにとられている男を撥《は》ね退《の》けて突入する。同時に頭上と建物の奥で轟音《ごうおん》が響き、伏せていたヨハネスたちの上にガラスの破片が降ってきた。

「うわ、痛たた」

「ここは危ない。もっと下がろう」

騒乱の現場から逃げ出し、異国の老人が立っている街路樹の下まで二人が退いた時には、けたたましい銃声は止んでいた。

やがて、静かになった倉庫から団員に誘導された陶工たちが姿を現すと、老人が異国の言葉を叫んで走り寄った。

やつれ果てた様子の陶工たちの中には、明らかに東洋人と分かる風貌《ふうぼう》の男が一人混じってい
た。老人は興奮気味に、東洋人の男と手を取り合って話していたが、何を言っているのかは皆
目分からなかった。
「君たち、ぼんやりしていないで手を貸してくれ」
「あっ、はい」
治療道具を手にしたベイクマン医師は、まったく野蛮な連中だとぼやきながら、倉庫の中で
呻《うめ》いている怪我人の救護に当たった。
被弾した重症者が医師に付き添われ、自警団の船で搬送されるのを見送ると、ヨハネスとレ
ーウもやっと一息つくことが出来た。
老人と東洋人の陶工は、いつの間にか姿を消していた。

「ほいほい、ちょびっとだが現物が隠れていたぞ」
黒髭の団員が木箱を抱えて倉庫から出て来た。麦藁《むぎわら》と一緒に詰め込まれたまがい物の磁器は、
小さな木箱二つ分である。まだ市内のどこかで大量に保管されている可能性は高かった。
現場を仕切るホッブスは、後始末の間にも慌ただしく出入りする団員に次々と指示を出して
いた。
夜明けを待たずに港湾役人と連絡をとり、スヒーダム港を出る貨物船の荷を検《あらた》めるよう手配
することや、疑わしい倉庫の立ち入り検査を行うこと、そのための協力を東インド会社の役員

に願い出ることなど、内容は多岐にわたっていた。中でもヨハネスたちの注意を引いたのは次の指示だった。

「いいか、うちの幹部の連中には何も報告するな。もし聞かれても適当に誤魔化せ。知られるのは遅ければ遅いほどいい」

自分たちの上司である自警団幹部に何も知らせるなとは、随分と妙な指令である。だがホッブスの腹心である団員たちは、力強く拳《こぶし》で胸を叩いて頷くと、無言で走り去った。

「君たちもご苦労だったな。怪我はないか」

「平気です」

即座に答えた二人は、どちらも降ってきたガラスで両手の甲を切っていたが、今は痛みも気にならなかった。

「我々は一度本部に戻るが、君らも一緒に来てくれ。出荷と販売に関《かか》わったという男の話を詳しく聞きたい」

自警団員たちが隊列を組んで帰途に就き、ヨハネスとレーウも彼らの最後尾に付くことになった。

「あー眠くなってきた。一睡もしないなんて久しぶりだ」

レーウが歩きながら大きな欠伸《あくび》を連発する。

「先に帰るか？　俺の義兄とお前は面識がないんだし」

「やだよ。こうなったら僕も最後まで見届けるからね」

二人とも眠い目をこすりながら、速足の隊列に遅れまいと懸命に歩いた。

自警団の本部は、旧教会の西側にある比較的新しい建物だった。敷地内には厩舎《きゅうしゃ》もあり、その背後は運河の水を引き入れた船着場になっている。

ホッブスが二人を案内したのは、上級の団員が使う部屋だった。振る舞われた水代わりのビールで喉を潤すと、ヨハネスは義兄のウィレム・ボルネスについて話す前に、その人物がすでにデルフトを離れ、故郷で療養中であることを説明した。

「我々としては黒幕の尻尾《しっぽ》さえ押さえられたらいいんだ。君が知っていることを教えてくれるなら、わざわざ離脱した者を追いかける必要はない。ここにいる部下も秘密は守れる」

そこでヨハネスは、ウィレムの友人だという人物が、フランスの海運会社と手を結んで東洋の磁器を大量に仕入れ、ヨーロッパ中に販売するための新会社を設立した話や、その会社がロッテルダム郊外のゲラント農場跡地にあること、ウィレムが一年近くフランスの地方都市へ出かけていたことなど、自分が知り得た内容を話した。

ゲラント農場と聞いて、それまで眠たげに俯《うつむ》いていたレーウが、はっと顔を上げたが、ヨハネスは気付かないふりをした。

「それで、友人とやらの名前は？」

肝心の問いには答えられなかった。今思えば、ウィレムは一度も会社を興した友人の名を口にしなかったのだ。

部屋の外ではバタバタと足音をたてて、団員たちが走り回っている。そのうちの一人が、扉を薄く開けて報告した。

「幹部会から使いが来ました。今すぐ倉庫の立ち入り検査を中止しろとの命令です」

「そろそろ来る頃だろうと思った」

ホッブスはフンと鼻を鳴らした。

「適当に返事をして追い返せ」

「し、しかし……」

「構わん。どうせローベン夫人の差し金だ」

「ローベン夫人！」

思いがけない名前に、ヨハネスが腰を浮かせた。

「なんだ君は、あの女とも懇意なのか」

「い、いえ、懇意というわけでは……」

呆《あき》れた様子のホッブスに、隠れ教会の宗教画を夫人が買い取った経緯を簡単に話す。

「あの女狐《めぎつね》らしいな。欲しいものがあれば、神の持ち物だろうと平気で手を伸ばすだろうさ」

「女狐……ですか？」

篤志家で知られるローベン夫人に対して、あまりに的外れな例えかと思われたが、ホッブスはいかにも憎々しげに、部下の団員を叱咤《しった》した。

「何をしている、とっとと追い返せ！　こっちは治安役人の尻押しで動いてるんだ。武器商人ごときに気圧《けお》されるなっ」

戸口に突っ立っていた団員は、慌てて出て行った。

（まさか、あの夫人が――）

ヨハネスには俄《にわ》かに信じがたい話だったが、ローベン夫人の本業は、銃や大砲、弾薬などの火器全般を扱う商人だった。夫に代わって複数の事業を展開した夫人は、特に武器商人として成功を収めていたのだ。

「ずる賢い女狐は、汚れた尻尾を隠すのが上手でな。あの女の本業を知るのは、デルフトでも一部の人間だけだ」

苦い表情のホップスが言うように、表向きは醸造所に卸す雑穀を扱う事業主として、デルフトでも指折りの商人となったローベン夫人は、市政役人たちに賄賂を握らせることで、デルフト市の武器調達に関する全ての仕事を手中に収めたのだった。

「あの女は教会や孤児院に多額の寄付を行い、慈善家としての顔を手に入れた。だが、その裏では穢《きたな》い商売ばかりやってのけた」

一時は人身売買にまで手を染めていたと噂《うわさ》されるローベン夫人は、表の顔を利用して、自警団の幹部会にも名前を連ねていた。

「陶工たちが行方不明になってこの方、あの女には随分と捜査の邪魔をされた。恨み骨髄というところだ」

隊長の言葉に、周りにいる団員たちも厳しい顔で頷いている。

「では、陶工たちを攫ってニセの東洋磁器を造らせたのは、あの夫人だと――」

「我々はそう考えて内偵を進め、昨夜の捕り物に至った」

ホッブスは断定したが、ヨハネスには俄《いた》かに信じられなかった。自分が目にしたローベン夫人は明るく快闊《かいかつ》で、身体の不自由な夫を労わる献身的な妻にしか見えなかったからだ。

「だとすると、夫のローベン氏も加担していたのですか」

「あの男は無関係だろうよ。なにしろ自力では起き上がることも出来ない身だからな」

答えたのは自警団員ではなかった。

「怪我人の処置は完了だ。儂にもビールをくれ」

首筋をコキコキ鳴らしながら部屋に入って来たのは、ベイクマン医師だった。汚れたシャツの袖を捲《まく》り上げた医師は、団員の空けた椅子に身を投げ出した。

「けど先生、俺はローベン氏に会いましたよ。右半身が不自由な様子でしたが、杖を使って歩いていたし、晩餐《ばんさん》のテーブルについて粥《かゆ》を食べていました」

「そんな筈はない」

ヨハネスの言い分を、医師は手を振り払って否定した。

「あの男がデルフトに来た当初、儂は師事していた医師の助手として何度か診察に行った。ローベンは右半身の火傷《やけど》も酷《ひど》かったが、加えて背骨を損傷していた。あれでは起き上がったり、歩いたり出来る訳がないんだ。とうてい回復が望める状態ではなかったし、今でも生きているのが不思議なくらいだよ」

「俺は会って話したんです。右頬《みぎほお》に火傷の瘢痕《はんこん》もありましたから、本人に間違いないでしょう」

ローベン氏と会食したと言うヨハネスと、氏は寝たきりの筈だと言うベイクマン医師。二人の主張を聞いていたホッブスが、おもむろに立ち上がって提案した。

「フェルメール君は画家だったな。君が会ったというローベン氏の顔を描いてみてはどうだろう」

「いつでも描きますよ」

ヨハネスが頬を赤くして承諾すると、ホッブスは自分の机の引き出しから紙を取り出した。

「他に入用なものは？」

「下敷き用の板と、木炭をください」

道具が揃《そろ》うと、ヨハネスは紙の上に木炭を走らせた。実際にローベン氏の顔を見たのは、風で布が捲《めく》れたほんの一瞬である。それでも印象的な風貌は、はっきりと記憶に残されていた。

ざらざらと木炭の擦《こす》れる音とともに、人の顔が描き出されて行く様は、初めて見る者にとって魔法のような光景だった。

(手早く描けるもんだな)

(見ろよ、紙の上に人の顔が浮き上がるみたいだぞ)

団員たちが物珍しげに見守る中、似顔絵はほんの十分足らずで仕上がった。

「いかがですか、ベイクマン先生」

ホッブスから手渡された紙を受け取ると、医師は真剣な面持ちで描かれた人物に見入った。

「儂がローベンを診たのは十九年も前だが、覚えている限り、この絵の男とは違うように思うぞ。彼は鷲鼻《わしばな》だったし、こんながっちりした顎の持ち主でもなかった」

「瞳《ひとみ》の色は覚えていますか？」

木炭画では表現できなかった色彩についてヨハネスが尋ねると、医師は首を捻って慎重に答えた。

「右目はもう潰れた状態だった。左の瞳は、灰色か褐色か……そんなところだったと思うが」

「俺が会ったローベン氏は右目が開いていましたよ。夫人と同じ緑色の瞳でした」

それを聞いたベイクマン医師は、似顔絵に集中していた視線を上げて断言した。

「あの目が回復するのは不可能だ。君が会ったのは別人だな」

「で、では、ローベンを名乗っている男は誰なんです」

ヨハネスは大きな声を上げた。本人が邸の主人として振る舞うだけでなく、ローベン夫人が自分の夫だと紹介し、女中頭も甲斐甲斐《かいがい》しく尽くしていた身体の不自由なあの男は、一体何者だと言うのか——

「僕、この男なら知ってるよ」

ざわついていた室内が、瞬時に静まり返った。

それまで遠慮気味に退いていたレーウが、友人の肩越しに似顔絵を覗き込んだのだ。

レーウは青ざめた顔で、絵の中の男を凝視していた。

「そいつはゲラントだ。僕が売りとばされた農場で、何人もの子供を酷使して死なせた悪党だ」

⚘

その日も、普段と変わらぬ穏やかな朝を迎えた。

ようやくマルクト広場まで戻ったヨハネスは、白々と明けた空に向かって伸びをした。

正面に見える新教会の時計は、八時過ぎを指している。

自警団員たちは、休む間もなく次の捕り物の準備を進めていた。デルフト市内の倉庫は、ローベン夫人一味の手で証拠品の隠滅が行われているとみたホッブスが、先回りしてゲラント農場跡地を奇襲することに決めたのだ。手狭になった〈大熊座〉の代わりに、広い農場跡地を利用して、新たな窯場と倉庫の建設が進んでいることは、捕えた手下が白状していた。

「全く、とんだフクロウ探索だったな」

「あー眠い。家で少しだけ寝てから店に行こう」

隣でレーウが大口をあけて欠伸をした。ゲラントの似顔絵を見た時こそ動揺していたが、今はもう普段と変わらない様子である。

「仕事は休ませて貰《もら》えよ」

「そうもいかないんだ。人手が足りないのは分かってるんだし」

ふらふらとした足取りで、レーウは新教会の方向に歩き出した。実家は東門にほど近い獅子《レーウエン》横丁《フツク》にある。彼の先祖は居住している通りの名を、そのまま自分の名字にしたのだ。

「じゃあね、お疲れさまー」

「おお、歩きながら寝るなよ」

友人が新教会の向こうに姿を消すまで見送り、ヨハネスもメーヘレン亭へと戻った。裏口へ回って入ろうとすると、水汲《みずく》み用の桶《おけ》を持って出て来たオハナと鉢合わせた。

「フェルメールさんっ」

オハナは桶を投げ捨てて駆け寄った。

「心配しました。皆さんご無事だったんですね」

「この通り元気だ。レーウもベイクマン先生も変わりないが、お前はどうしたんだ。まさかティンス夫人に追い出されたんじゃないだろうな？」

普段ならオハナはティンス邸にいる時間だった。

「そうじゃないんです。フクロウ探しの件はお許しを頂いていましたから。ただ、その、若奥様が……」

オハナは俄かに眉を曇らせた。今朝早くメーヘレン亭のディフナから使いが来て、カタリーナの具合が悪いからオハナを丸一日貸して欲しいと依頼があったと言うのだ。

「カタリーナがどうしたんだ」

息を呑《の》んだヨハネスの背中を、オハナの小さな手が押した。

「今は落ち着かれて、お部屋で横になってらっしゃいます。とにかく早く行って差し上げてください」

慌てて家に飛び込み、寝室に向かって階段を駆けあがる途中で、目ざといディフナが呼び止めた。

「ちょっとお待ち。あんた今頃までどこをほっつき歩いてたの」

「母さんっ、カタリーナがどうかしたのか？」

それには答えず、ディフナは手を伸ばして息子の襟首を摑《つか》むと、空いている客室へ連れ込んだ。物言いたげな息子に、大声を出さないよう仕草で伝え、自分も小声で囁く。

「いいかい、良くお聞き。カタリーナは今朝がた腹の子を流してしまったんだよ」

妻が流産したと聞いても、まだ若いヨハネスには事態がすんなり呑み込めなかった。

「え……子を流したって、それって、俺の——？」

「馬鹿だね、口が裂けても女房の前でそんな呆《ほう》けたことを言うんじゃないよ。全くもう、でっかい図体をして情けない！」

もどかしげなディフナは、息子の尻を思い切り引っ叩《ばた》いた。

すでに近所の産婆が呼ばれ、処置は終わっていた。大事には至らないだろうとの見立てだったが、数日の安静が必要だという。

「行っておやり。分かってるだろうけど、責めるんじゃないよ。あんたに申し訳ないって、そればかり繰り返してるんだから」

「うん……」

急に重くなった足を引きずって寝室の前まで歩き、そっと扉を開けてみる。寝台の上では、カタリーナが掛布に頭まで包《くる》まって横になっていた。ヨハネスは足音を忍ばせて傍へ寄ると、妻の背中と思しき辺りを、そっと掛布の上から撫《な》でさすった。無言のまま撫でていると、背中の小刻みな震えが手に伝わった。

ごめんなさい、ごめんなさい、ごめんなさい……

掛布の中に籠《こも》る掠《かす》れ声が、幾度同じ言葉を紡いでも、ヨハネスには慰めの言葉が見つからなかった。

恐らくカタリーナは子を産めないだろうと、結婚前にティンス夫人が告白した時、ヨハネスはそれが重要な問題だとは思わなかった。可愛い容姿で憎まれ口をきく妻が創作活動に刺激を与えてくれるなら、それで十分だったのだ。カタリーナが自分との生活に何を望んでいたのかを、真剣に考えたことはなかった。

床に腰を下ろしたヨハネスは、寝台にもたれ掛かり、掛布の端から覗いているカタリーナの指先に自分の手を被せてみた。指先の冷たさが、次第に自分の手の温《ぬく》もりと混ざり合ってゆくのを感じながら、いつしかヨハネスも深い眠りの中に落ちて行った。

新教会が午前十時の鐘を鳴らした。

朝一番で港の荷積み仕事を終えたマルクは、狭い路地裏の集合住宅に戻り、そろりと寝室の扉を開けた。

貰いもののパンを早朝に食べた父親は、軽い鼾《いびき》をかいて二度寝している。当分は目を覚ましそうにないのを確かめると、マルクは戸棚の奥に隠してあった、なけなしの小銭を掴み出し、上着の隠しに入れた。

(父さん、すまない――)

店を手放してからというもの、港湾部の日雇いとして働きながら、父親を養ってきたマルクだった。しかし、日に何度も街を徘徊《はいかい》しては揉《も》め事を起こす父親の世話と、馴《な》れない力仕事を両立させるのは並大抵のことではなく、ついに雇い主から解雇通告を受けてしまったのだ。

(俺だけなら何とでもなるんだ。俺一人なら――)

心身ともに疲れ果てたマルクは、父親を置いてデルフトを去る決心をしていた。

最後にもう一度だけ父親の寝ている姿を確認する。

寝室には粗相の臭気が沁《し》みついていて、より一層マルクをやり切れない気持ちにさせた。

あとは未練を断ち切って、悪夢のような暮らしから逃げ出すだけだった。

〈銀のラッパ〉ではヤーコプの末弟が、父親から生地の捏《こ》ね方を教わっていた。あまり手先が器用ではない末弟は、同じ失敗を繰り返しては叱《しか》られている。

「ああ、今日はもう止めだ。お前は配達にでも行って来い」

職人気質の父親は、決して気が長い方ではない。

「早くしろ。とうに十時を過ぎてるぞ」

隣の作業台で黒スグリのパンを捏ね始めていたヤーコプは、半べそをかく末弟に言った。

「いいよ、配達には俺が行く。お前はこのパンを仕上げてみろ。手順は覚えているんだろう」

末弟は洟《はな》をすすりあげて頷く。

「このぶきっちょに任せるなんて、とんでもないぞ」

「そう言わず、父さんも一緒にやってみてくれ。来月には商品として売り出す予定なんだ。作り方を覚えて欲しいのさ」

ヤーコプは業務用のライ麦パンを袋に詰めると、表で店番をする妻に声をかけた。

「ちょっと配達に行ってくるよ」

「あら、行ってらっしゃい」

客の対応に追われながら、妻が目の端で夫を見送った。

店の外では、生まれて丸一年になる息子が子守娘に背負われ、丸い顔を仰け反らせて眠っている。

ヤーコプは愛《いと》おしげに息子の頭を撫でると、北東部の倉庫街に向かって歩き出した。


北東部の大通りに面した織物商店では、朝から店員を一人伴って出かけた番頭の代わりに、普段は店に顔を出さない店主が帳場を仕切っていた。

定められた出勤時間を大幅に遅刻したレーウは、渋面の店主に散々叱られた後、二階の事務机の前に座らされた。目の前には大事な出納帳が積み上げられている。数字の扱いにかけては、レーウが誰よりも迅速かつ正確であることを、店主は知っているのだ。

「おいレーウェンフック。その帳簿が終ったら、手紙の清書もやっておけよ。全くこんな日に大遅刻とはいい度胸だよな」

年長の店員に嫌味を言われても、レーウには畏《かしこ》まって見せる余裕すらなかった。生欠伸を噛《か》み殺すのに精一杯だったのだ。

（まだ十時過ぎか……昼休憩までもつかなぁ）

棚の上の時計に目をやり、こっそり俯いて欠伸をしたレーウを、先輩店員が呆れて見ていた。


厳重に鎧戸《よろいど》を閉めた倉庫の中で、数人の男たちが蠢《うごめ》いていた。

鎧戸の隙間からはデルフトの火薬庫が見えている。

「どれを運び出せばいいいんだ」

「ちょっと待て、今、箱書きを見てるところだ」

倉庫の最上階には、所狭しと樽や木箱が積み上げられており、自分たちが運び出すよう命じられたのがどの箱なのか、すぐには見分けがつかなかった。

暗い部屋の中でランプを片手に歩き回っていた男が、赤い塗料の印がついた長方形の木箱の前で立ち止まる。

「これかな……」

重い箱を引き寄せ、蓋《ふた》をこじ開けると、出て来たのは無骨なマスケット銃だった。隣の箱には黒い火薬が詰まっており、樽の中身も全て火薬である。

「ここじゃない。きっと下の階だ」

男たちはどやどやと三階の部屋に移動した。

「もう時間が無い。お前ら、赤い印がついた箱を片っ端から開けろ。皿が入っていたら大当たりだぞ」

五人ばかりの男が、積み上がった木箱の隙間を動き回る。

「暗いな。窓を開けちゃいけねぇのか」

「駄目だ。自警団の息のかかった連中が、そこいら中で見張ってると姉御が言っていた」

夜明けと同時に呼び出された男たちは、自警団の手入れが入る前に街の北東部にある倉庫へ行き、指定された荷箱を処分するよう命じられたのだ。

「こっそり内階段を使って荷を降ろしたら、裏手の運河に箱ごと沈めろとよ」

「水に漬けちまっていいのか？」

「中身は皿だから構わないんだろう。とにかく一刻も早く終わらせるようにと、マルグリットの姉御直々のお達しだ」

その名を聞いた男たちは震えあがった。直に顔を拝む機会のない下っ端でも、過去に幼い子供を含む何人もの人間を惨殺し、ヘマをした手下は死ぬまで打擲《ちょうちゃく》するという、恐るべき大姉御の名前と噂は知っていたのだ。

遠くで午前十時を告げる新教会の鐘が鳴った。

「やばいぞ、急げ！」

恐れ慄《おのの》いた男たちは全ての階に散らばり、手当たり次第に木箱の蓋を引き剝がした。しかし、開けても開けても、出て来るのは火器類ばかりである。三十分近く倉庫を荒らし回った挙句、最初に調べ始めた四階の部屋で声が上がった。

「あった。畜生め、こんな所にあったぞ！」

目的の皿が見つかったのは、火薬が詰め込まれた木箱の底だった。目隠しと緩衝材を兼ねた火薬の中に埋もれていたのだ。

「周りの箱を全部調べろ」

乱暴に火薬が搔《か》き出され、まがい物の東洋の絵皿を納めた箱が、全部で九つあると判明する頃には、倉庫の床には大量の黒い粉が撒《ま》き散らされていた。この上なく危険な状態であったが、作業の遅れを気にする男たちは、ランプを適当な場所に置いたまま、絵皿の箱を降ろす作業を始めてしまった。

「急げ、急げ。自警団が来る前に運河に沈めちまえ」

焦った男たちが倉庫の階段を上り下りするうち、木箱を担いで狭い階段を降りようとした男と、下から駆け上がって来た男の肩が激しくぶつかった。

木箱を担いだ男が体勢を崩して転倒し、弾みで横に積まれていた樽の上のランプを薙《な》ぎ払った。

「ああっ！」

誰にも止めようがなかった。

火の灯《とも》ったランプは、黒い火薬で埋め尽くされた床の上に、くるくると回りながら落ちて行った。

最初の爆発音が響いた時、ヨハネスは深い眠りの中にいた。

目を覚ましていたカタリーナが掛布の中から手を伸ばし、床で眠っている夫を揺り起こそうとする間にも、続けざまに二度目、三度目の爆音が起こり、寝室の窓がびりびりと振動した。

「な、何事だ……？」

慌てて跳ね起きたヨハネスが窓に歩み寄ろうとし、四度目の爆音と振動で床に転がった。

「戦争が始まったの？」

「まさか……いや、分からん。駄目だカタリーナ、まだ寝台から出るな」

起き上がったヨハネスが、カタリーナの上に掛布を被せたと同時に、今までとは比べものにならない轟音《ごうおん》が響き、メーヘレン亭の建物が大きく撓《たわ》んで揺れ動いた。

「きゃあっ」

「うわっ」

一度に雷が千個も落ちたかのような炸裂音《さくれつおん》であった。その衝撃で窓ガラスにひびが入り、床や天井の塗料が剝がれてボロボロと床に落下した。

「じっとしていろ」

悲鳴を上げる妻を掛布の上から押さえたヨハネスは、他に為《な》す術《すべ》もなく続けざまに起こる爆発音を聞いていた。ややあって音が途絶え始めた頃、寝室にディフナが飛び込んできた。

「あんたたち、大丈夫っ？」

「母さん、カタリーナと泊り客を頼む。俺は何が起こっているのか確かめる」

部屋から出ようとする夫をカタリーナが呼び止める。

「駄目よヨハネス！　砲撃されるかもしれないのに」

「様子を見るだけだ。すぐに戻る」

店先からマルクト広場へ出ると、外では爆音を聞いて慌てふためく者と、近くの家から飛び出してきた者とがごった返し、混乱が起こっていた。それらの人々が見上げるメーヘレン亭の裏手の空には、黒い煙がもくもくと上がり、火薬の臭《にお》いが立ち込めている。

小規模な爆発が断続的に起こる中、ヨハネスは煙の立ち昇る方角へ走り出した。だが、小運河を渡り、昨晩の捕り物の舞台となった北東の倉庫街へ行こうとしても、前方から大挙して逃げて来る人々に押し返され、前に進むことは困難だった。

『イギリス軍の急襲か』

『いや、火薬倉庫の爆発だ』

『倉庫の周辺は吹き飛ばされた』

『そこら中に火が飛んだ。こっちにも燃え広がるぞ』

倉庫街の一角で最初の爆発が起こり、吹き飛んだ屋根が運悪く、火薬倉庫の建物を直撃したのだ。

大爆発と共に猛烈な爆風がデルフトの街を駆け抜けた。周辺の家が吹き飛んだばかりでなく、八方に飛び散った火種は次々と引火し、街の北東部は瞬く間に火の海となった。

デルフト史に残る、一六五四年十月十二日の火薬倉庫爆発事故である。


逃げ惑う人々の声を拾い集めながらメーヘレン亭に戻ったヨハネスは、寝台に身を起こしていたカタリーナを抱き上げた。

「火薬庫が爆発した。今のうちに移動するぞ」

火災は街の中心部まで燃え広がるかもしれない。マルクト広場を挟んだ南側にあるティンス邸に、カタリーナを避難させておいた方が良いとヨハネスは考えたのだ。

「待って、私だけじゃなくて、お義母《かあ》さんも一緒に……」

「私なら大丈夫」

上着の袖をきりりと捲《まく》り上げたディフナは嫁に言った。

「逗留中《とうりゅうちゅう》の客もいることだし、焼け出された人たちの世話もしないとね。なに、火が迫ったら逃げるから心配はいらないよ」

あんたは実家で養生に努めなさいと、気丈な姑の声に送り出され、カタリーナはメーヘレン亭を後にした。

ヨハネスがティンス邸から戻ると、外出していた二人の逗留客が無事に帰って来たところだった。幸いどちらも掠《かす》り傷程度で、自分たちが見て来た街の様子を興奮気味に語った。

「火薬庫の周りはもう更地も同然だよ。倉庫街はあらかた爆風で飛ばされて消えちまったし、残った倉庫にも火が回って、備蓄されてた弾薬が次々に爆発している。あれじゃ消火団も近づけない」

横で話を聞いていたオハナが、堪《こら》え切れずに嗚咽《おえつ》を漏らした。

「母さん、俺やっぱり様子を見に行く」

オハナと同じことを考えていたヨハネスが立ち上がった。倉庫街にはファブリティウスの家があるのだ。

「行ったところで――」

「分かっているけど、ファブリティウス先生には本当に世話になったんだ。それに、倉庫街の隣にはレーウが働いている店もある。無事に逃げたと思うけど、行ける所まで行って見てくる」

「くれぐれも倉庫には近付くんじゃないよ。いつ爆発するか分からないんだからね」

止めても無駄と知っているディフナは、それだけを約束させて息子を送り出した。

裏口を出たヨハネスは、まだ続々と北東方面から逃げて来る人々の間を縫うように倉庫街を目指した。空には煙が立ち込め、大小の灰がぱらぱらと降り注いでいる。喉を刺す煙と強烈な臭気に、上着の袖で鼻を覆いながら十分ほど進むと、先にあるはずの倉庫街は、黒煙の向こうで元の街並みを留《とど》めてはいなかった。もはやファブリティウス邸がどこにあったのかすら判別できる状態ではなく、分かっていたとしても近付くことは不可能だった。

（そうだ、レーウの勤め先はどうなった。まさか爆風でやられたんじゃ……）

想像以上の惨状を前に立ち尽くしていたヨハネスは、嫌な予感に引き寄せられるように走り出した。路上に散乱した瓦礫《がれき》が行く手を阻み、わずかな道のりが果てしなく遠いものに感じられた。

倉庫街の西側は中世に建てられた古い屋敷が集中する地区で、レーウの働く織物商店の他にも、いくつかの老舗《しにせ》が軒を連ねていた。しかし、昨日まで美しい景観を保っていた瀟洒《しょうしゃ》な古い建物は、大部分が爆風で倒壊し、あちこちで煙が上がっていた。崩れた建物の前では、生き埋めになった家族や友人の名を叫ぶ人々が、火の手が迫る前に助け出そうと必死で瓦礫を持ち上げている。

「頼む、誰か手伝ってくれ！」

「子供が、この下に子供がいるの！」

悲愴《ひそう》な懇願を振り切って走り、見覚えのある角を曲がったヨハネスは息を呑んだ。レーウの勤めていた織物商店が、すっかり外観を変えていたのだ。

屋根が吹き飛び、二階建てだった建物が平屋ほどの高さになっている。店の左隣と裏の家も半壊し、どちらからも不吉な赤い炎が上がっていた。

（そんな、まさか……）

路上に立ち尽くすヨハネスの耳に、女の悲鳴が届いた。

「誰か助けて。お願い、誰か手を貸してぇ！」

必死の声は、絹織物商店の瓦礫の中から聞こえていた。

薄い煙で覆われた建屋の跡に踏み込むと、傾いた石壁の向こう側で動く女の姿が見えた。

「小母《おば》さん！」

そこに居たのは、レーウの母親だった。

「ああ、ヨハネス。お願いよ、アントニーが――」

髪をふり乱した母親は、一抱えもある太い梁《はり》に抱き付いている。

今にも倒れそうな壁を回り込んで近付くと、半ば店の残骸《ざんがい》に埋もれるように、梁と直角に横たわる友人の姿があった。

「おいっレーウ、しっかりしろ！」

全身に土埃《つちぼこり》を被った友人は、薄目を開けてヨハネスを見上げた。

「やあ、来てくれたんだ」

当たり前だと怒鳴るヨハネスに、微笑を浮かべたレーウが自分の状態を説明する。

「両足が梁の下にあるんだ。左足は少し動くけど、右の脛《すね》から下を挟まれてる。梁をどけないことには動けそうにない」

「分かった。先に、お前の身体を引っ張ってみてもいいか」

レーウが目を瞑《つぶ》って頷くと、ヨハネスは友人の頭側に回り、両脇の下に手を入れて、力任せに引っ張った。堪らずレーウが悲鳴を上げたが、右足が抜ける気配はない。

「こいつを何とかするしかなさそうだ。小母さん、こっちに来て一緒に持ち上げてください」

ヨハネスが梁を抱えると、レーウの母親も細腕を梁に回した。まだ秋だというのに荒れてあかぎれだらけの手だった。市外の洗濯場で働いている母親は、火薬倉庫が爆発したと知るや、息子の勤め先へと駆けつけたのだ。

「同時に持ち上げますよ。せーの！」

細身の母親はともかく、大柄なヨハネスは他人より腕力があると自負していた。しかし、全身の力を注ぎこんだところで、松の大木を丸ごと利用した梁はびくともしなかった。何度も力を振り絞るうち、体力だけが失われていく。その間にも裏手の家を焼く炎は、こちらへ赤い舌を伸ばしつつあった。

「小母さん、もう一度！」

何度試しても梁は動いてくれない。助けを呼ぼうにも、周辺に残った人々は、互いに自分の大切な人を救い出すのに精一杯だ。

気が付くと、辺りには濃い煙が立ち込めていた。紅蓮《ぐれん》の炎は裏手ばかりでなく、左の隣家からも忍び寄り、身体中で熱気を感じる程である。喉を刺激する煙にむせて手を止めたヨハネスに、同じく咳《せ》き込んでいたレーウが言った。

「もういい、ヨハネス」

「いいとは何だ、馬鹿野郎」

激しくむせながら、尚も梁を抱えようとするヨハネスを、レーウが止めた。

「もう充分だ。このままでは君まで死んでしまう。母さんを連れて逃げてくれ」

隣で母親が悲痛な叫びを上げて座りこんだ。

「お前を置いて逃げるなんて出来るものか」

「君には家族がいるじゃないか。いいから逃げるんだ」

まだ時間はある、諦《あきら》めるなと言おうとしたヨハネスの頬に、熱い火の粉が飛んだ。もう炎は目の前に迫っていた。

仰《あお》向けの姿勢から動けないレーウが首だけ捻って、瓦礫の上で嗚咽する母親を見た。それから視線をヨハネスに向ける。

「母さんを、頼む――」

それを聞いた母親は、膝で息子の傍らへ這《は》い進み、煤《すす》と涙で汚れた顔を上げてヨハネスに言った。

「あなた一人で逃げて。私はここに残るから」

「駄目だ、母さん！」

レーウが叫ぶ。

「時間が無い。ヨハネス早く行けっ」

必死の声に押され、思わず伸ばしかけた腕を、レーウの母親は激しく振り払った。

「私は行かない。だって、この子を二度も見捨てるなんて出来やしないもの」

息子と同じ大きな鳶色《とびいろ》の瞳には、涙ばかりでなく、強い覚悟の色が浮かんでいた。

（許しておくれ、今度こそお前を捨てたりしないから。ここで母さんも一緒に――）

最早一刻の猶予もなかったが、腹を決めて息子の傍らに座り込んだ母親を、強引に連れて逃げることは出来なかった。さりとて、自分一人で逃げる決心もつかないヨハネスは、進退窮まって立ち尽くした。

ぱちぱちと火が爆ぜる音が辺りを取り囲み、近くで爆発音も響いた。それらの不吉な音に混じって、かすかに人の声がした。耳をそばだてると、聞き覚えのある声がレーウの名を叫んでいる。

ヨハネスは瓦礫の山を跳び越え、石畳の道に出て滅茶苦茶に手を振った。

「おーい、バーブラさんっ、ここだぁ！」

視界を遮る煙の中から現れたのは、大女のバーブラだった。

「フェルメールさん、アントニーは――」

「こっちだ。足を挟まれて動けない」

炎が上がる瓦礫の中に飛び込んだバーブラは、すぐに状況を把握した。

「大丈夫よ。こんなもの、すぐにどけるから」

丸太の梁に手を掛けると、並んで持ち上げようとしたヨハネスを押し戻す。

「ここは私がやります。あなたは梁が浮いたら、アントニーを引っ張り出してください」

「分かった」

ヨハネスがレーウの両脇を抱えたのを確認すると、バーブラは改めて丸太に両手を回し、腕に力を込めた。上着の下で逞《たくま》しい筋肉が盛り上がったが、重い丸太はそう簡単に動かなかった。

しばらく同じ姿勢で力を込めていたバーブラは、一旦手を放し、斜めに宙へ突きだした梁の先端部へ足場を移した。

火災で起こった突風がざっと吹き抜け、舞い上がった火の粉が容赦なく降りかかった。動けないレーウの上に舞う火の粉を、母親が必死に振り払っている。

もうバーブラに躊躇《ちゆうちよ》はなかった。スカートの裾《すそ》をからげ、足を大きく開いて身を沈めると、梁を自分の右肩に乗せた。

ふんっ、と気を吐き、腕の力ばかりでなく、今度は全身の力を利用したバーブラが両足を踏ん張った。

今まで微動だにしなかった重い梁が、みしみしと軋《きし》んだ音を立てて揺れたが、それでも巨大な丸太は容易に持ち上がらない。

友人を抱えて身構えたヨハネスも、非力な母親も、固唾《かたず》を呑んで見守るしかなかった。

(頼む、もう少しだ!)

わずかながら梁が動いたと見るや、全身の筋肉に己の限界を越える力を込めたバーブラは、じりじりと身を起こし始めた。喰いしばった歯の隙間から雄牛のような呻きが漏れ、身体にぴったりした女物の上着が、盛り上がった筋肉の圧に耐えきれず、内側から弾けて破れた。

めきめきめきめきめき――

不気味な音をたてて、ついに梁が持ち上がった。

機を過《あやま》たず、ヨハネスが渾身《こんしん》の力を込めて引っ張ると、レーウの身体は梁の下から抜け出した。

勢い余って後ろの瓦礫の隙間に倒れ込んだヨハネスが、散々もがいて起き上がった時には、バーブラは気を失ったレーウを担ぎ上げていた。

「大丈夫ですか、フェルメールさん」

「なんとか」

頷きながら見回せば、辺りはすでに火の海である。

「小母さんと先を行ってください。私は不案内ですから、後ろに付いて行きます」

「よし」

ヨハネスは、レーウの母親の手を引くと、わずかに火の手が緩んだ西の方角に向けて走り出した。


丸三日くすぶり続けた火は、四日目に降った雨でようやく鎮火した。

まだ街中に火薬と木の焦げる匂いが充満していたが、雨が上がったデルフトの上空には、久しぶりに青い空が広がっていた。

どの方角にも灰色の煙が上がっていないことを確認したヨハネスは、裏の小運河と外台所との間を何度も往復し、洗濯用の水を溜め始めた。

「俺にも手伝えることはないか」

頭に白い包帯を巻いた男が、店の奥から出て来て声をかける。

「無理するなよ、マルク。今朝も街中を探し回ったばかりだろう。少し親父さんの横で休んだらどうだ」

「親父なら、嬉しそうに小母さんの手伝いをしているよ」

マルクは裏庭の隅にあった、縄付きの小桶を手にして言った。

「悪いな、親子で世話になって……」

「こんな非常時に、気にするな」

メーヘレン亭には、家を失った知人が身を寄せている。その中には傾いた集合住宅から逃れてきたマルク父子も含まれていた。

あの日、一人で街を去ろうとしたマルクは、港で客船の出航を待つ間に爆発音を聞き、慌てて家に駆け戻っていた。集合住宅のある裏通りで、逃げ惑う人々の間でもみくちゃになっていた父親の手を摑《つか》むと、死に物狂いで街を駆け抜けた。落ちてきた煉瓦が頭に当たったことも気付かないまま、我に返った時には、父親を背負ってメーヘレン亭の前に立っていたのだった。

「頭の傷は大丈夫だ。眩暈《めまい》もしなくなった」

マルクが運河の水を汲《く》み上げて運ぶと、ヨハネスは受け取った水を外台所の大甕《おおがめ》にぶちまけた。

「これが済んだら、俺も倉庫街の焼け跡に行ってくる」

「例の、画家先生か……」

倉庫街にあったファブリティウスの家は、最初の爆発で倒壊し、跡形も残らず焼き尽くされていた。ファブリティウスも、妻や見習いの小僧たちも、アトリエに残っていた彼の作品も、焦土を覆う灰となってしまったのだ。

それでもヨハネスは、敬愛する画家の痕跡を探さずにはいられなかった。もう一人の友人の姿も……

「ヤーコプの親父さんは今朝から仕事を再開したそうだな」

硬い表情で頷いたマルクも、桶の水を激しくぶちまけた。

「配給用のパンを焼くよう、役所から命令があったのさ」

「だったら俺たちが中心になってヤーコプを探そう。今朝も倒れた建物の中から子供が救出されたそうだし、初等学校の校舎にも、身元不明の怪我人が沢山運ばれたらしい」

「ああ、きっと見つかるさ。あいつのことだ、今夜にでも、とぼけた顔でひょっこり帰って来るかも知れん」

だが、北東部へパンの配達に出かけたヤーコプは、二度と家族の待つ〈銀のラッパ〉に戻ることはなかった。

事故からひと月が過ぎる頃、メーヘレン亭に避難していた知人たちは、大半が新しい住処《すみか》を決めて去って行った。マルク父子のように、何とか別の住処を見つけた者もあれば、家も仕事も失って、近隣の街に転居する者もいた。

狭いデルフト市の三分の一近くを焼失し、千人もの死者を出した大事故である。完全復興まで何年かかるか、誰にも予想はつかなかった。

漠然とした不安を抱え、ヨハネスは朝霧が立ち込める広場を歩いていた。実家で養生を続けるカタリーナを見舞うのは、夜が明けきらない朝か、日没後と決めている。晩秋の貴重な昼間は画業に集中しなくてはならないからだ。

マルクト広場を横切ると、運河の橋の向こうから痩せた中年女が駆《か》けて来た。ティンス邸の召使いであった。

「どうした、タンネケ」

「フェルメール様、お嬢様を見ませんでしたか」

タンネケの顔は青ざめていた。カタリーナが家を飛び出してしまったと言うのだ。

「いつ?」

「つい今しがたです」

「まだ遠くへは行ってないな。俺は港の方面を探す。あんたは焼跡を――」

「焼跡へはオハナが走りました。近所は奥様が」

「だったら、それ以外のところを探してくれ」

なぜ家を出たのかは尋ねなかった。腹の子が流れて以来、カタリーナが情緒不安定であることは、家族全員が認識していたのだ。

薄靄《うすもや》に包まれた早朝の街を駆け抜け、ヨハネスは妻の姿を探した。街壁の門を過ぎてスヒーダム港を見渡すと、白く霞《かす》んだ埠頭《ふとう》をふらふらと歩く女の後ろ姿があった。

「カタリーナ！」

走りながら叫んだ声が、船の霧笛にかき消される。

「待つんだ、カタリーナ。どこへ行くつもりだ」

背後から腕を摑んだが、カタリーナは振り返らなかった。

「私、ヨハネスに会いにゆくわ。会って謝らないと――」

「俺はここにいるぞ！」

張り上げた声も、カタリーナの耳に届かない。

「あの人は地獄に行ったのよ。きっと私の赤ちゃんも、あの人が連れて行ったのだわ」

冷たい水の中へ落ちないように、ヨハネスは埠頭の縁からカタリーナを引き離した。

「ごめんなさい。悪いのは私よ、赤ちゃんに罪はないの。だからヨハネス、連れて行かないで」

「しっかりしろ、カタリーナ。俺はここだ」

ゆっくりと振り返ったカタリーナの視線はヨハネスを素通りし、見知らぬ世界の中を漂っていた。

「やっと眠りました。当分はオハナに見守らせます」

二階から降りて来たティンス夫人が、小声で娘婿に言った。

老齢の薬師は、薬湯を飲ませて様子をみると、カタリーナの錯乱が一時的なものだと診断して、家族を安堵させた。ただし、今後も気が昂《たかぶ》ることはあるだろうから油断しないようにと、釘《くぎ》を刺して帰って行った。

「ヨハネス、こちらへ――」

呼ばれていつもの内台所に入ると、ティンス夫人は一通の手紙を八角形のテーブルの上に置いた。

「私宛《あて》に届いた手紙です。その場で燃やせばよかったものを、つい暖炉の上に置き忘れてしまって……」

「カタリーナが読んだのですか」

「私の不注意です。宛名を見て兄の筆跡だと気付いたのでしょう」

肩を落としたティンス夫人は、テーブルの上の手紙をヨハネスの前に滑らせた。

「あなたが読み終わったら、火にくべます」

カタリーナの兄、すなわちウィレムが書いた手紙の本題は、デルフトの爆発事故に対する見舞いと、母と妹を気遣うごく普通の内容だった。続けて自分の健康状態についてのくだりがあり、当面ハウダの実家で大人しく暮らす旨を伝えていた。問題はその後に綴《つづ》られた追伸であった。手紙の余白には、ヨハネスが死んだと書かれていたのだ。原住民に毒矢を射られて殉教したと。

テーブルに戻した手紙を、ティンス夫人は暖炉に投げ入れた。灰になるのを見届けてから重い口を開く。

「手紙に書かれたヨハネスとは、無論あなたのことではありません。私たちがハウダで暮らしていた頃、カトリックの隠れ教会を訪れた修道会士の名前です」

当時のハウダ市長の親類にあたる修道会士は、まだ若く美しい青年僧だった。ハウダの隠れ教会を拠点とし、プロテスタント国となったオランダで密《ひそ》かに伝道の旅を続ける修道会士に、当時ほんの小娘だったカタリーナが淡い憧《あこが》れを抱いたのだ。

修道会士が旅から戻って来るたび、カタリーナは隠れ教会に入り浸った。修道会士の側も、自分の説教にうっとりした顔で聞き入る小娘を憎からず思っていた。親の方針に従い、少年期から戒律の厳しい僧院で過ごしてきた修道会士にとって、娘の率直な眼差《まなざ》しは眩《まぶ》し過ぎたのかもしれない。

周囲の信者たちも、二人の間に交わされる特別な視線に気付いていたが、清浄の誓いを立てた修道会士に限って間違いはないものと考えていた。

しかし、間違いは起こった。まだ十四歳だったカタリーナの妊娠が発覚したのだ。

困惑したハウダ市長と、隠れ教会の神父が、カタリーナの父親を交えて話し合った結果、若い修道会士は南ネーデルラントの僧院へ去り、赤ん坊がこの世に生まれて来ることもなかった。

その後、半年も寝付いたカタリーナが回復すると、事情を知る信者の中には、修道会士との関係を聞こえよがしに皮肉る者もいた。

だがカタリーナは恥じ入る様子を見せなかった。それどころか青ざめた顔を上げ、口さがない隣人たちに傲然と言い放った。

「そうよ、私が誘惑したの。でも、あの人は立派な修道会士だった。堕落させることなんて出来なかったわ。神さまが連れて行ったのは、別の男の子供よ」

教会の信者仲間に会うたび、カタリーナは自らが淫《みだ》らな女であることを吹聴した。崇拝していた修道会士に破戒の罪を負わせるよりは、一切を自分が背負うと決めたのだ。

のちに夫と離婚したティンス夫人が、カタリーナを連れてデルフトに引っ越したのは、ハウダの上流社会で居場所を失《な》くした娘の為でもあった。

「教会の断罪を逃れたヨハネスは、数年かけてヨーロッパの聖地を巡礼したそうです」

修道会士の弟と、カタリーナの兄のウィレムが友人だったことから、その後の消息はウィレムを通じてもたらされた。巡礼を終えた修道会士が、宣教師として新大陸へ渡ったことも、カタリーナは知っていたのだという。

「ウィレムのやることはいつも裏目にでます。あのヨハネスが亡くなったことなど、わざわざ書き添える必要はないものを――」

妹が実家にいることを知らなかったウィレムに罪はない。自分より先にカタリーナと出会ったもう一人のヨハネスに対しても、負の感情は湧かなかった。

（きっと、そいつも生真面目《きまじめ》な男だったのだ……）

周囲の者が不祥事を隠蔽《いんぺい》したところで、神は全てを御見通しである。罪を恐れて生きるより、新大陸の奥地へ赴くことを男は選んだ。人跡未踏の密林が広がるアマゾン川流域は、開拓者から緑の地獄と呼ばれていた。

「若奥様、若奥様っ！」

悲鳴に近い女の声が思考を中断させた。どたばたと縺《もつ》れ合う足音が部屋の外で響く。

急いで廊下に出ると、オハナを突き飛ばしたカタリーナが、またしても外へ飛び出そうとするところだった。

「待て、どこへ行くつもりだ」

抱き止めた腕の中で、カタリーナは激しく足掻いた。

「聞こえるの。泣いているわ。私の赤ちゃんよ。私とヨハネスの赤ちゃんよ」

それがどちらのヨハネスなのかを悩む必要はなかった。カタリーナを現実に引き戻せるのは、もう自分しかいないのだ。

「お前は疲れてるんだ。まだ横になっていないと」

「聞こえるのよ。泣いているわ」

「空耳だ。早く部屋に――」

「待ってくださいフェルメールさん。私にも聞こえます」

振り返ると、ティンス夫人に助け起こされたオハナが、壁に肩を預けてこちらを見ていた。

「本当に赤ちゃんの声がします」

動きを止めた若夫婦の横をすり抜け、ティンス夫人が玄関の扉を開けた。吹き込む木枯らしに混じって、廊下にいた全員の耳に、仔猫《こねこ》のようなか細い声が聞こえた。

外に出た夫人は、柳の籠《かご》を抱えて戻って来た。籠の中にいたのは子猫ではなく、本当に人間の赤ん坊だった。薄汚れた布で包まれた赤ん坊は、皺《しわ》くちゃの顔で泣いている。

「私の赤ちゃん！」

夫の腕を振り払い、カタリーナは籠の赤ん坊を抱き上げた。

「よしよし、寒かったでしょう可哀相《かわいそう》に。早く暖かいお部屋へ行きましょうね」

赤ん坊を抱いたカタリーナが、暖炉のある内台所へ入って行くのを見送ると、残された面々は互いに顔を見合わせた。

玄関先に置かれていた赤ん坊が、これで何人目かとなる捨て子であることは間違いなかった。火薬倉庫の爆発があってからというもの、隣の隠れ教会には、親を失った大勢の子供が預けられている。隣家と間違えて、ティンス邸の前に子供を置いて行く粗忽者《そこつもの》が増えても不思議ではなかった。

扉を細く開けて内台所を覗《のぞ》くと、暖炉前の床に座ったカタリーナが赤ん坊をあやしていた。

（今までどこにいたの。母様はずっとあなたを探していたのよ。もう決して離さないからね）

眠り始めた赤ん坊に、カタリーナは同じ言葉を繰り返し聞かせていた。満ち足りた母の顔をして。

⚘

昼下がりのメーヘレン亭で、オハナは自ら申し出て店の掃除をしていた。冷たい水ですすいだ布を絞ると、何度もテーブルを拭《ふ》き清め、椅子を拭い、最後に床石まで磨き込んだ。

「もう充分だ、オハナ。迎えが来る前に着替えて来い」

「分かりました」

掃除道具を片付けたオハナが二階に消えると、店の表口から、ひょっこりレーウが姿を現した。

「やあ、遅れたかと思ったけど、間に合ったようだね」

「もう来る頃だ。適当に座って待ってろ」

奥の椅子まで歩くレーウの手には、杖が握られている。

事故から五か月が経ち、梁の下敷きとなった右足にも徐々に力が入るようになっていた。牧羊犬のようには走れないかもしれないが、いずれ杖なしで歩けるようになると、ベイクマン医師も太鼓判を押している。

男二人でぼんやりと待っていると、ディフナに付き添われたオハナが店内に戻って来た。

「うわぁ、すごく綺麗だ。どこの美人さんかと思ったよ」

素直に賞賛の声を上げたレーウに、オハナは恥ずかしそうに感謝の眼差しを向けた。

オハナが着ているのは、ティンス夫人が用意した衣装だった。カタリーナが何度か袖を通しただけで仕舞い込んであったものを、オハナの体型に合わせて縫い直した上等の外出着である。

年が明けて十五歳になったオハナは、小柄で細身ながら美しい娘に成長していた。

「こんなに良くして頂いて、皆さんには何とお礼を言っていいのか分かりません」

「もういいんだよ。お礼なら今朝ティンス夫人と一緒に、散々聞かせて貰ったからね。あんたがつつがなく旅を終えて、向こうで幸せに暮らしてくれたら充分なんだから」

母親の言葉に、ヨハネスも心から賛同して頷いた。本当は着飾った姿も褒めてやりたかったが、レーウに先を越されてしまってからでは、みっともない気がして言えなかった。

「それじゃヨハネス。あとは頼んだよ」

そう言うと、ディフナは階段を上がって姿を消した。

「いよいよだな」

「はい、フェルメールさん」

緊張を含んだ顔でオハナは頷いた。今日限りでデルフトを去り、亡き父親の雇い主だったスハイク氏に引き取られるのだ。

昨年末に、東インド会社の連絡員を名乗る男が現れ、スハイク夫妻がオハナを引き取りたがっている旨を伝えた。祖父のクロール爺さんが亡くなり、オハナが孤児になったことが、時間をかけて遠いバタフィアまで伝わったのだった。

スハイク氏といえば、東インド会社の十七人会に次ぐ重役として、バタフィアに駐在する大商人である。オハナの将来を考えれば、またとない結構な話だ。しかし、この国での生活に馴染んだ頃に、またしても気候や生活習慣が大きく異なるバタフィアへ送り出すのは如何《いかが》なものかと、ティンス邸とメーヘレン亭の大人たちは躊躇《ちゅうちょ》した。大海の果てのバタフィアは、ヨーロッパ経済の中心地となったオランダで暮らす人々には、異文化の野人が跋扈《ばっこ》する未開の地としか思えなかったからだ。

だが、オハナは迷わずバタフィアへ帰ると返事をした。『行く』ではなく『帰る』と言ったのだ。

『私にはオランダ人の血が半分流れていますし、デルフトの方々にはとても親切にして頂きました。だけど、やっぱりバタフィアに帰ろうと思います』

よくよく考えるよう諭す大人たちに、オハナは言った。

『皆さんが仰《おっしゃ》るように、バタフィアにはこんな立派な街も、便利な暮らしもありません。暑い日差しと、青い海があるだけです。でも私は何よりも海が恋しいのです。波頭の立つ海を船で帆走し、島々を巡る生活が懐かしくて仕方ないのです』

バタフィアこそが我が故郷なのだと言うオハナを、それ以上引き止める理由はなかった。

「邪魔するぞ」

開け放した店の出入り口から、つばの広い帽子を被った男が顔を覗かせた。

「おや、ホッブスさん」

現れたのは自警団のホッブス隊長だった。

「スハイクさんの代理人をお連れした。どうぞ、ご老人」

続いて現れたのは、旅芸人を名乗っていた異国の老人だった。

「その節は大変お世話になりました。お礼を申し上げる暇もなく姿を消した上、今度はこのように唐突に現れて、さぞ驚かれていることでしょう」

言われるまでもなく、ヨハネスもオハナも、奥の椅子に座っていたレーウも、丸い目をして老人に見入った。

「いろいろ事情が込み入っていてな。これから順を追って説明するが、例の事件の真相にも関わる話なので、君たち以外の者には遠慮してもらうよう伝えたんだ」

ホッブスは、店で一番大きなテーブルに一同を集めて座らせると、まず自分の関わりから話し始めた。

「スハイクさんとは、あの人がまだデルフトの商人だった頃に知り合った。俺が用心棒を気取って、勝手について回ってたんだ」

アムステルダムで一旗揚げたスハイク氏が、東インド会社の役員になってからは、正式に護衛として仕えた。後日、スハイク氏が家族を連れてバタフィアに駐在することが決まった時、ホッブスは紹介状を貰ってデルフトに戻り、自警団の専属団員となったのだ。

「なぜ一緒にバタフィアへ行かなかったんですか」

自分なら迷わずついて行くのにと言うレーウに、ホッブスは軽く肩をすくめ、自分は死ぬほど船酔いするのだと明かした。

「代わりに同じデルフト出身の男が、新しい護衛となった」

ホッブスは、正面に座っているオハナを見た。

「入れ違いだったので会ったことはないが、おそらく君の父上だ」

オハナの父、ヘラルト・クロールは、親元を飛び出して傭兵《ようへい》になった後、スハイクの用心棒としてバタフィアに渡ったのだ。

「俺の話はそれくらいにして、改めてご老人を紹介しよう。前回は楽器を鳴らす旅芸人に身をやつしておられたが……」

ふ、ふ、ふ、と、老人が含み笑いをした。

「しがないマラッカ商人で、アルデシャーと申します。オランダ東インド会社とは、かれこれ十年以上のお付き合いで、バタフィアのスハイクさんとも懇意にさせて頂いております」

港湾都市マラッカについて、ヨハネスはその繁栄ぶりをオハナから聞いている。

「謙遜《けんそん》しておられるが、ご老人はアジア一帯の沿岸部を股《また》にかける大商人だ。東インド会社の役員が、わざわざアムステルダムに呼び寄せるほどのな」

アルデシャー老人の本拠地はマラッカだったが、東アジアの各地に支社を置き、多様な商品を扱っていた。中でも中国の絹と陶磁器においては独自の入手経路を確保し、老人の胸三寸で仕入れ値が変動することは、遠方から買い付けに訪れるヨーロッパ商人の間で周知の事実だった。

「もう仕事の大半は息子たちに任せています。気楽な隠居の身となった私は、お招きを受けたのを幸い、死ぬまでに一度は見ておきたかったヨーロッパへやって来たのです。ところが世話人の案内でオランダ各市を回っておりましたところ、連れの一人がロッテルダムで忽然《こつぜん》と姿を消してしまいました。中国の廈門で雇った、蔡子衛《さいしえい》という名の男です。気が利く上、ヨーロッパ言語にも通じているので同行させていたのですが……」

オランダ語が堪能な蔡は、一人で夜の街に出かけたきり、翌朝になっても戻ってこなかった。数人の男たちの手で船に乗せられたという情報があったが、蔡の行方は分からなかった。

「東インド会社を通じて各市に触れを回して貰いましたが、半年過ぎても蔡は見つかりませんでした。もう諦めかけていた頃、妙に値の安い東洋磁器が、オランダ各地で出回り始めたとの噂を聞いたのです」

国内で売られる東洋磁器のほとんどは、東インド会社が船に乗せて運んできた貴重品である。特に中国で輸出禁止令が出されて以降、流通量が減ったはずの東洋磁器が、値下がりして市場に並ぶなど有り得ないことだった。

事態を重く見た東インド会社は、安価で販売されている磁器を買い集め、その鑑定をアルデシャー老人に依頼した。老人は東洋磁器の目利きとしても知られた存在だったのだ。

鑑定結果は大方の予想通りだった。安値の磁器は全てがまがい物と断定された。

「非常に良く出来た偽物でしたよ。あれだけの品がヨーロッパで製造されたとは、正直申し上げて信じがたい程の出来でした」

白い長鬚を片手でしごく老人は、どこか楽しげだった。

「破面の状態からして、まだ磁器とは認められませんが、限りなく磁器に近い焼き物であることは確かです」

そもそも磁器とは、カオリンと呼ばれる成分を含んだ白陶土を、千二百度以上の高温で焼き上げた、堅くて吸水性のない焼物の総称である。ヨーロッパにはデルフト陶器に代表される高品質の陶器を焼く技術はあったが、惜しむらくは磁器の原料となる白陶土が発見されていなかった。

「その白陶土らしき土を手に入れたのが、例のゲラントだったというわけだ」

ホッブスが話を途中で引き取った。

「済みませんご老人。ここで我々の事件の顚末《てんまつ》を挟ませて頂いても宜しいでしょうか。そうでないと話が見えにくいでしょうから」

アルデシャー老人が鷹揚《おうよう》に頷くのを見て、ホッブスはデルフトで起こった一連の事件について語り始めた。

「君たちもおおよその見当は付いているだろうが、今回の事件の発端はローベン氏に成り済ましたゲラントだ。ロッテルダム郊外の農場で自業自得の火傷を負ったゲラントは、逃亡先のフランスで死んだと思われていたが、どっこい死んでなどいなかった。重い傷を癒《いや》しながら、次なる商売を考えていたのさ」

ゲラントの母親は由緒ある貴族家の出身で、フランス中部に所領が残されていた。ゲラントもその領地のどこかで白陶土を採取していたものと思われるが、残念ながら他国のことゆえ、詳しく調べることは出来なかった。

（確かウィレムが、フランスに一年近くも派遣されていたと言っていたな。街の名前も聞いた気がするが……）

ヨハネスが思い出せなかった街の名はリモージュである。

フランスのセーブル窯は、ヨーロッパで初めての磁器を焼成したことで知られている。ただし、初期のセーブルは陶土に含まれるカオリンの割合が少なく、正確には軟質磁器に分類されるものだった。真正の硬質磁器が焼かれるのは、カオリン含有量の多い白陶土が発見された以降の一七六八年頃のことだ。その土を産出した街がリモージュだった。

歴史上の発見より百年以上も前に、リモージュで白陶土を見たゲラントは、それが噂に聞いた磁器の原料となる土だと気付いた。若い頃に知り合ったベネチア商人から、東洋の焼き物に関する知識を得ていたのだ。

農場での忌まわしい事件を世間が忘れ始めた頃、ゲラントは不自由な身体を押してオランダに戻り、デルフトで暮らす妹の元を訪ねた。寝たきりの夫を看病する傍ら、実業家として成功した妹の本業は、小銃から大砲まで取り扱う武器商人だった。

「では、ゲラントの妹とは――」

「ローベン夫人と呼ばれている女だ」

自警団が調べたところ、ゲラントが妹を訪ねたと思われる時期に、ローベン氏が危篤状態となっていたことが分かった。

「本物のローベン氏が亡くなったことを幸いに、密かにゲラントが入れ替わったのだろう。奴は悪評に塗《まみ》れた名前を捨て、慈善家のローベン氏として生きることにしたのさ。程度の差はあれ、どちらも右半身に重い火傷を負っていたから思いついたのだろうな」

本物が亡くなった事実を隠すため、それまでローベン邸で働いていた家人たちは、全員追い出されることになった。後にローベン邸の家政を仕切ることとなった女中頭は、若い頃からゲラントの傍にいた情婦であったと思われる。

各地に散っていたゲラント一味を召還し、新しく集めた手下も含めて統括したのは、妹のマルグリットだった。同じ緑の瞳をした兄妹《きょうだい》は、悪行をものともしない気質さえ似通っていたのだ。

「優しげな外見に似合わず、えらく残忍な気性の女でな。手下の荒くれた連中も、マルグリットの名を聞くと震え上がっていた。ゲラントが農場を経営していた頃も、子供たちを斡旋《あっせん》し、監督していたのはマルグリット、つまりローベン夫人だったと思われる」

「怖い女性だったよ」

ヨハネスの隣で、それまで黙っていたレーウが口を開いた。

「働きの悪い子は穢い言葉で罵《ののし》られた上に、容赦なく鞭打《むちう》たれた。少しでも反抗した子は、もっと恐ろしい目にあった。年長の子供が逃げようとして捕まったことがあったけど、その子は馬に繋《つな》がれて、農場中を引きずられた。僕らはその子が死ぬまで見物させられたんだ。みんな気を失いそうだったけど、あの女性は最後まで薄笑いを浮かべて見ていたよ」

真相を聞いたヨハネスには、妙に腑《ふ》に落ちる事柄があった。恩師ファブリティウスが描いた肖像画である。

実物のローベン夫人と、自分がカンバスに描いた夫人とが一致しないと言って、ファブリティウスは煩悶《はんもん》していた。今思えば、画家の鋭い観察眼は、慈善家の顔の下にあるローベン夫人の本質を無意識のうちに見抜き、肖像画に反映させていたに違いない。だが、そんな稀有《けう》の天才画家はもういない。

ファブリティウスだけではない。ローベン夫人も、ローベン氏に成り済ましたゲラントも、その情婦の女中頭も、デルフトの街からいなくなった。未曽有《みぞう》の事故は、選《え》り好みすることなく大勢の命を持ち去ってしまったのだ。

「話を元に戻そう。兄のゲラントが思いついた、東洋磁器そっくりの焼き物で一儲《ひともう》けする計画を、妹のローベン夫人が実行したところからだ」

デルフトには磁器を焼くのに都合の良い窯場が沢山あったが、人知れず偽物を造らせる為に彼らが選んだのは、老舗のビール醸造所だった。やる気のない跡取り息子に金を握らせ、〈大熊座〉の看板を隠れ蓑《みの》にして、醸造場の中を窯場へと造り変えたのだ。

磁器の製造には、誘拐した地元の陶工をあたらせた。密かにフランスから運んだ白陶土と、見本となる本物の東洋磁器を陶工たちに与えたが、焼き上がるのは磁器とは程遠い代物ばかりだった。

拉致されたとはいえ、陶工たちも玄人の職人である。目の前の美しい磁器に少しでも近いものを造ろうと、日々努力を重ねた。しかし一年近くが経過しても、好事家の目を誤魔化せるまでの焼き物にはならなかった。そんな時、東洋磁器の製造工程を知る中国人が連れてこられたのである。

「それが、私の連れの蔡子衛です」

青い瞳を半眼にして、静かに話を聞いていた老人が口を開いた。

「蔡は福建省の泉州で焼き物を扱う商人の息子ですが、成人するまで母親の郷里だった徳化《とくか》村の窯元の家にいたのです」

景徳鎮ほどの知名度はないものの、徳化は陶磁器の一大産地であり、白磁の生産も盛んだった。

幼少期から窯場に出入りしていた蔡は、磁器がどのように造られるのかを知っていた。成人後は港湾部の泉州へ出て父親の商売を手伝うようになったが、磁器に関する知識は本職の陶工並みに持ち合わせていた。

「それが蔡の自慢でした。酒が入ると決まって故郷の話をする癖があり、ロッテルダムの酒場でも声高に徳化窯の話をしていたそうですから、居合わせたゲラントの一味に目をつけられてしまったのでしょう」

〈大熊座〉の工房に連れて来られた蔡は、オランダ人陶工たちと協力して磁器の製造にあたることになった。白陶土や釉薬に関する知識を伝授するだけではなく、より高い焼成温度を保てるようデルフトの窯に改良を施した結果、数か月後には軟質磁器に近いものが出来上がったのだった。

「まがい物の東洋磁器を見たとき、これは蔡が焼いたものに違いないと確信しました。生きて囚《とら》われているなら何としても助け出さねばなりません。そこで私も一計を案じることにしました」

東インド会社の調べで、偽物はホラント州を中心とした都市部で流通していることが分かっており、陶器の生産地であるデルフトで焼かれているのではないかと推察された。

そこで、アルデシャー老人は異国の旅芸人に身をやつし、楽器を鳴らしてデルフトの街を歩くことにした。ある時は一人で、またある時は連れの少女を伴って。念には念を入れ、デルフトだけでなくアムステルダムやハーグの街まで歩いた。

「仕事に明け暮れた私の、唯一の楽しみが音楽です。特に中国楽器が好きで、周囲の者にも習わせていました。蔡は笛が上手で、よく私の琵琶と合わせたものです」

マラッカから持参した中国楽器を演奏して歩けば、どこかで蔡の耳に届く筈だ。助けが近くに来ていると知れば、必ず何らかの手段で自分の居場所を知らせるだろうと、アルデシャー老人は踏んだのである。その策略は当たった。蔡が合図を送って来たのだ。

ふふ……と、老人の隣でホッブスが含み笑いを漏らした。

「ベイクマン先生が落胆していたよ。フクロウの正体が土笛だったとはね」

「えっ、では、あの時の鳴き声は――」

医師と一緒にフクロウを探し回った若者たちが、ほぼ同時に声を上げた。

フクロウの鳴き声かと思われたのは、蔡がこっそり陶土を捏ねて焼いた土笛で、中国の音階を吹奏した合図だった。

「さて、名残惜しいことではありますが、私どもはお暇《いとま》しなくてはなりません。よろしいですかな、お嬢さん」

場を締め括《くく》った老人がオハナに言った。

「少しだけ待っててください」

席を立ったオハナは、店の片隅に置かれた荷物の上から平たい木箱を取り上げると、そっとヨハネスに差し出した。

「どうぞ、お受け取りください」

「お前が大切にしていた皿じゃないか。こんなの受け取れないぞ」

それはオハナが祖父の家から持ち出した、唯一の私物であった。

「私が置いて行けるのはこれだけです。バタフィアに帰れば、もうオランダに来る機会は無いかもしれません。この街で私が暮らした証《あかし》として、残せる物はこれしかないんです」

ヨハネスの前に置かれた箱を、陶磁器の目利きであるアルデシャー老人が、興味深げに覗き込んだ。

「見せて頂いてもよろしいですか」

木箱の中に入っていたのは、以前にも見た通り、焼成前の乾いた土の皿だった。

「おやおや、これは……」

首を傾《かし》げた老人に、オハナが慌てて箱から皿を取り上げた。

「うっかりしていました。このままでは駄目なんです」

そう言うと、奥の厨房《ちゅうぼう》を抜けて外台所へと走って行く。やがて聞こえてきた水音に、一同は顔を見合わせたが、老人だけが笑みを浮かべて立ち上がった。

「我々も行きましょう。面白い物が見られるかもしれません」

皆が勝手口の外に出ると、流しの前でオハナが皿を洗っているところだった。焼き上げる前の皿を水で洗えば、陶土が溶けて崩れてしまう筈だったが、驚いたことに、束子《たわし》で擦った土の下から現れたのは、光沢のある白い焼物だった。

『木の葉は森の中に隠せと言うからな。皿は土の中が安全だ』

孫娘の宝物である皿が、盗人や借金取りに狙われないように、クロール爺さんが陶土に塗り込めて細工していたのだ。

土を綺麗に洗い流し、本来の姿を取り戻した皿をオハナの手から受け取った老人は、五色の鮮やかな彩色が施された表面だけでなく、裏の高台まで丹念に眺めて尋ねた。

「どこで手に入れました？」

「父が亡くなった廈門です」

オハナの父親は中国の廈門で、現地の騒動に巻き込まれたスハイク氏を庇《かば》って殉職した。日本に向かう途上の出来事であり、日本人を母に持つオハナも同行していた。

父親の遺言で、廈門からオランダの祖父の元へ行くことになったオハナを、出航前に一人の男が訪ねてきた。オハナの母親と血縁があるという男は、故郷の日本で仕入れたばかりの色絵皿を、餞別として贈ったのだ。

「ほほう、これは日本の色絵でしたか」

老人が感嘆の声を上げた。

「以前から日本産の陶器は、東南アジアで人気の商品となっていました。ただ、磁器に関しては、中国の品物と比較にならない未熟な代物とばかり思っておりましたが……」

乳白の生地に五色の絵柄が冴《さ》える皿を、矯《た》めつ眇《すが》めつしながら、マラッカ商人の青い目は、早くも次なる商機を見出していた。

「これは現地に戻り次第、スハイクさんと相談しなくてはなりません。中国の貿易禁止令もいずれは解除されるでしょうが、その前に日本産の磁器に目を向ける必要があるようです。まだ欠点も残されていますが、買い手側の注文次第では、もっと洗練された品物になる余地があります」

それまで素地が厚い素朴な染付を焼くのが精一杯だった有田の磁器は、初代酒井《さかい》田《だ》柿《かき》右《え》衛門《もん》が、日本初の色絵付に成功したことで、大きな進化を遂げていた。

鎖国体制下の日本において、ヨーロッパで唯一、出島での交易を許されていたオランダが、大量の色絵磁器を買い付けた記録が残っている。出荷港の名を取って、伊万里《いまり》と呼ばれた磁器は、品質に厳しいオランダ人を顧客とすることで、その技術と芸術性を飛躍的に高めてゆくことになるのだ。

「こんな貴重な物を、うちに置いて行っていいのか？」

「構いません」

オハナは明るい顔で言った。

「贈ってくださった方を偲《しの》んで大切にしてきましたが、向こうへ帰れば本人に会えるんです。今度は私が会いに行くつもりです」

少女の心は、灰色の雲に覆われたオランダ低地を離れ、青い空と青い海に囲まれた眩しい世界に向けられていた。

「もしかして、お嬢さんに日本の磁器を贈ったのは、鄭《てい》氏の若者ではありませんか」

たちまち少女の顔が輝いた。

「やっぱりお爺さんは成功《せいこう》をご存知だったのですね」

「よく存じておりますよ。福建沿岸に出入りする商人で、鄭成功《ていせいこう》の名を知らない者はいないでしょう」

福建省の海商だった父親と、日本の平戸藩士の娘との間に生まれた鄭成功は、この時期、清王朝側についた父親と袂《たもと》を分かち、明王朝に忠誠を誓って遊撃戦を繰り返していた。国性爺合戦《こくせんやかっせん》の主人公としても知られる鄭成功の活躍は、また別の世界の物語である。

皿がメーヘレン亭の戸棚に収まるのを見届けると、ホッブスは外で待機していた部下を呼び入れ、オハナの荷物を運ぶよう命じた。

「あの大きな包みは、絵画でしょうか」

厳重に梱包《こんぽう》されたカンバスが運び出されるのを見たアルデシャー老人が、ヨハネスに尋ねた。

「俺の描いた絵を一枚持たせることにしたんです。長旅の邪魔かとも思ったのですが」

老人が面白そうに目を細めた。

「あなたは宿屋のご主人と伺っておりましたよ」

「本業は芸術家の端くれです」

描き溜《た》めていた数点の絵の中から、オハナが選んだのは〈受胎告知〉だった。ヨハネスが初めて光の表現を取り入れて完成させた力作である。

カタリーナが流産した日から、アトリエの片隅で裏向きにされていたこの作品を、オハナはバタフィアへ持って行くと決めた。絵の中に描かれた大天使ガブリエルの横顔が、少しだけヨハネスに似ているからと言って。

「手持ちのラピスラズリを使い切って描いた絵です。なるべく無傷でバタフィアまで運んでください」

「気を付けて運搬しましょう」

承諾した後に、老人が言った。

「顔料用のラピスラズリがご入用でしたら、オランダ東インド会社を通してデルフトまで届けさせるよう手配しますよ。私の本家筋がインドのムンバイで宝石商をしております。恐らく市価の半値以下でお届け出来るでしょう」

息を呑むヨハネスに、ここだけの話ですよと、老人が小声で付け加えた。

荷物を担いだホッブスたちが先に行ってしまうと、老人はオハナの肩に手を置き、店の玄関へ向かった。途中まで見送るつもりのヨハネスとレーウも一緒に歩き出す。

午後のマルクト広場には、相変わらず沢山の露店が並び、買い物を楽しむ客で賑わっている。

人ごみを縫って歩くヨハネスの視線の端に、マルク父子の姿が垣間見《かいまみ》えた。

港の日雇いを辞めたマルクは、広場で露店を出していた。昔馴染みの陶器問屋に頭を下げ、等級外の食器を安く払い下げてもらうことにしたのだ。父親の記憶の糸はもつれたままだが、息子と二人で食器を売り始めてからは徘徊が減り、大店の主人だった頃と同じ口調で、冷やかしの客にも丁寧に応対している。

『俺の祖父さんは露天商から身を起こしたんだ。俺だってまだこれからさ』

マルクの吹っ切れた言葉を思い出しながら広場を抜けると、運河の手前の通りから調子の外れたラッパの音が聞こえてきた。

通りを覗くと〈銀のラッパ〉の店先で、ヤーコプの妻が屋号でもある銀色のラッパを吹き鳴らしていた。これは焼き立てのパンが店に並んだ合図である。

ヤーコプが最後まで工夫を重ねていた黒スグリのパンは、父親と末弟の手で完成され、〈ヤーコプのパン〉と命名された。今では店の新しい看板商品となっている。

運河に沿った道を、オハナと並んでゆっくりと歩くヨハネスの前では、老人とレーウが熱心に会話を続けていた。

レーウは来月中にバーブラと所帯を持ち、ベルチ氏が目を付けていた家で、絹織物の店を始める予定だった。きっとアルデシャー老人は、中国産の絹を安く仕入れられるよう便宜を図るつもりなのだろう。

運河の合流地点まで歩くと、赤煉瓦の色も鮮やかな東インド会社の建物が異彩を放っていた。

遠目に一行の姿を見つけた門番が、軋んだ音をたてて玄関扉を押し始める。

ヨハネスとレーウが路上で別れの言葉を口にすると、オハナは交互に二人と抱擁を交わし、最後に見慣れない所作で深々と頭を下げて、扉の中へと消えて行った。軽く会釈したアルデシャー老人が続くのを見届けた門番は、再び音を立てて扉を閉め切った。

「行ってしまったね」

「ああ、行ってしまった」

オハナが船に乗るのは明日の朝だが、東インド会社の扉の内側は、ヨハネスたちにとって異国と同じだった。

扉の先にあるのは果てしない大海原である。バタフィアへ続く海は、深く澄んだラピスラズリの色だ。その群青の中に浮かぶ島へと、オハナたちを乗せた船が、満帆の風を受けて帰って行く。アルデシャー老人の横には、中国人の蔡もいるだろう。それからもう一人――

「しまった！」

ヨハネスが大声を上げた。

「どうしたんだい。門番が怪しんでこっちを見てるよ」

「青いターバンの娘が、何者なのか聞くのを忘れた」

なんだそんなことかと、レーウが呆れた顔をした。

「アルデシャー老人の娘か孫じゃないの。もしかしたら、すごーく歳の離れた奥さんかもしれないけどね」

少々意地悪く付け加えられたレーウの言葉に、ヨハネスは低く唸った。

「気になるならご老人に訊ねてみるかい。まだ間に合うんだし」

「いや、いい」

すでに扉は閉められた。彼らは海の彼方《かなた》の人となったのだ。

「そんなことより、お前の店の準備は順調なのか。ひと月なんてあっという間だぞ」

「大丈夫。絹織物商組合への登録も済んだし、仲卸商とも話をした」

「そうか」

レーウは頭が良い上に、人好きのする男である。商人として独立しても上手くやって行くだろうと、ヨハネスは確信していた。ただ、またしても本人が望む生き方とは、違う方向に話が進んでしまうことを、手放しで祝う気にはなれなかった。

「心配いらないよ。僕は何も変わらないから」

幼馴染の心中を察したのか、レーウは上着の隠しから小さなレンズを取り出して言った。いつぞや癇癪《かんしゃく》を起こしたカタリーナに踏みにじられたそれは傷だらけで、もうレンズとしては役に立たないが、レーウは大切そうに胸の前で握りしめて見せた。

「僕はね、街が元の活気を取り戻すまで、絹織物商として頑張ってみようと思うんだ。僕が勤めていた店だけでなく、沢山の商店が焼けてしまったし、若い働き手も減ってしまっただろう。僕自身も諦めかけた命を助けて貰ったんだもの、当分は死んだ気になって働くつもりだ」

でもね、とレーウは付け加えた。

「君との約束は必ず守る。君は、どこに行っても、何があっても、好奇心だけは捨てるなと僕に言った。今後の何年かは商売に専念しなきゃいけないだろうけど、いつか必ず自分の勉強を始めるよ。このレンズを覗いた先に、新しい世界が見える気がするんだ」

その言葉は現実となった。およそ二十年後、高等教育を受けないまま、独学で顕微鏡を造り上げたアントニー・レーウェンフックは、身近にいる微小な生物や、人体組織の観察を行い、〈微生物学の父〉として歴史に名を残すことになる。

「ところで奥さんの調子はどうだい、小さなマーリアも」

「二人とも元気だ」

捨てられていた赤ん坊を、自分の子だと思い込んでいることを除けば、カタリーナはティンス邸で健康的な毎日を送っていた。その面差しから不安定な幼さは消えてなくなり、今は自信に満ちた母の顔で、子供をあやしている。

捨て子はマーリアと名付けられ、ヨハネスの長女として教会名簿に記された。記録によるとカタリーナ・ボルネスは、夭折《ようせつ》した子も含め、ヨハネスの子供を十四人も産んだことになっている。

「俺はスヒーダム港に寄って帰るが、お前はどうする」

「今日はやめておくよ。バーブラに手紙を書くと約束したんだ」

働き者のバーブラは、嫁ぐ日を間近に控えても、まだベルチ氏の醸造所で力仕事に精を出していた。もしかしたら婚礼の当日、振る舞い用の酒樽を担いで現れるつもりかもしれないねと、他人事のように笑いながら、レーウは自宅へ戻って行った。

一人になったヨハネスは、目の前のスヒーダム門をくぐり、石橋を渡って港の対岸に立った。

少年時代から眺め続けたデルフトの街は、昔と変わらない姿でヨハネスの前に広がっている。

港のある南西端から見る限り、反対側の北東部が焼け野原となっていることなど忘れてしまいそうだ。

奥に停泊しているのは、明日の朝一番で出航する東インド会社所有の運搬船だ。港湾人足たちが次々と運び込む荷物の中には、オハナに贈ったヨハネスの絵画も紛れている筈だった。

ふと、ヨハネスの脳裏に飛来する予感があった。

(俺自身は、死ぬまでこの街を出ることはないだろう)

天啓とも言うべき閃《ひらめ》きは、失望よりも大いなる安らぎをヨハネスに約束した。

アムステルダムで刺激的な暮らしをしてみたいという願望は、すでに失せている。

勇敢な異国の少女を真似《まね》て、外洋船に乗ることなど考えも及ばないし、未知の世界への憧《あこが》れもない。

職業画家のヨハネス・フェルメールが、これからカンバスに描くのは、生まれ育った街と、そこで巡り合う人々の姿なのだ。

夕暮れの港に西日が差し始めた。

やがて西日は真珠玉のように輝く光の集まりとなり、港の濁った水面を、きらきらしく覆い尽くした。

「おーい、そこの若いのぉ。暇なら綱を引かんかぁー」

眩《まばゆ》い照り返しの中から現れたのは、赤鼻の船頭が操る小舟だった。久しぶりの船頭の姿に、ヨハネスが大きく手を振って応える。

「いいぞぉ、こっちに綱を投げてくれー」

船頭が放った綱を受け取ろうと、伸ばした手が空を掴んだ。

足元を探しても綱は落ちていない。

顔を上げた時には、赤鼻の船頭と古びた小舟の姿は消えていた。

岸辺に立つヨハネスの前には、金色の光に包まれたデルフトの眺望が広がるばかりであった。

●年譜

※作中に登場する〈聖母子像〉と〈受胎告知〉は著者の創作です。

西暦	年齢	ヨハネス・フェルメール	アントニー・レーウェンフック
1632	0歳	デルフトに生まれる。	デルフトに生まれる。
1648	16歳	三十年戦争終結	アムステルダムの織物商で奉公を始める。
1652	20歳	父親のレイニールが死去。 第一次英蘭戦争（～54）	
1653	21歳	カタリーナ・ボルネスと結婚。 デルフト聖ルカ組合（画家を中心としたギルド）に登録。	
1654	22歳	10月、デルフトの火薬庫爆発事故。この事故で画家カレル・ファブリティウスが命を落とした。 **〈マルタとマリアの家のキリスト〉**（54－55）	醸造家の娘バーブラと結婚し、デルフトで織物商を営む。
1655	23歳	〈ダイアナとニンフたち〉（55－56）※真作でないとの説も有	
1656	24歳	**〈取持ち女〉**（56）**〈眠る女〉**（56－57）	
1658	26歳	**〈窓辺で手紙を読む女〉**〈士官と笑う女〉 **〈牛乳を注ぐ女〉**〈紳士とワインを飲む女〉〈小路〉（以上58－59）	
1659	27歳	**〈デルフト眺望〉**（59－60）	
1660	28歳	〈二人の紳士と女〉〈稽古の中断〉（以上60－61）	デルフトの役人に任命される。
1662	30歳	聖ルカ組合の理事に任命される。〈音楽の稽古〉（62） 〈窓辺で水差しを持つ女〉〈青衣の女〉〈真珠の首飾り〉〈天秤を持つ女〉 〈窓辺でリュートを調弦する女〉（以上62－65）	

1665	33歳	〈手紙を書く女〉**〈真珠の耳飾りの少女〉**〈合奏〉（以上65－66）	第二次英蘭戦争（〜67）
1666	34歳	〈絵画芸術〉（66－67）	妻バーブラ死去。
1667	35歳	〈女と召使〉（67－68）	
1668	36歳	**〈天文学者〉**（68）**〈少女〉**（68－69）	
1669	37歳	**〈地理学者〉**（69）〈レースを編む女〉（69－70） 〈恋文〉〈ヴァージナルの前に立つ女〉（以上69－71）	測量士に任命される。
1670	38歳	〈ヴァージナルの前に座る若い女〉（70頃） 〈手紙を書く女と召使〉（70－72）	
1671	39歳	再び聖ルカ組合の理事に任命される。	再婚する。
1672	40歳	フランスによる侵攻。第三次英蘭戦争（〜74）	
1673	41歳	〈ギターを弾く女〉（73－74）〈信仰の寓意〉（73－75）	自ら開発した顕微鏡による観察結果をロンドン王立協会に報告する。
1674	42歳		微生物を発見する。
1675	43歳	デルフトで死去。妻カタリーナとの間に、11人の子どもがあったとの記録が残っている。〈ヴァージナルの前に座る女〉（75）	
1676	44歳		フェルメールの遺産管財人に指名される。
1679	47歳		葡萄酒計量官に任命される。
1680	48歳		ロンドン王立協会の正会員となる。
1687		妻カタリーナ死去。	
1723	90歳		デルフトで死去。

※〈　〉は絵画名、（　）は制作年です。**太字**は、本書で触れられる作品です。
※この年表は、『フェルメール　謎めいた生涯と全作品』小林頼子著（角川文庫）と、『レーベンフックの手紙』クリフォード・ドーベル著　天児和暢訳（九州大学出版会）を参考にしました。

参考文献

『フェルメール論　神話解体の試み』　小林頼子　八坂書房
『謎解きフェルメール』　小林頼子・朽木ゆり子　新潮社
『フェルメール巡礼』　朽木ゆり子・前橋重二　新潮社
『フェルメールの食卓　暮らしとレシピ』　林綾野　講談社
『ヨーロッパ近代文明の曙　描かれたオランダ黄金世紀』　樺山紘一　京都大学学術出版会
『フェルメール　光の王国』　福岡伸一　木楽舎
『深読みフェルメール』　朽木ゆり子・福岡伸一　朝日新書
『できそこないの男たち』　福岡伸一　光文社新書
『レーベンフックの手紙』　クリフォード・ドーベル著／天児和暢訳　九州大学出版会
『街道を行く25　中国・閩のみち』　司馬遼太郎　朝日文庫
『オランダ東インド会社』　永積昭　講談社学術文庫
『世界をリードした磁器窯　肥前窯』　大橋康二　新泉社
『もっと知りたいレンブラント　生涯と作品』　幸福輝　東京美術
『フェルメールとレンブラント　17世紀オランダ黄金時代の巨匠たち展』　TBSテレビ
『史上最強カラー図解　世界服飾史のすべてがわかる本』　能澤慧子監修　ナツメ社
『詳説世界史研究』　木下康彦・木村靖二・吉田寅　山川出版社
『朝日＝タイムズ世界歴史地図』　G・バラクラフ総監修　朝日新聞社

本書は書き下ろしです。

著者略歴

櫻部由美子（さくらべ・ゆみこ）
大阪府大阪市生まれ。銀行員、会社員、医療関係の職業などを経て、2015年に『シンデレラの告白』で第七回角川春樹小説賞を受賞。誰もが知るおとぎ話を幻想的で精緻なミステリーに翻案した受賞作は今野敏・角川春樹両選考委員に絶賛されたほか、女性読者を中心に熱い支持を得た。本書が二作目となる。

Kadokawa Haruki Corporation

櫻《さくら》部《べ》由《ゆ》美《み》子《こ》

フェルメールの街《まち》

*

2017年9月18日第一刷発行

発行者 角川春樹
発行所 株式会社 角川春樹事務所
〒102-0074 東京都千代田区九段南2-1-30 イタリア文化会館ビル
電話03-3263-5881（営業） 03-3263-5247（編集）
印刷・製本 中央精版印刷株式会社

ISBN978-4-7584-1310-7 C0093
http://www.kadokawaharuki.co.jp/